生态上海建设的理论与实践

长江口滨海湿地生态系统特征及关键群落的保育

葛振鸣　王天厚　王开运　王小明　著

科学出版社

北　京

内 容 提 要

长江口滨海湿地面积约 3 000 km^2，是我国重要的河口滨海型湿地。由于近年来经济的高速发展，长江口湿地生态系统特征发生了巨大变化，并形成退化趋势。为了保证湿地生态系统的健康发展和资源可持续利用，本书对在长江口滨海湿地典型地区——九段沙开展的植被、底栖动物、鸟类、基底养分等专项研究做了一定介绍，并结合崇明东滩和南汇边滩湿地，进行了不同干扰程度下湿地生态系统健康评价和关键群落（水禽）的保育技术研究。

本书可供各级政府有关管理人员以及从事湿地生态学、坏境规划、生态经济、野生动植物资源保护等大专院校师生及科研人员参考。

图书在版编目(CIP)数据

长江口滨海湿地生态系统特征及关键群落的保育 / 葛振鸣等著. —北京：科学出版社，2008
（生态上海建设的理论与实践）
ISBN 978-7-03-023124-6

Ⅰ. 长… Ⅱ. ①葛… Ⅲ. 长江-河口-沼泽化地-生态系统-环境保护 Ⅳ. P942.507.8

中国版本图书馆 CIP 数据核字(2008)第 153140 号

责任编辑：李　瑾　谭宏宇 / 责任校对：刘珊珊
责任印制：刘　学　　　　 / 封面设计：一　明

科学出版社 出版
北京东黄城根北街 16 号
邮政编码：100717
http://www.sciencep.com

南京展望文化发展有限公司排版
常熟华通印刷有限公司印刷
科学出版社发行　各地新华书店经销

＊

2008 年 12 月第　一　版　开本：787×1092　1/16
2008 年 12 月第一次印刷　印张：12¾
印数：1—2 300　字数：281 000

定价：**60.00 元**

本研究获得以下项目资助：

1. 国家科技支撑计划"典型脆弱生态系统重建技术与示范"（No. 2006BAC01A14）

2. 上海市科学技术委员会重点课题"南汇东滩滩涂促淤与湿地动态保护的关键技术及示范"（No. 08231200700）

3. 上海市科学技术委员会重大课题"鸟类在九段沙湿地生态系统中的功能及保育"No. 04DZ19303）

本书出版获得上海市重点学科（生态学）建设项目基金资助

《长江口滨海湿地生态系统特征及关键群落的保育》
编辑委员会

序

 湿地是世界上生物多样性最丰富的生态系统之一,养育了高度集中的鸟类、两栖爬行类、鱼类和无脊椎物种,也是植物遗传物质的重要储存地。长江口滨海滩涂湿地地处"东亚—澳大利亚"候鸟迁徙路线的重要中转站,每年有上百万迁徙候鸟在此停留栖息。同时,长江径流将上游的营养物和泥沙携带入河口地区,在这咸淡水交汇处,形成丰富多样的底栖动物和盐沼植被群落,为濒危珍稀和具高度经济价值的物种,如中华鲟、江豚、白头鹤、白枕鹤、中华绒毛蟹、刀鱼等提供宝贵的栖息地、庇护所或繁殖地。

 长江河口又是人类活动最为频繁,并受其影响最为广泛的区域之一。中国最大的城市——上海依长江河口而建,靠长江河口的资源而发展。上海市的滨海湿地总面积超过 3 200 km²,约为上海土地总面积的 50%,因此也被称为"建在湿地上的城市"。随着该区域经济、社会的不断发展和人口的急剧增长,不合理的开发利用湿地资源导致了生态环境恶化及生物多样性丧失。因此,如何科学地保护和合理利用长江口滨海滩涂湿地日益成为重大的科学命题,也是各级政府和民众所关注的焦点。

 在过去的数十年中,几代科学工作者对长江河口资源进行了大量科学研究,积累了丰富翔实的科学研究资料,为保护和合理利用长江河口资源奠定了扎实的基础。其中,华东师范大学一批科学工作者在国家、地方政府的支持下,进行了 20 余年的长江河口滩涂湿地生态学研究,并于近期将其重要成果予以整理,撰写了《长江口滨海湿地生态系统特征及关键群落的保育》专著。该书通过对长江口滨海湿地典型地区——九段沙开展植被、底栖动物、鸟类、基底养分等专项研究,并结合崇明东滩和南汇边滩湿地,进行不同干扰程度下湿地生态系统健康评价和关键群落(水禽)的保育技术研究。总结了长江口滨海湿地对具有区域特色生物多样性的重要意义,并以国际性重要迁徙水禽为湿地关键性保育对象,以生物多样性保护为原则,通过迁徙行为学、能量生理学、群落生态学理论和景观生态学、环境规划、保护生物学等成熟的学科专业技术,提出了长江口滨海湿地科学管理、动态保护、合理利用的可持续发展策略。该书是一部具有重要理论和实践价值的湿地生态学专著。

 湿地保护是一项任重而道远的事业,需要社会大众的参与和支持。我真诚希望,该书的出版能为长江口滨海湿地生态学基础研究、湿地功能恢复、生物多样性保育等相关领域探索一条新模式,为长三角地区的滨海湿地生态环境保护和资源可持续利用提供有价值的经验。

中国科学院院士

2008 年 9 月 1 日

前　言

　　中国现有湿地面积占世界湿地的 10% 左右,位居亚洲第一位,世界第四位。湿地被誉为"地球之肾",具有调节气候、调蓄水量、维持生物多样性、提供重要物种栖息地等多种生态系统服务功能。但我国湿地状况不容乐观,现存自然或半自然湿地仅占国土面积的 3.77%,大大低于全球湿地占陆地面积 6% 的比例。总体受危表现为湿地面积缩小、结构破碎、功能下降、生物多样性下降、区域环境质量恶化等。根据调查,目前湿地开垦、改变天然湿地用途和城市开发占用湿地是造成我国天然湿地各种问题的主要原因。其中,仅围垦一项,近 50 年来就使天然湿地消失近 1 000 处以上。此外,污染和生物资源过度利用也是湿地退化的重要原因。

　　由于湿地生态系统与人类的生存、繁衍和发展息息相关,湿地保护与受损湿地修复是当今世界日益恶化的生态环境中不容忽视的重要问题。对于中国处于经济高速发展的重要时期,"要开发还是要保护"是国家领导人制定国家发展计划和实施宏观调控所要考虑的首要议题,但开发与保护之间的关系不是对立的,而是可协调的。如何寻找到湿地开发与湿地保育之间的平衡点是极为关键的,只有在湿地开发中注重可持续发展,在湿地保育中兼顾经济效益,建立一套"保护—利用"的可持续健康模式,才能更大程度地发挥湿地功能和生态价值。

　　所以,湿地恢复研究工作的实施迫在眉睫。湿地生态系统的保护和修复是国内外新兴的研究热点,其主要研究目标是根据其湿地的"生态位",发挥湿地在区域内的功能和效益。通常的湿地恢复是指通过生态技术或生态工程对退化或消失的湿地进行修复或重建,再现干扰前的结构和功能,以及相关的物理、化学和生物学特性,使其发挥应有的作用。但在现今的社会经济环境条件下,广大科研工作者应着眼于湿地恢复与经济发展同步协调的研究,对湿地生态系统所提供的生态、经济、社会价值做出较客观的评估,对湿地恢复赋以新的理念。

　　尽管许多现成的生态学原理可以用来指导湿地生态系统的修复,但就湿地修复的实践来看,大多没有实现预期的目标,这一方面是因为恢复生态学本身还不成熟,另一方面是因为对湿地生态系统特征还没有系统性的了解,缺乏可资借鉴的长期研究和对关键科学问题的阐明。生态修复并非简单地将一个失去的物种重新引进生态系统或一个简单的物理工程,而是必须建立在对所恢复生态系统结构和功能认识基础上的系统工程。因此,要做好湿地生态系统的修复工作,首先需要认识湿地生态系统的结构和功能、如何针对需修复的生态系统选择合适的参照系、如何预测被修复生态系统的动态变化等。

　　我国湿地类型多样,其生态恢复研究和技术运用也应具备相应的方法和规范,以达到不同的生态与经济效益。

　　长江口地区经济发展与自然资源利用矛盾十分突出,而且各有特点,所能发挥的生态服务功能与所面临的主要矛盾也不同,本工作力图通过在长江口滨海湿地所做的实际工作,结合国内外最先进的经验,系统掌握区域典型湿地生态系统的结构和特征,建立关于滨海湿地健康标准的评估体系,为滨海湿地生态系统保护和关键群落保育提供科学依据,提出符合"生态-社会-经济"协调发展的滨海湿地保护和修复模式。这将为我国的滨海湿地的保护利用和修复提供一整套较为完整和具有实践价值的技术规范体系。

　　本书力求不泛化,以长江口典型滨海湿地为研究范例,紧扣区域特性。从湿地生态系统植被演替、底栖生物群落、土壤养分循环和鸟类群落等方面出发,探索长江口典型湿地生态系统特征。同时,根据不同人类活动干扰程度,对长江口湿地群进行了生态系统健康评价,提出威胁湿地健康的关键因素和缓解措施。最后,以国际性重要鸟类群落(水禽)为湿地关键类群,从迁徙行为学、生理学、群落生态学、景观生态学等研究方法总结了水禽对长江口湿地的利用模式,提出了长江口湿地对水禽的重要性,并根据"生态-社会-经济"效益兼顾的原则,提出了湿地恢复及鸟类功能群保育的建议和实施策略。

　　在工作总体过程中,力求不断总结国内外研究进展,提炼先进经验,研究内容做实做全,规范工作流程及方法,以求数据获得的准确性和可参考性。从而为构建区域滨海湿地理论研究体系;为建立长期规范的滨海湿地生态监测技术与考量标准;为建立滨海湿地生态系统研究的技术平台;为建立滨海湿地生态系统的健康评估体系;为提出自主湿地生态系统保护和关键物种保育的成套技术;为长江河口不同类型的规划提供背景资料;为我国湿地研究水平提升到国际前沿等目标提供实践基础。最终为管理部门对湿地的利用和保护提供技术支撑。

　　本书共分四部分十三章,前期资料由上海市绿化管理局野生动植物保护管理处、上海市野生动物保护管理站和崇明东滩鸟类自然保护区管理处的谢一民先生、裴恩乐先生、金惠宇先生、王坚先生、袁晓先生、宋国贤先生、张秩通先生,以及九段沙湿地自然保护区管理署的孙瑛女士、陈秀芝女士、胡山先生提供。正文第一、二章由葛振鸣、王天厚、王开运、王小明、周晓整理汇编;第三章由施文彧、葛振鸣撰写;第四章由周晓撰写;第五章由马志军撰写;第六章由周立晨、周晓撰写;第七、八、九章由毛义伟、李胤撰写;第十章由王玉、葛振鸣、马志军撰写;第十一、十二、十三章由葛振鸣、周晓、王天厚、王开运撰写。其他人员担任数据核对、文字/图表校对工作。全书由葛振鸣、王天厚、王开运、王小明统稿。

　　限于编著者水平有限,书中存在不足之处在所难免,敬请同行和读者批评指正!

葛振鸣
2008 年 6 月

目　　录

第一部分　长江口典型滨海湿地生态系统特征

绪论 XU LUN >>

长 江 口 滨 海 湿 地 生 态 系 统 特 征 及 关 键 群 落 的 保 育

第一章　长江口典型滨海湿地概况

第一节　概　　述

一、湿地生态系统研究与保护进展

湿地与森林、海洋并称为全球三大生态系统。湿地具有涵养水源、净化水质、蓄洪防旱、降解污染、调节气候等多种生态功能,在维持生态平衡、保持生物多样性和保育珍稀物种资源等方面均起到重要作用,具有巨大的生态、社会和经济效益,故湿地有"地球之肾"、"天然水库"和"天然物种库"等称谓。然而,人类活动的加剧及其所造成的全球气候变暖化使湿地生态系统受到了巨大的破坏:湿地面积大量丧失或受损,生态服务价值下降。由于湿地生态系统与人类的生存、繁衍和发展息息相关,湿地的保护与受损湿地的修复已成为当今世界日益恶化的生态环境中不容忽视的重要问题。早在1971年国际上就颁布了以保护水鸟及其栖息地为目的的《拉姆萨公约》。最近一届缔约方大会于2005年11月在非洲乌干达举行,会议通过了《坎帕拉宣言》和20多项决议,宣言呼吁要采取措施保护湿地,保障湿地生态系统为实现可持续发展和改善人类生活服务,强调要采取措施加强对湿地的保护。

但是,湿地生态系统的退化已成为全球性普遍现象,湿地受损现状是各类生态系统之首,世界范围内湿地的破坏与人类社会经济发展进程密切相关,不论是发展中国家还是发达国家都遭受了严重损失。例如,尼日尔、乍得、坦桑尼亚等众多发展中国家的湿地面积都减少了50%以上;美国损失了8 700万 hm^2 的湿地,占54%,主要用于农业生产;葡萄牙西部阿尔嘎福70%的湿地已经转化为工农业用地;从1920年至1980年的60年内菲律宾的红树林损失了30万 hm^2;荷兰1950年到1985年间湿地损失了55%;法国1990年到1993年损失了67%;德国1950年到1985年损失了57%;农业开垦和商业性开采,英国的泥炭湿地消失了近84%。因此,对受损湿地生态系统进行科学的恢复或修复是当前湿地生态学的热点研究内容之一。

虽然许多已有的生态学原理可以用来指导湿地生态系统的修复,但就湿地修复或恢复的实践效果来看,大多数的修复或恢复项目并没有实现预期的目标。这一方面因为恢复生态学是一门崭新的学科,它是20世纪80年代迅速发展起来的现代应用生态学的一个分支,但其本身还不够成熟;另一方面因为目前缺乏可资借鉴的长期研究和对重大科学问题的阐明,使得湿地恢复的理论和实践之间存在较大的契合难点。生态修复并不是简单地将一个失去的物种重新引进生态系统的物理工程,而是建立在对所修复生态系统的结构和功能深入认识基础上的系统工程。因此,要做好湿地生态系统的修复工作,首先需要解决恢复生态学中的基本问题,如认识湿地生态系统的结构和功能、如何针对需修复的生态系统选择合适的参照系,并评价进行修复结果、如何预测被修复生态系统的动态变化等。

我国湿地总面积为 6 500 多万 hm^2,占世界湿地总面积的 10%,居亚洲第一位,世界第四位,但是,近些年来,由于盲目的农业开垦和城市开发,我国沿海地区湿地总面积的50%已经消失(陆健健等,1998;崔保山和杨志峰,2001)。近年来,我国的湿地保护与修复工作取得了重要进展。从 20 世纪 80 年代开始,开展了全国性湿地调查活动,初步搞清楚了我国湿地分布格局、分类特征和受损现状,发表了大量科学论文和专著,在此基础上,对严重受损的湿地生态系统实施了生态修复工程,并将许多重要湿地批准为国家和省级自然保护区。我国于 1992 年正式签署了《湿地公约》,并于 2000 年制定了《中国湿地保护行动计划》(国家林业局,2000)。这些纲领性文件对我国湿地生态系统的保护和修复起到了极大的促进作用。然而,从研究对象来看,我国湿地研究的重点主要集中在湖泊富营养化的机制、有害物种的控制以及淡水渔业生态学上,对河口湿地生态系统的结构与功能等基础方面研究较少,难以对湿地的修复提供有效的科学支撑。

二、上海湿地保护的重要性与价值

据研究表明,上海的湿地总面积超过 3 200 km^2,约为上海土地总面积的 50%,拥有近海及海岸湿地、河流湿地和湖泊湿地等湿地类型,其资源十分丰富(汪松年,2003;谢一民等,2004)(表 1-1)。其中崇明东滩已于 1998 年被列入国际重要湿地名录,崇明东滩、九段沙、大小金山三岛、南汇东滩、横沙岛和长兴岛被列入国家重要湿地名录,崇明东滩和九段沙先后成为国家级湿地保护区,上海被喻为"建在湿地上的城市"。

表 1-1　上海市湿地类型、位置、面积　　　　　　　　(单位: hm^2)

湿地类型及名称			分布范围	面　积	面积小计	备　　注
近海及海岸湿地	杭州湾北岸	金山区边滩	西始于金丝娘桥,东至南汇的汇角	5 703.15	13 494.97	
		奉贤县边滩		5 954.70		
		南汇县边滩		1 837.12		
	大小金山三岛*		金山边滩南东海域,距金山咀 6.6 km	2 501.85	2 501.85	原自然保护区申请45 hm^2
	崇明东滩*		北八滧起向东、南至奚家港	71 896.77	289 424.57	含佘山岛
	崇明岛周缘		除东滩外,崇明岛北缘、西缘、南缘滩涂	41 188.24		北含黄瓜沙南含扁担沙
	长兴岛周缘		主体为长兴岛北部、西部滩涂	15 483.91		含青草沙、中央沙、新浏河沙
	横沙岛周缘		主体为位于横沙岛以东滩涂	50 549.87		含横沙浅滩、白条子沙
	长江南支南岸边滩	吴淞口北宝山边滩	吴淞口北至浏河口	5 654.07		
		吴淞口南 浦东新区边滩	吴淞口至浦东机场	5 954.70		
		南汇边滩*	浦东机场至汇角	58 086.13		含铜沙沙嘴
	九段沙*		横沙岛与川沙南汇边滩间	40 610.88		

湿地类型及名称		分布范围	面 积	面积小计	备 注
河流湿地	黄浦江*	从松江区米市渡至吴淞口	3 797.97	7 190.71	自米市渡至吴淞口
	苏州河	自朱家山之东由江苏流入上海在外白渡注入黄浦江	243.00		
	蕰藻浜	其上游于孟泾附近与吴淞江会合,在吴淞镇入黄浦江	142.27		
	定浦河	始于淀山湖,在龙华长桥注入黄浦江	207.41		
	拦路港至竖潦泾	黄浦江主要源河	954.02		含泖河-斜塘-横潦泾
	大蒸塘-园泄泾	黄浦江源河之一	193.77		
	太浦河	黄浦江源河之一	255.30		
	大泖港-胥浦塘	黄浦江源河之一	196.98		含掘石港
	急水港	位于淀山湖之西商榻乡	1 200.00		
湖泊湿地	淀山湖*	江苏省和上海市交界处,跨青浦、昆山两区	4 760.00	6 803.11	上海最大天然湖泊
	元 荡	青浦金泽镇北西与江苏共有	324.75		
	雪落荡	金泽镇的西边与江苏共有	129.20		
	汪洋荡	商榻的北偏西与江苏共有	21.30		
	大莲湖	莲盛之北属莲盛镇	147.40		
	大葑漾	金泽镇以东,为金泽、西岑、莲盛等乡共有	1 420.46		含小葑漾,北横港、火泽荡、李家荡
	明珠湖	南汇区	556.00	556.00	上海最大人工湖
	宝钢水库	长江南支南岸近宝钢侧	164.00	299.00	原名石洞口水库
	陈行水库		135.00		

资料来源:上海市生态环境调查(2002年),* 为重点湿地。

据统计,上海各类湿地所提供的生态服务功能占整个生态系统的 90% 以上,其中河口湿地是生态服务价值的主要来源(陈吉余,1988),该区域为迁徙水禽的重要中途停歇地和越冬地,对于亚太地区迁徙水禽完成其完整的生活史过程具有不可替代的作用(黄正一等,1993)。另外,上海湿地还是重要的水生动物(如中华绒螯蟹、鳗鲡等)的产卵场所和洄游通道,对渔业资源的保护也具有重要意义(汪松年,2003)。

河口(Estuary)是海洋与河流的交汇地带,是连接河流与海洋的通道,是淡水和海洋栖息地之间的生态交错区。河口湿地是一个结构复杂、功能独特的生态系统。河口湿地位于水陆过渡地带,其物质和能量输入大于分解的积累阶段,整个生态系统处于发育和不稳定状态,系统相对脆弱,外部的不良扰动均有可能打破该湿地系统的生态平衡,导致湿地生态系统的退化(陈吉余,1988)。长江口是我国第一大河口,长江口的潮滩湿地为我国重要的滨海湿地之一,具有丰富的湿地资源和重要的生态服务功能(陈吉余,1988)。因此,长江口生态环境质量的优劣,不仅直接影响着上海地区的经济建设和资源、环境和可持续发展,而且也会影响到黄、东海区生态系统的健康及海洋渔业资源可持续发展格局,影响到亚太候鸟迁徙通道的质量建设。因此,世界自然基金会(WWF)在其发表的"生态区(Eco-region)2000"计划中将长江河口与东海形成的"T"型结合部列为具有国际重要意义的生态敏感区。

湿地生态系统已成为长三角区域经济发展的重要生态屏障。由于上海位于长江三角洲区域,该区域经济发达、人口密集、城市化程度高,对环境的压力大,上海的近海及海岸湿地、河流湿地和湖泊湿地已显示出明显地受损和进一步正面临着巨大的威胁,其中以水体污染、过度捕捞、外来物种的入侵以及上、中游大型水利工程建设的影响最大。这将导致上海湿地生态系统的生态服务功能大大降低,并威胁着这一国际大都市的生态安全。因此,上海湿地的保护和受损湿地的修复是目前亟待解决的重要问题。

三、长江口典型滨海湿地——九段沙

上海九段沙湿地(31°03′~31°17′N,121°46′~122°15′E)位于长江与东海的交汇处,系长江水域心滩,地处长江口通海水道南槽和北槽之间,与浦东国际机场、横沙岛、长兴岛一步之隔。是20世纪后半叶长江里新"长"出来的沙岛,由上沙、中沙、下沙和江亚南沙四个沙体及附近水域组成(图1-1),上、中、下沙三个主要沙洲东西长约50 km,南北宽约15 km,总面积为420.20 km²,吴淞零米以上145 km²(陈加宽,2003)。它是重要的自然资源、生物资源和土地资源,同时也是重要的水资源和旅游资源,具有环境净化、防洪排涝和江岸、海岸的防护和净化水质等多种生态价值,被誉为"上海之肾"。

九段沙湿地具有丰富的生物多样性资源,且它处于太平洋西岸的候鸟迁移带上,是东亚—澳大利亚迁鸟类迁徙(East Asia — Australia Flyway)的重要停歇点,也是候鸟越冬的良好场所。同时,九段沙是国家一级保护动物中华鲟、白鲟等珍稀鱼类的重要栖息地,也是中华绒螯蟹的产卵场和日本鳗鲡的育苗所(陈加宽,2003)。

九段沙湿地是长江口滨海冲积岛屿,是长江口最靠外海的湿地,是上海规模最大、发育最好的河口型潮汐滩涂湿地,是国际意义的湿地生态系统。九段沙目前基本保持原始自然状态,它的原生态湿地自然生态系统是研究河口沙洲演变和植被演替的天然实验室,是国内外重要的生态敏感区域,对全球环境变化,长江流域生态环境状况和三峡工程、南水北调工程对长江口的影响都有极其重要的指示作用(陈沈良等,2002)。

九段沙湿地是我国大河入海口极难得的仍以原生状态存在的湿地,拥有非常丰富的动植物资源。2000年3月6日,上海市人民政府批准建立了上海市九段沙湿地自然保护区,2005年8月,九段沙湿地自然保护区已进入了经国务院审定的17处新建国家级自然保护区名单,正式成为国家级自然保护区。

第二节 九段沙湿地地理位置和环境条件

一、地理位置

上海九段沙湿地自然保护区位于长江口外南侧水道的南北槽之间的拦门沙河段,其范围包括已露出水面(平均高潮位以上)的陆地(九段上沙和九段中沙一部分)和尚未露出水面的水下阴沙(九段中、下沙和江亚南沙)及水下浅滩(至－6 m等深线,理论深度基准面,以下同),也就是:31.05′~31.29′N、121.77′~122.25′E。保护区东西长46.3 km,南北宽25.9 km(图1-1)。

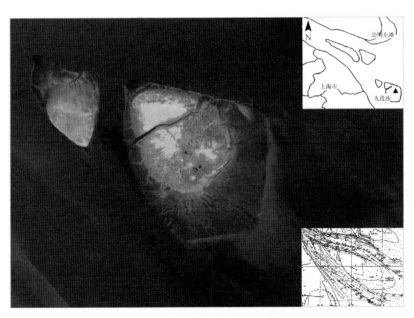

图1-1 上海九段沙湿地自然保护区

九段沙湿地自然保护区北以长江口深水航道南导堤中线为界,东以－6 m线为界,南以长江南槽航道北线为界,西(江亚南沙)以－6 m线为界。自然保护区总面积为423.2 km²。

九段沙是现代长江河口拦门沙系的组成部分。河口拦门沙系是河流动力和海洋动力达到相对均衡情况下泥沙大量沉积的地貌形体。其主要由于径流和潮流流路分歧,柯氏力作用下的落潮流南偏和涨潮流北偏的结果,地貌形体上落潮槽和涨潮槽相悖分布和一定程度的耦合,因此在地貌形体上出现浅滩和深槽相间分布的河口拦门沙系特殊的地貌组合形态(陈加宽,2003)。

根据历史海图分析,在20世纪20~30年代,南港入海口浅滩上,在横沙南沿出现－5 m落潮槽,在横沙以东浅滩上出现－5 m涨潮槽,前者东偏南走向,后者西北走向,两者之间不连接,九段沙已有 0 m 浅滩,但仍与横沙东滩相连,实质上是横沙东滩的组成部分。随着时间推移,落潮槽冲刷扩大下伸,涨潮槽向上延伸,40 年代落潮槽和涨潮槽之间的最浅水深已达 4.6 m。经过 1949 年和 1954 年特大洪水的作用,落潮槽强烈冲刷并与涨潮槽较好耦合,-5 m 深槽贯通,这就是 50 年代形成的长江口新生汊道——长江口北槽航道。随着北槽航道的形成,九段沙脱离了母体——横沙东滩,变为独立沙体,成为南北槽的分流沙洲。北槽形成时间较短,但北槽形成以后发展很快,净泄水量增大,与之相适应的过水断面积和河槽容积会相应增大,所以该水道是一条发展时期的新生汊道。反之,南槽由于北槽的发展而反映出有所萎缩的特征。从以上分析可以看出,九段沙形成时间不长,仅有 50 年左右的历史。九段沙是目前长江口最靠外海的一个河口沙洲(陈加宽,2003)。

二、环境条件

1. 气候

九段沙湿地位于副热带季风气候区,冬季多偏北风,夏季多偏南风。大风主要出现在冬季寒潮和冷空气南下、夏季台风和热带气旋在浙沪苏过境时期。据统计,长江口引水船海洋站风浪的第一主浪向是偏北,合计频率 26.3%,第二主浪向是东偏南至南偏东,合计频率 24.6%。涌浪的主浪向是东偏北和东偏南,合计频率 43%。平均波高 1.0 m,最大波高 6.2 m(1970 年 8 月 19 日由 7008 号台风所引起),大波多出现在台风侵袭时间(陈加宽,2003)。据陈加宽等(2003)报告表明,波浪对拦门沙河段的影响:第一,大波浪强烈改变滩槽的冲淤动态,-2 m 以上浅滩的最大冲蚀厚度可达数十厘米,受侵蚀物质一部分以高浓度的异重流形式顺着滩坡流入深槽,可以引起深槽的淤积。第二,经常对高程较高的沙洲浅滩表层沉积物进行簸选,使浅滩沉积物相对粗化。只有在滩面达到一定高程以后,一般而言,当滩面高程达到 2.4 m 时滩地会有海三棱藨草生长,2.9 m 高程时有芦苇生长,这时波浪对其作用减弱到足以使细颗粒泥沙停积,滩面逐渐变细,此时滩地进入沼泽化过程,从而浅滩逐渐成陆。

2. 水文

九段沙位于长江南港口外的河口拦门沙河段,这里是长江径流和潮流两个完全不同水体相互作用最为频繁的区域之一。长江径流一年内有洪、枯季之分,而潮流每月有大、中、小潮之分,因此两个水体之间必然会产生相互作用又彼此制约,河口拦门沙就是它们相互作用的结果。河口拦门沙所处的地理位置是与河流径流和潮流的强弱、流域输沙和海域泥沙运动及河口盐淡水交汇所形成的最大浑浊带等诸因素密切相关的。长江河口是淡水和盐水两大水体相互作用的交汇区域,有利于细颗粒泥沙絮凝沉降。导致絮凝现象的主要因素有两个:泥沙粒径及水体中的含盐度。据研究,长江细颗粒泥沙发生絮凝的最佳盐度范围为 8.9‰。发生絮凝的泥沙最佳粒径为 8 μm。位于南槽附近的九段沙是长江口发生泥沙絮凝沉降左右最为强烈的河段(陈加宽,2003)。

3. 潮汐

径流、潮汐、潮流和波浪是九段沙水域的主要动力。九段沙水文主要受长江水流和潮汐、风暴控制。九段沙附近属非正规半日浅海潮,平均潮差 2.67 m,最大潮差 4.62 m。盐度与长江径流量及潮汐的大小密切相关,大潮时,表层盐度变化于 0.6‰～5‰,底层变化于 1‰～6‰,小潮时,表底差别不大,变化于 0.3‰～1‰。枯水季节(12 月)被高盐度咸水控制,盐度由西向东为 0.3‰～1.5‰以上;丰水季节(8 月)主要受淡水控制,盐度由西向东为 0.1‰～0.6‰;西部以长江水影响为主,东部受海水影响大。年均水温(高桥站)17.3℃,八月最高,平均 28.9℃,极端最高 33.1℃,2 月最低,5.6℃,极端最低 2.0℃(陈加宽,2003)。

第三节　九段沙湿地自然资源

一、植被

根据《中国植被》的植被区划,九段沙属于亚热带常绿落叶阔叶林区域,东部(湿润)常绿阔叶林亚区域,北亚热带常绿、落叶阔叶混交林地带,江淮平原栽培植被、水生植被区。考虑到上海自然植被的基本特征、地带性与非地带性因素的相互作用,以及农业栽培植被的分布特点,根据高峻(1997)对上海自然植被分区研究,九段沙应与崇明、长兴、横沙等河口岛屿、沙洲一样,属于北亚热带落叶常绿阔叶混交林地带,河口沙洲植被区(陈加宽,2003)。

九段沙湿地是新生的且正处在发育中的盐沼湿地,这一特殊的立地条件和植物区系成分特点,决定了九段沙湿地内无地带性植被,均为隐域性植被或非地带性植被。由于九段沙湿地气候温和湿润,雨量充沛,日照充足,加之受长江淡水和东海海水水文特征的影响,九段沙湿地土壤具有一定盐渍化特征,因此,在九段沙滩涂形成了以海三棱藨草、芦苇等为主的盐生草本沼泽(谢一民等,2004)。

需要说明的是,因为九段沙"种青引鸟"工程的需要,1997 年曾在中沙部分区域人工引种了一定数量的芦苇与互花米草(约 200 hm²),以促进九段沙湿地的淤涨发育,保持九段沙土壤,加快滩涂的演替过程,但此前在九段沙芦苇已有分布,经过数年的种群发展,中沙的芦苇已形成其占优势的群落。对九段沙湿地生态系统的人工干预已大大地加快了该区域泥沙的淤积过程以及生态系统的演替速率。因此,在植被类型上,中沙的人工植被应划在自然植被类型中,而不能作为栽培植被(陈加宽,2003)。

九段沙湿地高等植物区系组成非常简单(宋国元等,2001),仅由 7 科 15 属 17 种组成,其中单子叶植物 4 科 12 属 14 种,双子叶植物 3 科 3 属 3 种。高等植物(均为被子植物)17 种,包括海三棱藨草(*Scirpus mariqueter*)、藨草(*S. triqueter*)、芦苇(*Phragmites australis*)、互花米草(*Spartina alterniflora*)、糙叶薹草(*Carex scabrifolia*)、碱菀(*Tripolium vulgare*)、委陵菜(*Potentilla chinensis*)、喜旱莲子草(*Alternanthera philoxeroides*)、看麦娘(*Alopecurus aequalis*)、牛筋草(*Eleusine indica*)、单穗束尾草(*Phacelurus latifolis* var. *monostachyus*)、早熟禾(*Poa annua*)、菰(*Zizania latifolia*)、水蜈蚣(*Kyllinga brevifolia*)、水葱(*Scirpus validus*)、狭叶香蒲(*Typha angustifolia*)、鸭跖草(*Commelina communis*)。

九段沙湿地拥有藻类 102 种及变种,隶属于 5 门 47 属(陈加宽,2003)。其中种类最多的是硅藻门,有 30 属 76 种,占种类总数的 74.5%;其次是绿藻门,有 8 属 17 种,占种类总数的 16.7%;蓝藻门 5 属 5 种,占 4.9%;甲藻门 3 属 3 种,占 2.9%;金藻门 1 属 1 种,占 1.0%。

二、浮游生物

综合 1998 年"九段沙自然保护区建区论证研究"课题组的调查工作和上海市环境监测中心在 1998 年 8 月(丰水期)和 12 月(枯水期)对九段沙范围内的 9 个站点的监测工作以及本次调查,在九段沙附近水域中共检测到浮游动物 56 种,其中原生动物 8 种,占 14.3%,轮虫 6 种,占 10.7%,枝角类 7 种,占 12.5%,桡足类 16 种,占 28.6%,十足目 12 种,占 12.3%。常见种类有:火腿许水蚤(*Schma ckeriapoplensia*)、中华华哲水蚤(*Calanus sinicus*)、真刺唇角水蚤(*Labidocera euchaeta Giesbrecht*)、广布中剑水蚤(*Mesocyclops leuckarti*)、累枝虫(*Epistylis*)、钟虫(*Vorticella*)等(陈加宽,2003)。

三、底栖动物

经调查,九段沙湿地自然保护区共记录到 130 种底栖动物,其中潮间带记录到 85 种。从分类组成上看,底栖动物以线虫最多,占种类总数的 35.9%,其次是甲壳动物,占总种类数的 29.8%,软体动物占种类总数的 19.8%,环节动物占 10.7%,其他类型的底栖动物仅占种类总数的 3.8%(陈加宽,2003)。

根据底栖动物分为小型底栖动物(microbenthos)和大型底栖动物(macrobenthos)两类,其中小型底栖动物 49 种,主要以线虫为主,大型底栖动物 81 种,主要是甲壳动物、软体动物与环节动物的多毛类。

四、鱼类

通过实地调查和文献考证(陈加宽,2003),九段沙湿地水域分布或曾有记录的鱼类 128 种,分别隶属于 18 目 48 科 97 属。其中软骨鱼类有 2 目 5 种,仅占鱼类总数的 3.9%。硬骨鱼类 123 种,占鱼类总数的 96.1%。在硬骨鱼类中,以鲈形目(Perciformes)的种类为最多,有 43 种,占鱼类总数的 33.6%;鲤形目(Cypriniformes)其次,有 16 种,占 12.5%;鲱形目(Clupeiformes)有 11 种,占 8.6%;鲀形目(Tetraodontiformes)9 种,占 7.0%;其他 12 目共 49 种,占 38.3%。在所有的 48 科鱼类中,以鲤科(Cyprinidae)的种类最多,有 15 种,占 11.7%;其次为虾虎鱼科(Gobiidae),有 14 种,占 10.9%;鲀科(Diodontidae)有 9 种,占 7.0%;鲱科(Clupeidae)和银鱼科(Salangidae)各有 8 种,占 6.3%;石首鱼科(Sciaenidae)为 7 种,占 5.5%;其他 42 科共 67 种,占 52.3%。

九段沙湿地水域鱼类区系与长江下游的鱼类区系相比,那么九段沙湿地科一级的分类阶元比长江下游多一倍还多(陈加宽,2003);鲤形目鱼类的种数已显著少于鲈形目鱼类;鲤科虽同为最大的科,但在九段沙湿地其比例已不占明显优势;占第 2 至 5 位的科也各不相同(表 12-1)。而与整个东海水域的鱼类区系相比,情况则刚好相反。九段沙湿地水域科一级的分类群已不足东海的 1/3,两者也没有占绝对优势的科;九段沙湿地水域鲈形目鱼类所占比例下降至 33.6%,但出现了东海鱼类区系没有的鲤形目鱼类;在九段沙湿地种类最多的前 5 科合计所占的比例较东海有所增加,但科别也各不相同。由此可见,九段沙湿地水域鱼类区系处于长江下游至东海鱼类区系的过渡类型,具有河口鱼类区系的显著特色(陈加宽,2003)。

五、鸟类

根据初步调查结果统计(陈加宽,2003),上海九段沙湿地自然保护区目前记录到的鸟类共计 9 目 21 科 113 种。以鸻形目(Charadriiformes)和雀形目(Passeriformes)的鸟类为主,分别占种类总数的 32.7% 和 31.0%。另外,雁形目鸟类 13 种,占种类总数的 11.5%。按科的种数进行统计,鹬科(Scolopacidae)的鸟类最多,共计 26 种,其次为鹟科(Muscicapidae)和鸭科(Anatidae)的种数,分别为 19 种和 13 种。

从九段沙湿地鸟类的区系组成来看,该区域的鸟类以古北界鸟类为主,共计 68 种,占鸟类种数的 60.2%;古北界鸟类主要由旅鸟(27 种)和冬候鸟(39 种)组成,留鸟仅 1 种(矶鹬 *Common Sandpiper*),夏候鸟仅 1 种(大苇莺 *Acrocephalus arundinaceus*);东洋界的鸟类(16 种)主要由夏候鸟(5 种)和旅鸟(6 种)组成,留鸟 4 种(棕背伯劳 *Lanius schach*、棕头鸦雀 *Paradoxornis webbian*、震旦鸦雀 *Paradoxornis heudei* 和棕扇尾莺 *Cisticola juncidis*)、冬候鸟仅 1 种(黑眉苇莺 *Acrocephalus bistrigiceps*);在 29 种广布种鸟类中,旅鸟有 21 种,占绝大多数,而留鸟(3 种)、冬候鸟(3 种)和夏候鸟(2 种)的种类都很少。由此可见,在九段沙鸟类的区系组成中,古北界鸟类占绝对优势。但是,如果从九段沙湿地的 16 种繁殖鸟类(留鸟和夏候鸟)来看,东洋界鸟类有 9 种,占繁殖鸟类种数的 56.3%,而古北界鸟类只有 2 种(矶鹬和大苇莺),仅占繁殖鸟类种数的 13.3%(表13-2)。因此,从九段沙湿地繁殖鸟类的区系组成来看,东洋界鸟类占绝对的优势。这种情况表明,九段沙湿地位于古北界和东洋界的过渡区域,该区域的鸟类具有古北界和东洋界鸟类的双重特征(陈加宽,2003)。

第二章 长江口典型滨海湿地的科研价值

第一节 综 述

　　不断生长的滨海滩涂湿地是上海得天独厚的后备土地资源,也是调节气候、净化水体、消浪护堤、抗击风暴潮的一道天然屏障。同时,滨海湿地也是鸟类和水生生物的重要栖息地,是城市环境不可或缺的"生态屏障"。为了贯彻上海市政府2003年第9号令《上海市九段沙湿地自然保护区管理办法》,早日建成国家级自然保护区,实现上海地区农业资源的可持续利用和都市建设、生态环境保护的协调发展,2004年5月上海市科学技术委员会发布《上海九段沙湿地生态系统保护和修复技术及其效应》重大科技攻关项目指南。基于长江口滨海滩涂湿地可持续利用和资源动态保护的理念,2006年国家科技部提出了《典型脆弱生态系统重建技术与示范》支撑计划,2008年上海市科委又发布了《南汇东滩滩涂促淤与湿地动态保护的关键技术及示范》重点项目指南。

　　这些课题的研究目的是为了了解新生湿地系统不同发育阶段的生态系统特征,评估长江口典型湿地生态系统的健康状况;阐明生态系统各功能组分物质、能量的空间动态变化模式;阐明互花米草入侵所引起的环境变化对湿地系统的影响,以鸟类群落结构和丰度为关键指标进一步了解生物入侵的生态后果;从能量生理角度分析长江口典型湿地迁徙鸟类能量代谢和环境容纳量,阐述湿地生态系统中食物链顶端的收支状况,为整个湿地生态系统的能量流动物质循环提供必要的信息。最终获得有自主知识产权的海滨湿地生态系统保护和修复的成套技术。

第二节 长江口滨海湿地研究的必要性

　　由于湿地生态系统与人类的生存、繁衍和发展息息相关,湿地的保护与受损湿地的修复是当今世界日益恶化的生态环境中不容忽视的重要问题。早在1971年国际上就颁布了以保护水鸟为目的的《拉姆萨公约》,许多国家目前已开展了大量的有关湿地保护、恢复与管理方面的工作,并取得了一定成效。以美国为例,为了遏制湿地生态系统的丧失,美国政府制定了"无净丧失"政策,通过人工补偿的手段以保证足够的湿地资源;1994年,还启动了"海岸带项目",以保护滨海湿地生态系统。为了指导湿地的保护和恢复项目,在对湿地生态系统的物质循环和能量流动进行深入研究的基础上,美国交通部提出了湿地评价技术(WET),美国渔业和野生动物保护委员会提出了湿地评价方法(WEP)。"国际湿地-亚太组织"也制定了一系列有关评估湿地水文功能和生物多样性保护价值中形成的专门技术。这些工作对湿地生态环境的保护和修复起到了重要的指导和参考作用。

虽然许多生态学原理可以用来指导湿地生态系统的修复,但就湿地修复的实践效果来看,大多数的修复项目并没有实现预期的目标,其原因是复杂的,一方面是与恢复生态学学科发展有关,缺乏可资借鉴的长期研究和对重大科学问题的阐明,另一方面也与湿地生态系统的复杂性有关。因此对受损湿地进行科学的修复,已经成为目前湿地生态学研究的热点。此外,水禽(鸟类)群落结构和丰度作为国际重要湿地的评估指标和湿地修复重要内容,是国际湿地保护生态学的一个研究主要方向,这不仅仅因为水禽群落处于湿地生态系统的食物链顶端,对环境的变化和人为干扰极其敏感;而且作为水禽栖息地的湿地所引起世界关注的起因就是全球湿地损失和环境恶化导致水禽种类和数量的急剧下降。正确地把握水禽与湿地生态系统的其他环节之间的关系,是滨海湿地保护和修复的关键工作之一。

上海为建成国际经济、金融、贸易中心,建设用地迅速增加。预计至 2010 年建设用地总需求 2 267.80 km²,而现有建设用地存量 2 224.39 km²,目前未利用的土地仅有 9.00 km²,因此围垦造地是上海解决"人-地"矛盾的唯一出路。但长江口滩涂每年新增自然淤涨高滩仅 3.33~4.00 km²,且经历年围垦,成片高滩所剩无几。因此,如何保护好湿地这一宝贵的"生态资源",研发受损湿地的生态修复和资源可持续利用技术是当前所面临的重大课题。

九段沙和南汇东滩湿地是长江口最具有典型特征的一种滨海湿地类型,它们位于水陆过渡地带,含沙量较高,其独特的区位优势和土地开发价值,是本市在较长时期内可持续促淤圈围的重点区域。同时,南汇东滩湿地也是长江口重要的候鸟栖息地,在 2006 年上海市同步鸟类调查中观察到至少 50 000 多只水鸟,大部分为具有国际保护意义的迁徙鸟类(包括中澳、中日候鸟保护协定中的种类),其中还包括一些濒危物种如白鹤、小天鹅、鸳鸯、花脸鸭、黑嘴鸥等。但长江口滨海湿地生态系统正处于物质和能量积累阶段,发育状态不稳定,系统相对脆弱,外部的不良扰动均极易打破该湿地系统的生态平衡,导致湿地生态系统的退化。

本课题以长江口典型滨海湿地为研究范例,紧扣区域特性。从湿地生态系统植被演替、底栖生物群落、土壤养分循环和鸟类群落格局等方面出发,探索长江口典型湿地生态系统特征。根据不同人类活动干扰程度,对长江口湿地群进行了生态系统健康评价,提出威胁湿地健康的关键因素和缓解措施。同时,以国际性重要鸟类群落(水禽)为湿地关键类群,从迁徙行为学、生理学、群落生态学、景观生态学等研究方法总结了水禽对长江口湿地的利用模式,提出了长江口湿地对水禽的重要性,并根据"生态-社会-经济"效益兼顾的原则,提出了湿地恢复及鸟类功能群保育的建议和实施策略。

第三节　长江口湿地的研究目标和内容

一、总目标

本工作力求不断总结国内外研究进展,提炼先进经验,为构建区域滨海湿地理论研究体系;为建立长期规范的滨海湿地生态监测技术与考量标准;为建立滨海湿地生态系统研究的技术平台;为建立滨海湿地生态系统的健康评估体系;为提出自主湿地生态系统保护和关键物种保育的成套技术;为长江河口不同类型的规划提供背景资料;为我国湿地研究水平提升到国际前沿等目标提供实践基础。

二、主要研究内容

1. 长江口典型滨海湿地生态系统特征

以九段沙这一长江口典型滨海湿地为研究对象,对湿地系统各功能单元——植被、底栖生物、土壤、鸟类等进行专项研究,了解九段沙湿地生态系统时空动态变化及对外界干扰的响应机制。主要内容包括:

1) 植被演替研究。

2) 大型底栖动物群落研究。

3) 基底营养研究。

4) 鸟类功能群研究。

2. 九段沙湿地生态系统鸟类群落的结构与功能

湿地鸟类是九段沙湿地生态系统的重要组成部分。本研究拟选择光滩、海三棱藨草群落和芦苇群落三种具有代表性的生境类型,采用样线法和样点法对鸟类进行调查,分析九段沙湿地鸟类群落的时空格局,揭示九段沙湿地不同发育阶段鸟类群落的特征,阐明迁徙鸟类对九段沙湿地的利用模式以及九段沙湿地对迁徙鸟类的作用及意义。主要内容包括:

1) 三种群落鸟类群落的时空格局。

2) 三种群落鸟类功能群的结构和作用。

3) 湿地鸟类群落与湿地生态系统其他因素(底栖动物,植物等)的关系和相互作用机制。

4) 迁徙鸟类对九段沙湿地的利用与选择模式。

3. 外来入侵物种对鸟类群落特征的影响

通过设置对照样方,并对比其他栖息地(包括试验样地)的生态因子和鸟类群落结构的分析,了解互花米草入侵海三棱藨草群落后鸟类及其栖息地特征的变化,从鸟类功能群的角度揭示互花米草入侵九段沙湿地对鸟类群落的影响。主要内容包括:

1) 互花米草群落入侵对鸟类群落时空格局的影响。

2) 互花米草群落中鸟类功能群的结构和特征。

3) 互花米草入侵对鸟类功能群影响的主要因子。

4) 九段沙湿地鸟类功能群的保育对策。

4. 湿地鸟类群落的能量代谢和环境容纳量

以迁徙鸟类为主要研究对象,通过抽样调查方法,根据鸟类的换羽情况、虹膜特征、激素水平等指标鉴别鸟类种群的年龄结构,通过体重、脂肪厚度和血糖指标等了解鸟类的能量代谢水平,结合植物资源和底栖动物生物量的调查,分析九段沙湿地鸟类群落的能量收支和环境负载量。主要内容包括:

1）迁徙和越冬水禽的能量代谢研究。

2）长江口典型滨海湿地的水禽群落环境负载量和阈值研究。

3）受损湿地生态系统中的水禽群落环境负载量和阈值的分析和调整试验。

5. 构建受损湿地生态系统修复的成套技术体系

结合本项目其他子课题的研究结果，建立受控试验样地，通过对水、基质和植被等关键因素的调控，构建河口湿地修复的实验模型，获得受控模型中水禽的最佳管理模式和技术（包括物种配置、湿地植被恢复和重建的技术途径、湿地水生生物恢复和重建技术）。最终建立相应的湿地生态系统修复的成套技术体系，并以此指导人工湿地技术运用于水产安全系统性示范。主要内容包括：

1）受损湿地的实验模型和水循环、基质、植被等关键因素的调控技术。

2）受控试验样地中的自然资源（特别是水禽和鱼类群落资源）的优化配置模型。

3）受损湿地生态系统的修复对策以及修复过程中的技术调控体系。

4）受损湿地生态系统修复过程中鸟类群落的时空变化监测。

5）湿地修复的效益分析和人工湿地技术的水产安全性。

三、所需要解决的技术关键

1）迁徙鸟类对长江口滨海湿地的利用与选择模式。

2）湿地鸟类功能群的结构及其在湿地生态系统中的作用。

3）水禽群落环境负载量和阈值的分析。

4）受控试验样地的简历和试验区中自然资源的优化配置。

第四节　研究区域和研究计划

一、研究地点

本课题选取的研究地点位于九段沙湿地的核心区，即在上沙、中沙和下沙零米线及以上潮间带光滩和植被区内进行（图 2-1）。

上沙：121°52′~121°55′E，31°09′~31°14′N

中沙：121°56′~122°01′E，31°10′~31°13′N

下沙：121°58′~122°04′E，31°05′~31°12′N

二、研究计划和参加单位

1. 研究计划和内容

前期：

1）确定九段沙湿地鸟类调查的样线和样方。

2）抽样对水禽关键物种进行形态生理指标的测定，初步探索湿地鸟类的能量代谢规律。

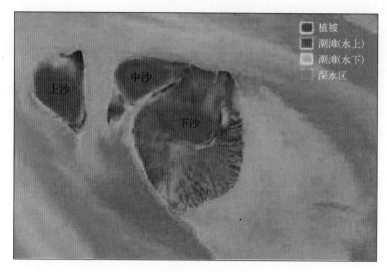

图2-1　九段沙湿地遥感假彩色植被分布图

3）建立受损九段沙湿地生态系统修复的样地和样带。

4）确定九段沙湿地受控试验样地。

中期：

1）九段沙湿地鸟类群落的调查。

2）九段沙湿地鸟类群落的时空格局和环境特征分析。

3）迁徙鸟类对九段沙湿地的利用与选择模式。

4）水禽能量收支调查，估算水禽在九段沙湿地生态系统中的能量收支量。

5）确立受控试验样地的环境指标。

后期：

1）结合底栖动物和植物等生物量的调查，估算九段沙湿地水禽群落的环境容纳量。

2）九段沙湿地鸟类功能群的保育对策。

3）受控试验样地的调控机制和最佳模型的建立，制定湿地修复技术。

4）建立九段沙湿地中长期保护和合理利用方案和技术体系。

5）根据长江口不同人类干扰的特点，评估九段沙湿地、崇明东滩湿地、南汇东滩湿地的系统健康状况。

2．参加研究单位及学科组成

本项目联合了华东师范大学、上海市城市化生态过程与生态恢复重点实验室、复旦大学、九段沙湿地自然保护区管理署、上海市野生动物保护管理站等单位众多的科研力量，包括湿地生态学、景观生态学、保护生物学、生态经济学、动物学、植物学、生理学、环境科学等多个学科。针对九段沙湿地鸟类、植被、土壤、底栖动物等关键物种开展了专项研究；根据长江口不同人类干扰的特点，评估九段沙湿地、崇明东滩湿地、南汇东滩湿地的系统健康状况；尤其对具有国际重要保护意义的水禽进行了群落生态学、迁徙生态学、生理学等深入研究，探讨了九段沙湿地对长途迁徙的国际性候鸟的特殊意义，并提出了湿地优化管理方案。

第一部分
长江口典型滨海湿地生态系统特征

DI YI BU FEN CHANG JIANG KOU DIAN XING BIN HAI SHI DI SHENG TAI XI TONG TE ZHENG   >>

长 江 口 滨 海 湿 地 生 态 系 统 特 征 及 关 键 群 落 的 保 育

第三章 植被研究

目前,在九段沙湿地植被的分布、空间格局、群落结构、生物量动态等方面积累了一定的成果,其中包括芦苇(*Phragmites australis*)生长和微地貌演变情况研究(贺宝根和左本荣,2000);植被分布和生物量情况研究(宋国元等,2001);原生植被保护及开发利用对策的研究(唐承佳和陆健健,2002)。2003 年出版的《上海九段沙湿地自然保护区科学考察集》对九段沙植被的区系、组成、空间分布、各主要植被类型的情况、植被结构模式和生物量动态作了详尽的介绍,并对九段沙植被的生态价值进行了评估(陈家宽,2003)。

湿地演替动态是目前国内外研究热点之一(DeBerry & Perry,2004),其中较典型是结合景观生态学方法研究植被演替(Bender et al.,2005),研究周期长短不一(Clarkson,1998;Odland & Del Moral,2002;Bender et al.,2005)。九段沙是长江口新生的沙洲湿地,天然植物群落处于快速发展期,而 1997 年,相关部门在九段沙东南部沙洲种植了一定面积(约 200 hm²)的外来物种——互花米草(*Spartina alterniflora*)和少量芦苇(陈吉余等,2001),目前,对人为干扰下九段沙湿地植被群落演化情况尚未全面开展。

本研究根据已有的研究基础,结合 1998~2003 年的遥感卫星资料和实地勘查,从景观尺度调查了九段沙主要植被群落类型的生长趋势,以及各植被群落分布面积和总生物量变化量,以此了解九段沙植被群落在人为干扰下的演替过程和发展趋势,并试图讨论互花米草对本土湿地生态系统的影响,初步提出湿地植被的管理建议。

第一节 九段沙湿地植被群落演替与格局变化趋势

一、研究方法

1. 野外调查

根据九段沙 2004 年卫星照片,在图中选择标定样点并记录样点的经纬度数据。于 2004 年秋季分 4 次上岛,在上沙、中沙和下沙各取样线一条,样线长度从 1 500~2 000 m(图 3-1),每条样线覆盖中潮带的薹草和海三棱薹草带、高潮区的芦苇带(上沙)和互花米草带(中沙和下沙)。在每条样线上取样方 10~15 个,共计 36 个样方,其中芦苇样方 12 个,互花米草样方 8 个,海三棱薹草 11 个,薹草样方 5 个(考虑到研究地点的薹草分布稀少,样方数相应减少);芦苇和互花米草的样方大小为 1 m²(1 m×1 m),薹草和海三棱薹草的样方大小为 0.25 m²(0.5 m×0.5 m),记录每个样方的坐标方位,以便日后复查;

调查包括植物群落的分布、植被的盖度的测算,植被高度、密度、鲜重的测量,将取得的植被地上部分样本带回实验室,在80℃恒温箱内干燥48 h后,计算干重作为生物量(葛振鸣等,2005;赵平等,2005)。

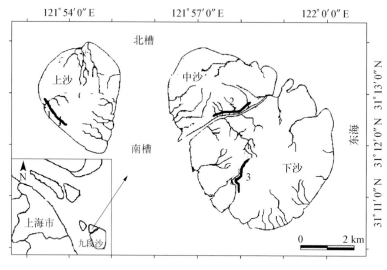

图 3-1　九段沙方位(1~3代表3条样线)

2. 航片处理

使用现有2004年九段沙遥感航空照片(分辨率为3.8 m)和2002年Landsat卫星照片为数据来源,以及1998、2000、2002年同季节植被分布资料(宋国元等,2001;陈家宽,2003;唐承佳和陆健健,2003),绘制2000年至2004年秋季九段沙植被分布图。2004年航片为多中心投影,近似于垂直投影;以2002年卫星照片为参考图像,选取控制点,将各年份资料图片调整至相同的分辨率和比例尺,采用多项式拟合法进行影像匹配,再用双线性内插法进行重采样以减小误差(丁建丽等,2003);结合现场踏勘,对航片影像进行判读和分类,最终绘制成"九段沙主要植被分布变化情况"图(见图3-2)(由于藨草与海三棱藨草在卫片上难以区分,故用同一种灰度表示)。计算面积时用栅格法,根据已知图像比例尺,计算图像中单个像素的实际占地面积,然后统计每种植被类型灰度的像元数,由此得出各个植被类型的实际面积。

二、结果

1. 九段沙湿地主要植被生长情况

结合前期研究资料和本次调查结果,列出1998年、2002年和2004年九段沙主要植被的平均高度、平均密度、地上部分单位面积干物质生产量和总生物量于表3-1。

1998~2004年九段沙芦苇、互花米草、藨草/海三棱藨草3种主要植被群落的总面积和总生物量均有较大增长。从生物量情况看,互花米草群落、芦苇群落、藨草/海三棱藨草群落总生物量的年平均增长率分别为79.79%、25.91%和16.01%,互花米草远高于其他两种植物群落;从3种植物群落占植被总面积比例的变化情况看,芦苇从近10%上升至23%并维持,互花米草从1998年的不足1%上升到2002年的11%,2004年至22%,藨草/海三棱藨草群落有所下降,从91%下降到55%。

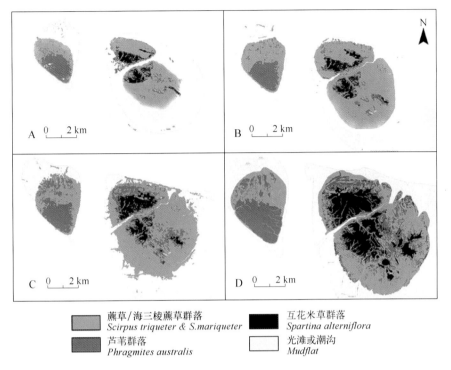

蘘草/海三棱蘘草群落
Scirpus triqueter & S.mariqueter

芦苇群落
Phragmites australis

互花米草群落
Spartina alterniflora

光滩或潮沟
Mudflat

图 3-2　九段沙植被分布变化情况(A：1998；B：2000；C：2002；D：2004)

表 3-1　植被生长情况变化

植被类型	植被生长情况	年份		
		1998*	2002*	2004
芦苇 (*Phragmites australis*)	平均高度(cm)	168.34	250	184.15±63.36
	平均密度(支/m²)	153.34	138	107.91±71.39
	单位面积生产量(kg/m²)	4.99	1.74	1.53±1.18
	地上部分总生物量(kg)	$5.816×10^6$	$1.584×10^7$	$2.317×10^7$
互花米草 (*Spartina alterniflora*)	平均高度(cm)	170	215	203.53±40.38
	平均密度(支/m²)	96.67	142	93.5±34.54
	单位面积生产量(kg/m²)	5.7	2.08	2.08±1.18
	地上部分总生物量(kg)	$8.98×10^5$	$8.889×10^6$	$3.033×10^7$
蘘草/海三棱蘘草 (*Scirpus triqueter & S. mariqueter*)	平均高度(cm)	60.03	40	43.62±11.08
	平均密度(支/m²)	1 302.51	1 105	2 115.5±866.97
	单位面积生产量(kg/m²)	0.23	0.14	0.55±0.36
	地上部分总生物量(kg)	$3.313×10^6$	$3.628×10^6$	$8.078×10^6$

　*　1998 年各种植被群落单位面积生产量来源于宋国元等(2001)的研究；2002 年的单位面积生产量见《上海九段沙湿地自然保护区科学考察集》第三篇"植物资源"(陈家宽,2003)。

2. 九段沙湿地主要植被分布和面积变化

根据遥感地图和卫星照片资料,得出九段沙 1998～2004 年植被分布变化趋势 (图 3-2)。通过数据整理和实地野外调查,计算出 1998、2002 和 2004 年秋季芦苇、互花米草、藨草/海三棱藨草 3 种植被群落的覆盖面积。按照植被群落面积的时间变化和 3 个沙洲上植被覆盖面积的变化情况进行分类汇总,列于表 3-2 和表 3-3。

表 3-2　各沙洲植被面积变化

位置	1998 年		2002 年		2004 年	
	面积(hm²)	比例(%)	面积(hm²)	比例(%)	面积(hm²)	比例(%)
上沙	597	36.91	1 106.56	28.16	1 529.88	22.96
中沙	502.83	31.09	910.14	23.17	1 474.88	22.14
下沙	517.73	32.00	1 912.36	48.67	3 658.11	54.9

表 3-3　九段沙湿地主要植被面积变化

植被类型	位　置	年　　份					
		1998		2002		2004	
		面积(hm²)	比例(%)	面积(hm²)	比例(%)	面积(hm²)	比例(%)
芦苇 (*Phragmites australis*)	上　沙	116.5	—	539.55	—	711.07	—
	中　沙	40	—	159.61	—	235.87	—
	下　沙	0	—	211.06	—	569.48	—
	总面积	156.5	9.68	910.22	23.17	1 516.42	22.76
互花米草 (*Spartina alterniflora*)	上　沙	0	—	0	—	<1	—
	中　沙	14.33	—	256.18	—	633.5	—
	下　沙	1.43	—	171.19	—	824.58	—
	总面积	15.76	0.97	427.37	10.87	1 458.08	21.88
藨草/ 海三棱藨草 (*Scirpus triqueter / S. mariqueter*)	上　沙	480.5	—	567.01	—	818.81	—
	中　沙	448.5	—	494.35	—	605.51	—
	下　沙	516.3	—	1 530.11	—	2 264.05	—
	总面积	1 445.3	89.35	2 591.47	65.96	3 688.37	55.36
总　　计		1 617.56	100	3 929.06	100	6 662.87	100

除了在中沙和下沙引种的芦苇和互花米草,其他区域均为自然生长型植被。2004 年上沙芦苇群落分布于中部至南部的区域内,中北部地区则分布着成片的藨草和海三棱藨草群落。南部成片的芦苇群落里有小片互花米草丛生,面积较小。中沙大部分地区为芦苇群落、互花米草群落及两种植被的混合群落,海三棱藨草群落分布在外围。下沙高程较低,外侧是光滩,内侧海三棱藨草分布较广,北侧至中部地区分布有稳定的芦苇群落和互花米草群落(图 3-2)。根据九段沙植物群落分布的变化情况看,互花米草扩散并占据了

藨草/海三棱藨草的生长区域。

由表 3-2 和表 3-3 可知,1998～2004 年上沙和中沙植被覆盖面积相近。下沙 1998 年植被覆盖面积稍低于上沙,略高于中沙,之后迅速增长,2004 年超过了上沙与中沙植被覆盖面积的总和。上沙植被覆盖总面积的年平均增长速度约为 17%,上沙互花米草几乎没有分布,芦苇群落和藨草/海三棱藨草群落的面积之比维持在一个比较稳定的水平上(约为 1:1.1)。中沙植被年平均增长速度约为 22%,接近于上沙。下沙植被以每年38%～39% 的速度快速增长。中下沙地区 3 种植被均有分布,(芦苇:互花米草:藨草/海三棱藨草)变化情况为:1998 年——1:0.39:24.12,2002 年——1:1.15:5.46,2004 年——1:1.81:3.56。下沙比例变化最大(1998 年——0:1:361.05,2002年——1:0.81:7.25,2004 年——1:1.45:3.98),外围的海三棱藨草等先锋植物不断向外扩张,内部的芦苇和互花米草群落面积也持续增大。

第二节　九段沙湿地植被管理建议

一、九段沙湿地各沙洲植被演替特征

九段沙植被主要由芦苇、互花米草海三棱藨草/藨草等滩涂先锋植物群落构成,处于系统演替初期阶段。芦苇和互花米草生长于潮滩高程,海三棱藨草/藨草生长于低潮位,植被分布符合一定的"高程-植物群落"模式(陈家宽,2003)。九段沙湿地随着长江携带泥沙的沉积而持续淤涨,滩地面积不断增大(谢小平等,2006),岛上植被面积也相应扩大。其中,下沙由于高程最低,活动不便,上岛人数较少,沙洲淤涨速度也最快(图 3-2),所以植被生长情况最好。上沙和中沙由于人类不定期的收获水产和植被活动产生一定干扰,沙洲面积增长速度也较慢,故植被生长条件不如下沙优越。

九段沙上沙由于没有经人工种植互花米草,与中、下沙相隔一定距离,互花米草可能还未扩散进入,所以,岛上芦苇和藨草/海三棱藨草群落占优势,相对比例也较稳定(2002～2004 年——1:1.1)。中沙和下沙均人工引种了互花米草和少量芦苇,就目前情况来看,中、下沙互花米草面积增长速率最大,群落从种植区不断向外扩散,而芦苇的扩散趋势并不明显。互花米草主要扩散和占据的区域为原先藨草/海三棱藨草和光滩区域(图 3-2,表 3-2,表 3-3),这可能说明互花米草对藨草/海三棱藨草的竞争压力较大。

二、互花米草在九段沙湿地的作用和管理建议

九段沙 3 种主要植被随着滩涂的淤涨而保持持续增长态势;其中互花米草群落的增长速度最快,长势最好。互花米草作为上海滨海滩涂引入的外来物种,近来对于互花米草在本土湿地生态系统中的功能、作用、所扮演的角色有两种意见。一些学者认为,互花米草是入侵种,会影响受入侵地区的生物多样性,改变其生态系统结构,导致生态系统的功能退化(李博等,2001;徐承远等,2001;陈中义等,2004)。另一方面,也有学者认为互花米草具有一定的生态功能和经济价值(沈永明,2001;朱晓佳和钦佩,2003;李加林,2004),比

如消浪、促淤、净化水质(宋连清,1997;刘军普等,2002;朱晓佳和钦佩,2003);对金属的吸收和富集能力很强(钦佩等,1989);能产生具有抗炎作用的互花米草类黄酮(TFS)(钦佩等,1991;胡芝华等,1998)。而且,Daehler 和 Strong(1996)研究发现,互花米草使生境异质性增加,提高了滩涂湿地的主要基底生物-底栖动物的数量和多样程度,但互花米草斑块底泥种的底栖动物数量和丰富度小于潮间带光滩(Luiting et al.,1997)。

本研究结果认为互花米草对九段沙的直接影响是对土著植物(主要是芦苇和海三棱藨草)的竞争和侵入状态(图 3 - 2,表 3 - 2)。互花米草群落面积占九段沙植被覆盖面积的比例逐年增大,尤其在中、下沙地区,扩展迅速。另外,九段沙作为重要的水禽栖息地,最初引种互花米草的目的是为了促淤和引鸟,被称为"种青引鸟"工程(陈吉余等,2001),但目前还没有相关证据证明其改善鸟类栖息环境的报道。

鉴于互花米草对九段沙湿地生态系统的影响尚无定论,因此,建议可针对互花米草无序蔓延的问题,以及长江河口新生湿地的脆弱性,进行适当的管理:① 保留沙洲外围边界、潮沟和水域周边一定宽度内的互花米草,发挥其促淤和消浪的生态保障功能;② 对沙洲中心区茂密的互花米草丛进行定期收割,可做异地燃料或饲料的经济效用;③ 对于要控制互花米草生长的地区,可适当采取一些生物控制措施。此后,应通过进一步研究工作,探索引入种对滨海湿地生态系统的影响和机制,在区域尺度上,规划九段沙各沙洲的功能定位,提出资源可持续利用方案。

第四章 大型底栖动物研究

大型底栖动物作为河口湿地生态系统营养循环的关键功能群,能加速水底碎屑的分解,调节沉积物与水柱界面物质交换,促进水体自净,是潮滩湿地最重要的定居动物代表之一(陈家宽,2003;袁兴中和陆健健,2003)。河口湿地底栖动物群落在空间的分布格局可以反映出它们在成陆历史上的演变过程(Engel & Summers,1999;袁兴中和陆健健,2001;2002),其生物资源现状既反映了河口地区的特点,也反映了群落处于演替初级阶段,生物多样性较低的特点(周时强等,2001;袁兴中等,2002a),长江口潮滩湿地大型底栖动物功能群数量的变化格局体现了环境异质性对其的影响(袁兴中等,2002b)。

底栖动物作为九段沙生境中主要组成部分,是河口湿地生态系统中参与物质分解和营养循环的关键类群。可以加速水底碎屑的分解,调节沉积物与水柱界面物质交换,并促进水体自净等(陈家宽,2003;Moodley et al.,1998)。袁兴中等(2000;2001;2002)在对长江口湿地生物资源及其变化趋势的研究阐述了底栖动物群落结构在空间变化的特征,并认为大型底栖动物功能群结构是潮间带生境梯度及环境因子变化的综合反映(Pearson & Rosenberg,1987;Fauchald & Jumars,1979;Bonsdorff et al.,1995)。关于底栖动物与环境因子,如水动力、土壤颗粒以及泥沙沉积的研究较多(袁兴中等,2002;2003),而有关土壤因子对大型底栖动物影响。目前,对底栖动物群落组成及多样性特征有所了解(袁兴中等,2002),一些研究认为大型底栖动物功能群结构是潮间带生境梯度及环境变化的综合反映(朱晓君和陆健健,2003),而在此基础上进一步探索底栖动物群落时空变化格局的工作尚未开展,各生境下(包括无植被区、土著植物和外来植物)底栖动物群落结构差异的相关研究也较少。

本研究探讨了九段沙新生湿地大型底栖动物群落结构季节变化规律,以及不同土壤因子与底栖动物群落结构变化的关系,比较了现今九段沙湿地 3 个形成时期和地域不同的沙洲大型底栖动物群落结构差异,同时,横向比较了九段沙湿地各生境下(包括无植被区、土著植物和外来植物)底栖动物群落结构差异,进而较完整地分析了大型底栖动物群落结构的季节及空间变化格局,并初步讨论了影响其变化的潜在因素,以期为海岸带新生河口湿地资源的合理调节、保护和可持续利用提供科学依据。

第一节 总体研究方法

一、研究区域

本次研究区域覆盖九段沙湿地上沙、中沙和下沙 3 个沙洲的 7 个采样区域(图

4-1),区Ⅰ、Ⅱ位于上沙,样点 80 个;区Ⅲ、Ⅳ、Ⅴ位于中沙,样点 48 个;区Ⅵ、Ⅶ位于下沙,样点 88 个。研究区域覆盖 6 个主要生境类型:低潮位光滩、高潮位光滩、芦苇(*Phragmites australis*)带、海三棱藨草(*Scirpus mariqueter*)带、藨草(*Scirpus triqueter*)带和互花米草(*Spartina alterniflora*)带(宋国元等,2001;唐承佳和陆健健,2003)。

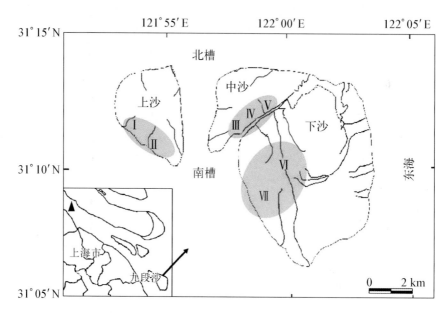

图 4-1　九段沙地理位置图和定点采样研究区域

Ⅰ:31°12′14.6″~31°12′46.2″N,121°53′19.1″~121°53′51.9″E;Ⅱ:31°10′54.1″~31°11′27.9″N,121°54′58.4″~121°55′01.9″E;Ⅲ:31°12′20.2″~31°12′57.5″N,121°57′27.5″~121°48′02.1″E;Ⅳ:31°12′13.8″~31°12′34.9″N,121°57′35.0″~121°58′00.2″E;Ⅴ:31°12′11.8″~31°12′37.5″N,121°56′56.9″~121°57′57.5″E;Ⅵ:31°11′20.2″~31°11′59.6″N,121°58′17.9″~121°48′59.7″E;Ⅶ:31°11′19.4″~31°11′42.1″N,121°56′27.2″~121°57′10.5″E

二、样品采集及标本分离

2004 年 11 月至 2005 年 10 月,在上沙设置样点 20 个(低潮位光滩和海三棱藨草带各 4 个、高潮位光滩和藨草带各 3 个、芦苇带 6 个);中沙 12 个(低潮位光滩、芦苇带、藨草带和互花米草带各 2 个、高潮位光滩 1 个、海三棱藨草带 3 个);下沙 22 个(低潮位光滩和高潮位光滩各 3 个、芦苇带 4 个、海三棱藨草带和互花米草带各 5 个、藨草带 2 个)。采样区域见图 4-1。

分季节(春季:3~4 月;夏季:7 月;秋季:9~10 月;冬季:12~1 月)使用内径 10 cm 的 PVC 管采集样方内底泥表层土(深度为 20 cm),每个样点 4 次重复(Ong & Krishaans,1995),累计样品 216 个,应用全球定位系统(GPS)对样点进行定位,便于各季节重复采样。同时,进行定性取样以了解九段沙底栖动物的种类组成。样品过孔径 0.5 mm 网筛,获取大型底栖动物标本。标本处理和分析均按《全国海岸带和海涂资源综合调查简明规程》第七篇"岸带生物调查方法"。

应用全球定位系统(GPS)进行定位。由于软体动物和甲壳动物数量较多,生物量以600 ℃下煅烧得到的除去灰分的干重计算。

三、土壤因子测定

采用德产 WET-1 三参数仪对九段沙各样点进行表层土壤湿度以及盐度(用电导度表示,土壤电导率可以反映它的含盐量)(王遵亲等,1993)进行测定。在上沙、中沙和下沙各相应样点采集表层约 10 cm 的泥土,带回实验室测定 pH。有机质使用煅烧法(550～600 ℃)得到除去灰分的干重。

四、数据处理

大型底栖动物群落特征以种类数、密度、生物量、Shannon-Wiener 多样性指数和Pielou 均匀度指数表示(Shannon & Weaver,1949;Pielou,1975)。由于九段沙湿地软体动物和甲壳动物数量较多,生物量以 600 ℃下煅烧得到的除去灰分的干重(ash free dry weight,AFDW)计算。群落生态指数计算公式如下:

Shannon-Wiener 多样性指数:

$$H' = -\sum P_i \log_2 P_i$$

Pielou 均匀度指数:

$$J = H'/\log_2 S$$

式中,S 为总物种数;P_i 为种 i 的个体数占总个体数的比例。差异性分析使用 SPSS 11.5 软件。

第二节　九段沙大型底栖动物群落组成和季节变化

一、九段沙大型底栖动物的季节种类组成

本次九段沙潮滩湿地周年调查共统计到大型底栖动物 30 种,隶属 5 个门,7 个纲,10 个目,21 个科,25 个属。其中,甲壳动物 12 种(占总种数的 40 %),软体动物 11 种(占总种数的 37.93%)。以个体总数比例超过 90% 为依据,春、夏、秋季九段沙大型底栖动物的优势种为谭氏泥蟹(*Ilyrplax deschampsi*)、光滑狭口螺(*Stenothyra glabra*)、堇拟沼螺(*Assiminea violacea*)、焦河蓝蛤(*Potamocorbula ustulata*)和中国绿螂(*Glaucomya chinensis*),冬季的优势种为谭氏泥蟹、光滑狭口螺、堇拟沼螺、焦河蓝蛤、绯拟沼螺(*Assiminea latericea*)和霍甫水丝蚓(*Limnodriu hoffmeisteri*)。各季底栖动物组成及分布见表 4-1。

表 4-1　九段沙大型底栖动物季节种类组成

种　　类	春　季	夏　季	秋　季	冬　季
环节动物(Annelida)				
霍甫水丝蚓(*Limnodriu hoffmeisteri*)	+	+	+	++
中华颤蚓(*Tubifex sinicus*)	++	—	—	++
疣吻沙蚕(*Tylorrhynchus heterochaetus*)	+	—	—	+
长吻沙蚕(*Glycera chirori*)	+	—	+	+
小头虫(*Capitella capitata*)	+	+	+	—
软体动物(Mollusca)				
河蚬(*Corbicula fluminea*)	—	—	—	+
四角蛤蜊(*Mactra veneriformis*)	—	—	—	+
中国绿螂(*Glaucomya chinensis*)	++	++	+++	++
缢蛏(*Sinonovacula constricta*)	—	—	+	+
焦河蓝蛤(*Potamocorbula ustulata*)	++	+++	++	++
光滑狭口螺(*Stenothyra glabra*)	++++	++++	++++	++++
堇拟沼螺(*Assiminea violacea*)	++	+++	++++	++
绯拟沼螺(*A. latericea*)	+	+	++	++
中华拟蟹守螺(*Cerithidea sinensis*)	+	++	++	+
泥螺(*Bullacta exarata*)	—	+	+	—
小类麂眼螺(*Rissoina bureri*)	+	+	+	+
甲壳动物(Crustacea)				
豆形拳蟹(*Philyra pisum*)	—	—	—	+
日本大眼蟹(*Macrophthalmus japonicus*)	—	—	+	—
宽身大眼蟹(*Macrophthalmus dilatatus*)	—	—	+	—
褶痕相手蟹(*Sesarma plicata*)	+	+	+	+
屠氏招潮(*Uca dussumieri*)	+	—	+	—
弧边招潮(*U. arcuata*)	—	—	+	+
谭氏泥蟹(*Ilyrplax deschampsi*)	++	++	+++	++
锯脚泥蟹(*I. dentimerosa*)	—	—	+	—
天津厚蟹(*Helicetridens tientsinensis*)	—	—	—	—
四齿大额蟹(*Metopograpsus quadridentatus*)	—	—	+	+
中华虎头蟹(*Orithyia sinica*)	—	—	—	+
潮虫(*Porcellio* sp.)	+	—	—	—
昆虫(Insecta)				
昆虫幼虫(Insect Larva sp.)	++	++	++	+
昆虫成体(Insect sp.)	+	+	+	+
鱼类(Fish)				
大弹涂鱼(*Boleophthalmus pectinirostris*)	+	+	+	+

　　"+"表示个体数量占总个体数量的1%以下;"++"表示个体数量占总个体数量的1%~10%;"+++"表示个体数量占总个体数量的10%~20%以上;"++++"表示个体数量占总个体数量的20%以上;"—"表示该生境下无此种类。

九段沙大型底栖动物四季各类群种类组成见图4-2,在种类组成上软体动物和甲壳动物物种丰富度最高。其中,软体动物种数四季无明显变化,甲壳动物种数秋冬季较为丰富,夏季种数较少。环节动物夏季物种数最少,其他物种数季节相差较小。

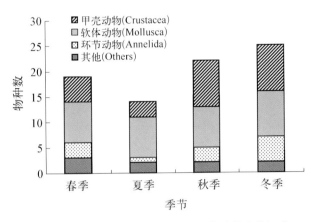

图4-2　九段沙大型底栖动物的群落种类季节组成

由图4-3可知,软体动物和甲壳动物是九段沙大型底栖动物的优势种群。从生物密度上来说,软体动物占绝对优势,占总密度的80%以上,其春季密度最高,达3 691个·m^{-2},秋季和夏季密度较低,为1 000个·m^{-2}左右。甲壳动物四季密度变化较小,秋季密度略高,为277个·m^{-2}。环节动物种群数量在冬季种群密度最高,达到595个·m^{-2}。昆虫及其他物种四季变化幅度较小,种群密度都较低。

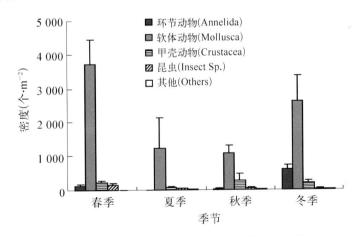

图4-3　九段沙大型底栖动物不同种群数量组成季节变化

二、九段沙大型底栖动物群落结构的季节变化

由表4-2可知,九段沙大型底栖动物秋冬季种类最丰富,春夏季种类较少。群落生物密度春季最高,夏、秋季下降,秋季末及冬季回升。底栖动物生物量春季>冬季>秋季>夏季。九段沙四季底栖动物多样性为春季>秋季>冬季>夏季,但总体处于较低水平,

底栖动物四季分布较不均匀。四季底栖动物在种类组成、密度、多样性和均匀性上存在显著差异。

表 4-2　九段沙大型底栖动物群落结构特征的季节变化

季　节	种类数	密度 （ind.·m²）	生物量 （g·m²）	多样性指数 （H'）	均匀性指数 （J'）
春　季	18	4 183.29±2 854.70	55.82±41.19	1.05±0.64	0.56±0.30
夏　季	14	1 324.79±1 232.59	24.41±15.79	0.57±0.35	0.56±0.35
秋　季	22	1 460.11±1 080.69	29.32±19.33	0.93±0.39	0.75±0.25
冬　季	25	3 044.92±2 085.20	30.81±17.76	0.87±0.68	0.50±0.36
F	6.401	4.988	1.297	7.681	6.158
P	0.001*	0.002*	0.276	0.001*	0.001*

*表示该生态指标在各季节间有极显著差异（$P<0.01$）。

三、群落优势种的季节变化特征

根据九段沙大型底栖动物四季调查结果，光滑狭口螺、堇拟沼螺、焦河蓝蛤、谭氏泥蟹及中国绿螂为群落优势种。优势种平均密度四季变化趋势见图 4-4（由于霍甫水丝蚓在冬季为群落优势种，但春、夏及秋季种类数量锐减，因此，此图将其列入。光滑狭口螺密度较高，变化趋势较明显，将其单独成图）。

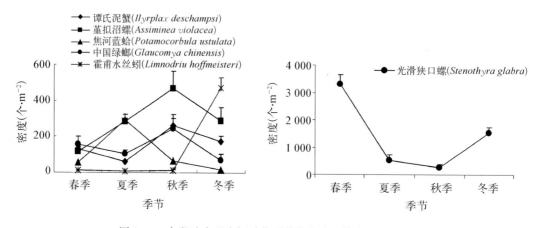

图 4-4　九段沙大型底栖动物群落优势种个体密度四季变化

光滑狭口螺春季数量丰富，密度为 3 314 个·m⁻²，但在夏、秋季急剧下降，秋季平均密度只有 270 个·m⁻²。霍甫水丝蚓冬季密度较高，可达 474 个·m⁻²。夏、秋及春季密度减少，春季密度为 15 个·m⁻²。谭氏泥蟹四季密度变化较小，到秋季达到最高峰，为 262 个·m⁻²。堇拟沼螺密度呈上升趋势，秋季密度最大，为 470 个·m⁻²，冬季略有所下降。中国绿螂密度呈秋季＞春季＞夏季＞冬季规律，秋季最高密度达 246 个·m⁻²。焦河蓝蛤密度夏季至冬季呈下降趋势，夏季最高密度为 293 个·m⁻²，但总体密度较低。

第三节 群落结构特征与环境
因子的相关性

对九段沙四季底栖动物群落结构特征与土壤湿度、盐度、pH 以及土壤有机质含量等土壤因子进行相关性分析(表 4-3)。结果表明,春季大型底栖动物均匀性指数与有机质存在一定相关性。夏、秋季大型底栖动物群落结构特征与土壤因子的相关性均未达到显著水平。冬季大型底栖动物密度与土壤湿度呈极显著正相关,与土壤有机质含量呈显著正相关。但土壤盐度与九段沙大型底栖动物群落结构特征相关性未达到显著水平。

表 4-3 九段沙大型底栖动物各季生态学特征值与土壤因子相关性统计

土 壤 因 子		密度 (ind. · m²)	生物量 (g · m²)	多样性指数 (H')	均匀性指数 (J')
春季	土壤湿度(%)	0.06	0.14	0.06	0.06
	土壤盐度(ms · m⁻¹)	−0.14	0.21	−0.12	−0.15
	pH	0.13	−0.00	−0.01	−0.05
	有机质含量	0.17	−0.03	0.26	0.29*
夏季	土壤湿度(%)	−0.23	−0.08	−0.12	−0.06
	土壤盐度(ms · m⁻¹)	−0.03	−0.07	0.10	0.04
	pH	−0.19	−0.14	0.001	−0.05
	有机质含量	0.01	−0.12	0.11	0.15
秋季	土壤湿度(%)	0.20	0.39	0.01	−0.06
	土壤盐度(ms · m⁻¹)	−0.14	−0.06	−0.01	0.16
	pH	0.15	−0.10	−0.02	−0.04
	有机质含量	0.16	−0.11	0.01	−0.10
冬季	土壤湿度(%)	0.47**	−0.17	−0.03	−0.01
	土壤盐度(ms · m⁻¹)	−0.16	0.24	−0.043	−0.02
	pH	0.28	−0.22	−0.31	−0.19
	有机质含量	0.29*	−0.25	−0.11	−0.19

* $P < 0.05$,** $P < 0.01$。

第四节　大型底栖动物群落时空变化格局及互花米草对底栖动物的影响

一、九段沙大型底栖动物群落结构区域时空变化格局

九段沙湿地上、中、下沙大型底栖动物密度四季变化趋势基本一致,均为春季最高,夏、秋季下降,秋季末及冬季回升(表4-4)。方差分析表明,春、秋和冬季上沙、中沙和下沙区域底栖动物群落结构没有显著差异($F=0.01\sim2.59$,$P=0.09\sim0.99$)。夏季上沙、中沙、下沙区域间底栖动物密度存在显著差异($F=3.64$,$P=0.033$),经多重比较分析表明,上沙和中沙区域间底栖动物密度有显著差异。3个沙洲底栖动物密度和生物量空间梯度表现为下沙>上沙>中沙。生物多样性指数总体水平较低,分布也不均匀,无显著性季节差异。

表4-4　区域间大型底栖动物群落结构比较(平均值±标准差)

群落特征	春　季		
	上　沙	中　沙	下　沙
种类(种)	12	13	17
密度(个·m⁻²)	4 209.40±1 646.55	2 019.23±930.88	5 956.82±3 750.66
生物量(g·m⁻²)	55.35±10.99	30.93±44.54	80.08±26.44
多样性指数(H')	1.02±0.42	1.04±0.48	1.14±0.49
均匀性指数(J')	0.63±0.25	0.51±0.29	0.55±0.21

群落特征	夏　季		
	上　沙	中　沙	下　沙
种类(种)	12	12	8
密度(个·m⁻²)	2 580.42±1 061.54	804.20±393.33	1 506.41±524.56
生物量(g·m⁻²)	33.77±13.68	14.56±10.79	38.53±10.25
多样性指数(H')	0.62±0.38	0.44±0.13	0.59±0.20
均匀性指数(J')	0.57±0.21	0.42±0.19	0.59±0.25

群落特征	秋　季		
	上　沙	中　沙	下　沙
种类(种)	15	12	19
密度(个·m⁻²)	1 764.35±683.13	1 051.28±491.54	1 818.07±500.39
生物量(g·m⁻²)	24.26±8.74	20.33±5.43	44.74±10.48
多样性指数(H')	0.94±0.42	0.92±0.39	0.93±0.13
均匀性指数(J')	0.76±0.28	0.73±0.30	0.75±0.23

群落特征	冬　季		
	上　沙	中　沙	下　沙
种类(种)	9	18	10
密度(个·m⁻²)	3 347.42±1 034.08	1 755.42±770.28	4 106.89±1 950.01
生物量(g·m⁻²)	29.69±1.93	20.98±25.35	40.41±1.28
多样性指数(H')	0.84±0.32	1.13±0.47	0.64±0.27
均匀性指数(J')	0.51±0.11	0.61±0.15	0.36±0.11

二、九段沙大型底栖动物群落结构生境时空变化格局

九段沙湿地主要生境大型底栖动物群落季节变化见图 4-2。结果表明,春季海三棱藨草带和互花米草带种类最多;夏、秋季各生境差异不大;冬季低潮位光滩物种最丰富(图 4-5a)。

四季大型底栖动物密度均表现为海三棱藨草带和藨草带最高,互花米草带和芦苇带次之,光滩区域最低(图 4-5b)。春、夏和冬季生境间底栖动物密度差异极显著(F 春季$=5.208$,$P=0.001$;F 夏季$=4.644$,$P=0.002$;F 冬季$=6.474$,$P=0.001$),多重比较

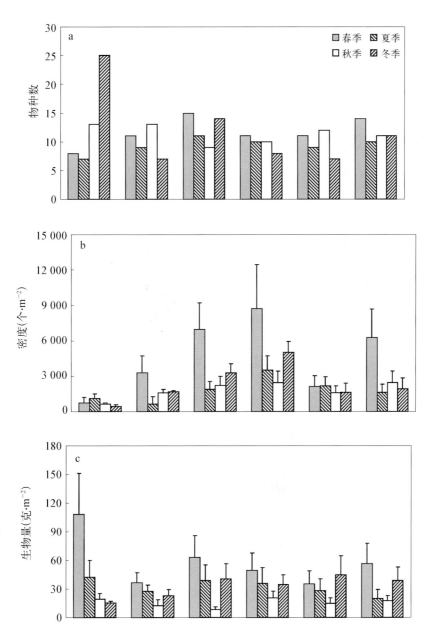

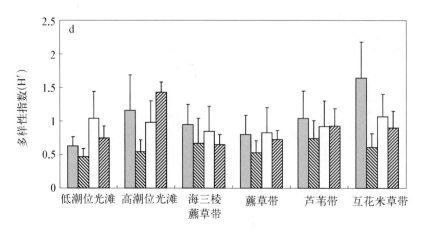

图 4 - 5　生境间大型底栖动物群落结构比较

(种类数为最大值,其他以平均值＋标准差表示)

结果表明,海三棱藨草带和藨草带与其他生境存在显著差异。底栖动物密度的季节变化总体呈现春季高,夏、秋季下降,冬季回升的趋势。春季低潮位光滩底栖动物生物量最高;夏、秋季各生境生物量均处于较低水平且差异不大;冬季植被覆盖区域生物量较光滩区域高(图 4 - 5c)。各生境总体季节变化呈春季高,夏、秋季下降,冬季回升的趋势。

三、九段沙大型底栖动物优势种时空变化

由图 4 - 6 可知,春季大型底栖动物群落中光滑狭口螺占较大优势,且在海三棱藨草和藨草带密度最高,低潮位光滩区域最低。谭氏泥蟹密度在各个生境无显著差异($F=1.562,P=0.191$)。焦河蓝蛤仅在低潮位光滩带和藨草带有分布。海三棱藨草带、藨草带和互花米草带有一定数量的堇拟沼螺和中国绿螂。

夏季光滑狭口螺分布与春季相似,但密度有所下降。谭氏泥蟹密度在各个生境下的差异不大($F=0.109,P=0.897$)。焦河蓝蛤密度较春季升高,且在低潮位光滩、海三棱藨草和藨草带分布较多。堇拟沼螺在芦苇带密度较高,其他生境差异不大。中国绿螂在各生境分布也较平均。霍甫水丝蚓在光滩区域出现,但密度极低。

秋季光滑狭口螺密度继续下降,分布呈植被覆盖区域略高于光滩。谭氏泥蟹在海三棱藨草带、藨草带及高潮位光滩带密度较高。焦河蓝蛤密度处于较低水平,且未出现在芦苇带。堇拟沼螺分布与光滑狭口螺相似。中国绿螂密度在各生境下差异不大($F=1.593,P=0.183$)。霍甫水丝蚓仅在高潮位光滩和藨草带有少量分布,其他生境未发现。

冬季光滑狭口螺密度大幅回升,海三棱藨草带和藨草带密度最高,低潮位光滩区域未发现。谭氏泥蟹、堇拟沼螺和中国绿螂分布较均匀。焦河蓝蛤很少见。霍甫水丝蚓密度大幅上升,除低潮位光滩带以外,其他生境均有分布,密度也较高。

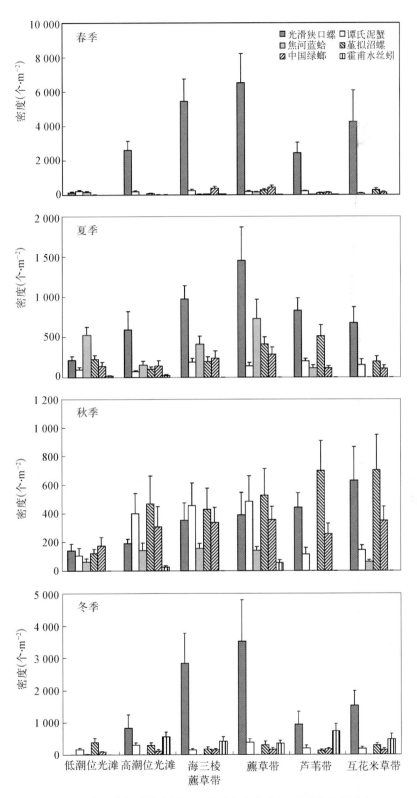

图4-6 大型底栖动物优势种密度时空变化比较(平均值+标准差)

四、互花米草对底栖动物的影响

外来物种互花米草生境下大型底栖动物种类数、密度和多样性处于平均水平(图4-5)。底栖动物种类数、密度、生物量以及多样性与土著种芦苇带无显著差异($t=-2.330\sim1.292,P=0.059\sim0.848$)。

九段沙湿地大型底栖动物生物多样性总体水平较低($H'=0.5\sim1.5$),春季互花米草带和春、冬季的高潮位光滩略高,海三棱蔗草带、蔗草带和低潮位光滩相对较低(图4-5)。鉴于海三棱蔗草带和蔗草带位于低潮位区,芦苇与互花米草带位于高潮位区,因此多样性指数有从高潮位到低潮位递减的趋势。

第五节　总　　结

一、九段沙大型底栖动物群落的四季变化

九段沙大型底栖动物群落结构四季变化明显,春季底栖动物密度和生物量最高,夏季下降至秋季末和冬季回升,体现了群落结构四季变化的一个循环形式。这是由于比例占90%以上的光滑狭口螺生物密度呈四季循环过程所致。九段沙底栖动物物种多样性较低,但总体生物密度较高,这符合河口底栖动物的特性。九段沙底栖动物分布较不均匀,这可能与植被根丛结构复杂,增加了环境结构异质性有关,如有些软体动物在蔗草带和海三棱蔗草带分布较多(袁兴中和陆健健,2002),有些蟹类分布在芦苇带较多(杨万喜和陈永寿,1996)。

春季大多数底栖动物处于恢复期,种类数较低,但由于光滑狭口螺密度为四季最高峰,所以总体生物密度呈较高水平。另外,春季褶痕相手蟹(*Sesarma plicata*)等大型甲壳动物数量为其他各季的5~6倍左右,所以总体生物量最高;夏季潮汐强度较大,气温较高,对底栖动物的干扰增加(陈家宽等,2003),优势种光滑狭口螺密度大幅下降,谭氏泥蟹密度也处于四季最低值,群落组成大多为长腹度5 mm以下的个体,因此夏季底栖动物种类数、密度和生物量最低;秋季光滑狭口螺密度略低于夏季,谭氏泥蟹、董拟沼螺等优势种的数量上升至最高峰,大型甲壳动物如褶痕相手蟹、屠氏招潮蟹(*Uca dussumieri*)及弧边招潮蟹(*U. arcuata*)数量增多,因此物种数和总体生物量呈上升趋势;冬季光滑狭口螺数量回升,但其他种类生物密度较低,因此冬季底栖动物密度和多样性较春季低,较秋季大,生物量略有所回升,但不明显。冬季另一优势种霍甫水丝蚓(*Limnodriu hoffmeisteri*)数量较大,在其他季节极少见,这可能与冬季植被枯萎,地下部分腐烂以致土壤有机质含量增加有关(刘建康,1999)。

此外,夏、秋季为长江口水产捕捞旺季,可能会在九段沙湿地造成较大人为干扰(汪松年,2003),这也可能是九段沙大型底栖动物群落结构四季变化的部分原因。

二、大型底栖动物群落结构与土壤因子的相关性

本研究发现九段沙湿地土壤盐度的变化对底栖动物的群落结构并无显著影响。这可

能与九段沙处于长江口咸淡水交界处,底栖动物物种的广盐性有关(杨万喜和陈永寿,1996;1998)。冬季土壤湿度对底栖动物密度的影响较为显著,由于晚冬和初春时期潮滩的土壤湿度变化较其他季节大(与潮水覆盖范围、频率和时间有关),且潮滩悬沙径流量和风暴增水也明显减小(陈加宽等,2003),可能使得平均潮位以上的底栖动物分布受到了限制。九段沙四季土壤 pH 范围均在 7.9~8.4 左右,为弱碱性土壤,酸碱变化幅度很小,因此,pH 与大型底栖动物群落结构无显著相关性。研究表明,含较多有机质的腐泥中底栖动物密度要大于其他泥质(刘建康,1999),这与本次研究结果一致,即有机质含量与生物密度呈显著正相关。冬季底栖动物密度较高可能是由于冬季植被枯萎,有机质回归土壤,底栖动物可利用的有机碎屑增多;春季土壤中积累了上一个冬季残留的有机碎屑,且植被开始萌发,如海三棱藨草球茎开始生长,积累的有机质和新生的植物嫩芽为底栖动物提供了充足的食物来源。夏、秋季植被快速生长,使得土壤中有机碎屑明显减少,因此,底栖动物密度低于冬、春季。

总体来说,九段沙大型底栖动物四季变化明显,呈现一个循环过程,且群落结构与土壤因子的相关性不显著。一年调查过程对于了解九段沙大型底栖动物的生态学特征仍属初步研究阶段,底栖动物群落结构形成原因还需深入调查和分析。

三、各沙洲间大型底栖动物群落结构比较

20 世纪 40 年代中期,九段沙湿地 0 m 等深线以上的上沙和中沙两个分离的沙洲开始成陆,至 70 年代,3 个沙洲已基本成型,其位置也相对稳定,但中、下沙连成一体。80 年代后,九段沙北部因北槽的发展遭到侵蚀,中、下沙才开始分离。1997 年在中沙人工引种了外来植物互花米草。目前其已逐渐扩散至下沙,形成上沙以芦苇、海三棱藨草和藨草;中沙以互花米草和海三棱藨草;下沙以海三棱藨草、互花米草和藨草为优势的植被群落结构(陈家宽,2003)。而本研究结果表明,各沙洲间大型底栖动物群落结构四季差异均不大,这可能是由于 3 个沙洲形成时期较相近,植被群落的差异未达到改变底栖动物整体分布的程度。在夏季出现了下沙底栖动物密度和生物量大于上沙和中沙的现象,这可能是由于下沙高程较低,水陆交错区域大,低潮位光滩、海三棱藨草和互花米草带分布面积较大,底栖动物种类在这些生境相对丰富,如甲壳动物和软体动物分布优势明显。

四、主要生境间大型底栖动物群落结构比较

河口湿地生态系统因为其开放特性,九段沙湿地各生境大型底栖动物种类数的季节变化对环境比较敏感。夏、秋季气候、潮水和植被生长较恒定,而春、冬季波动大,因此各生境底栖动物种类数变化大。由物种组成的季节变化调查结果可知,九段沙湿地大型底栖动物群落的四季循环特征主要与优势种的数量消长有关。总体物种多样性较低,但生物密度较高,这符合河口底栖动物的特性。底栖动物分布较不均匀,这可能与植被根丛结构复杂,增加了环境结构异质性有关。

九段沙各生境环境条件的不同造成底栖动物分布不同(袁兴中等,1999),海三棱藨草带和藨草带下底栖动物密度处于较高水平,这是由于其地下环境较适宜,植被根丛结构复杂,增加了基底的环境结构异质性(Capehart & Hacknty,1989;Ricklefs & Schluter,

1993),同时,海三棱藨草带和藨草带处于光滩和陆生植物带的生态交错区,表层环境异质性高,且受潮水干扰程度相比光滩要小。海三棱藨草和藨草的茎枝、落叶滋养了大量体型较小的蟹类、软体动物(袁兴中等,2002a),如光滑狭口螺、谭氏泥蟹等分布较多。而光滩区域潮水和人类活动干扰较大,底栖动物群落季节波动也较大(图4-4),芦苇和互花米草春、夏季根系发达,过密的根系可能会影响底栖动物的分布(朱晓佳和钦佩,2003)。

作为外来物种,互花米草生境下大型底栖动物在种类组成上虽与其他生境有所差异,但种类数、密度和多样性处在各生境的平均水平。底栖动物密度、生物量以及多样性与土著种芦苇带相比差异不大,所以外来物种对生态系统的影响需要更进一步的研究和探讨。互花米草和芦苇带底栖动物密度和生物量都低于海三棱藨草和藨草带,说明海三棱藨草和藨草带更适合底栖动物的生存,这有可能与互花米草和芦苇带有向陆生植被演变的趋势有关。

春季低潮位光滩底栖动物密度最低,但生物量最高,这是因为此生境大型甲壳动物较其他区域丰富,如褶痕相手蟹(*Sesarma plicata*)、四齿大额蟹(*Metopograpsus quadridentatus*)等。夏、秋季由于光滑狭口螺数量锐减,导致生物量下降。冬季海三棱藨草带、藨草带、芦苇带和互花米草带光滑狭口螺和霍甫水丝蚓数量上升(图4-5),这可能与植被枯萎,基底部分土壤有机质增加有关(刘建康,1995)。

九段沙底栖动物多样性总体较低,群落密度集中于少数优势种,与其他研究结果相似(谢一民,2004)。这有可能与九段沙新生湿地的特性有关,生物群落正处于演替的初级阶段,生物结构类型较单一(杨万喜和陈永寿,1996;1998;上海市农林局,2002)。

根据九段沙湿地各沙洲和不同生境下底栖动物群落空间分布差异和季节变化规律,可利用光滩、海三棱藨草和藨草带等水陆交错区,以及向陆生演化的芦苇、互花米草带的大型底栖动物群落的时空异质性,来科学评估各生境下底栖动物的适宜性和外来物种互花米草对底栖动物的影响,合理调配各环境要素和制定相关的湿地管理措施。

第五章 鸟类功能群研究

　　九段沙湿地由于地处长江入海口,恰好位于"东亚—澳大利亚"鸟类迁徙路线的中部,其良好的生态环境及丰富的食物资源吸引了大量的迁徙鸟类在此停息、越冬,根据初步调查,崇明东滩现有各种鸟类 300 余种,数量达 10 万只以上。随着鸟类生态学的发展,作为湿地生态系统中重要组成部分的鸻形目鸟类种群数量的消长和分布,对维持生态系统的稳定性以及监测湿地生态系统的变化,均起着重要作用,是湿地生态环境的重要指标之一。长江口地区由于经济发展,城市化趋势明显,大规模的围垦使自然滩涂萎缩、破碎化,特殊的栖息地结构导致了鸟类分布类型的嬗变。水鸟是一类特殊的群体,它们的迁徙性以及对湿地的依赖性,导致对生境质量结构的敏感性。干扰影响了鸟类对栖息地的利用,打乱了鸟类与栖息地原有的关系。本研究拟通过对长江口南岸杭州湾北岸湿地水鸟及其环境因子的调查分析,确定探讨其主要环境影响因子。本项研究的目的是通过了解调查区内鸟类资源的状况和环境因子变化,为滩涂工程对鸻形目鸟类群落的负面效应的管理措施提供科学依据,并积极探讨沿海经济发达城市湿地中已破坏生境的恢复和重建技术,最大限度地实现自然保护和生态开发的协调。

第一节　鸟类群落结构及分布特征

一、研究方法

　　有关不同生境的鸟类群落特征,采用样线法做了调查,分为芦苇、互花米草、海三棱藨草和光滩 4 种类型。每个沙洲的样线长度均为 2 km,各 2 条样线,最后各生境样线长度的计算结果为:芦苇 2.66 km,海三棱藨草 3.96 km,互花米草 2.28 km,光滩 3.10 km。芦苇和互花米草样线宽度(两侧共计)为 60 m,海三棱藨草为 200 m,光滩为 300 m。

　　鸟类数量和分布的调查采用样线法和样点法相结合,分队同步调查。每队至少 2 人,携带两台双筒望远镜(8 倍)、一台长筒望远镜(20~60 倍)、一本鸟类野外鉴定手册(Mackinnon et al.,2000)、一台 GPS 全球定位系统、一台测距仪和手机、笔记本、铅笔等工具。考察队以 1~3 km/h 的速度行进,统计样带左右两边 50 m 内所看到的鸟类,并记录鸟类所在的生境特点;统计时避免重复记录,计数由前向后飞的鸟,而由后向前飞的鸟不予计数。

　　如果遇到鸟类数量集中的地方,或难以辨认的鸟群,考察队必须尽可能地接近鸟群,采用特定地区样点法取得完整统计数据,在记数时,将精确记数与估算相结合,对数量较大的群体采取"集团统计法",即将水禽分成不同的小集团,每个集团可以为 10 个、100 个、1 000 个水禽(根据群数大小而定),根据对集团数的统计推算鸟类的总数以及群体中各种类所占的百分比(Howes & Bakewell,1989);若是碰到无法辨认的鸟类,则统计数量,并注明是哪一类。

考虑到调查中有重复的鸟类数据,在九段沙湿地的鸟类数量统计中,我们采用最大值保留法(Howes & Bakewell,1989),以确保统计的准确性:即从数次调查的同种鸟类统计数值中保留最大值的那一次,以代表该鸟类在九段沙湿地觅食或者栖息时曾出现的数量,低于该数量者全部剔除。

二、九段沙湿地鸟类群落结构

研究结果显示,目前在九段沙湿地保护区已经记录到的鸟类共计 9 目 25 科 120 种(表 5 - 1)。我们对结果进行统计,将主要活动区域为水域、光滩和海三棱藨草地的鸟类定为水鸟类,而栖息于各种植被群落的鸟类定为林鸟类,隼形目鸟类定为其他类,结果见表 5 - 2。

表 5 - 1 九段沙冬季鸟类种类及区系组成

目	科(种数)	种 数	比例(%)
鹛鹧目	鹛鹧科(2)	2	1.67
鹳形目	鹭科(9) 鹮科(1)	10	8.33
雁形目	鸭科(15)	15	12.50
鸻形目	砺鹬科(1) 鸻科(7) 鹬科(26) 瓣蹼鹬科(1) 燕鸻科(1)	36	30.00
鸥形目	鸥科(11)	11	9.17
雨燕目	雨燕科(1)	1	0.83
佛法僧目	翠鸟科(2)	2	1.67
雀形目	百灵科(1) 燕科(2) 鹡鸰科(5) 伯劳科(1) 鸫科(10) 莺科(7) 扇尾莺科(1) 戴菊科(1) 文鸟科(1) 雀科(8) 攀雀科(1)	38	31.67
隼形目	鹰科(4) 隼科(1)	5	4.17
总 计	25	120	100.00

从结果来看,九段沙湿地自然保护区现有鸟类群落以水鸟类为主,共74种,占所有种类的61.67%,其中又以鸻形目鸟类最多,为36种,占总数的30%;林鸟类不可忽视,因为雀形目鸟类种数居所有目之冠,为38种,占总数的31.67%;而隼形目鸟类的习性通常喜欢开阔的林区或平原,且名录中所记录的5种隼形目鸟类其繁殖地不在华东地区,或者繁殖地类型非九段沙湿地所包含的生境类型,故推测它们只是经过保护区的上空。

九段沙湿地处在亚洲—澳大利亚涉禽迁飞路线的中间地带,每年春季和秋季的迁徙期都有大量的迁徙鸟类经过此地;而在冬季,又有大量候鸟在此越冬,因此,保护区鸟类数量变化巨大。1996 年 3 月,华东师范大学于岛上调查,记录到约 16 万只的鸻形目鸟类;陆健健曾于 1998 年报道在九段沙记录到迁徙鸟类 6 万余只;此外,根据不完全统计,

表5-2　九段沙冬季鸟类调查结果

种	学名	上沙	中沙	下沙	留居型	区系	保护级别	中日候鸟	中澳候鸟
鹳形目	**Ciconiiformes**								
鹭科	Ardeidae								
苍鹭	Ardea cinerea	7.00±4.15	7.83±4.40	18.83±7.03	留	广			
大白鹭	Egretta alba	4.50±2.65	3.50±2.12	5.60±2.19	旅	东		+	+
中白鹭	Egretta intermedia	2.50±0.71	2.00±0.00	3.00±1.00	夏	东		+	
白鹭	Egretta garzetta	9.33±5.32	7.67±3.44	12.83±8.01	夏	东			
夜鹭	Nycticorax nyticorax	3.00±2.83	0	3.00±2.83	冬	广		+	
大麻鳽	Botaurus stellaris	1.50±0.71	0	0	冬	古		+	
雁形目	**Anseriformes**								
鸿雁	Anser cygnoides	2.00±0.00	0	13.33±2.89	冬	古		+	
豆雁	Anser fabalis	2.00±0.00	0	0	冬	古		+	
小天鹅	Cygnus columbianus	22.50±3.54	0	0	冬	古	II·V	+	
翘鼻麻鸭	Tadorna tadorna	10.50±3.54	0	10.00±0.00	冬	古		+	
针尾鸭	Anas acuta	8.33±5.69	11.00±1.41	37.40±35.27	冬	古		+	
绿翅鸭	Anas crecca	109.83±16.40	83.50±30.47	1293.00±259.83	冬	古		+	
花脸鸭	Anas formosa	0	0	2.00±0.00	冬	古			
罗纹鸭	Anas falcate	0	0	3.00±1.41	冬	古			
绿头鸭	Anas platyrhynchos	11.67±11.64	4.00±2.00	7.17±3.71	冬	古		+	
白眉鸭	Anas querquedula	15.00±0.00	0	15.00±0.00	旅	古		+	
斑嘴鸭	Anas poecilorhyncha	25.00±11.24	34.83±13.85	201.67±106.33	冬	古		+	+
赤膀鸭	Anas strepera	0	0	4.00±1.41	冬	古		+	
赤颈鸭	Anas penelope	50.20±32.74	0	13.33±9.07	冬	古		+	
琵嘴鸭	Anas clypeata	9.50±9.19	6.00±2.00	22.50±19.17	冬	古		+	
普通秋沙鸭	Mergus merganser	8.67±3.06	8.00±0.00	9.50±2.12	冬	古		+	+
鸻形目	**Charadriiformes**								
鸻科	Charadriidae								
灰斑鸻	Pluvialis squtiarola	4.50±1.87	4.50±1.87	5.67±3.33	旅	古		+	
环颈鸻	Charadrius alexandrinus	25.50±10.03	15.33±6.38	43.67±20.41	旅	古		+	+

续　表

种	学名	上沙	中沙	下沙	留居型	区系	保护级别	中日候鸟	中澳候鸟
鹬科	Scolopacidae								
白腰杓鹬	Numenius arquata	3.25±1.26	5.33±1.53	16.00±10.99	冬	古		+	+
鹤鹬	Tringa erythropus	3.00±2.00	6.50±9.71	3.83±2.93	旅	古		+	
青脚鹬	Tringa nebularia	4.67±2.16	4.83±2.14	9.67±3.33	冬	广		+	+
白腰草鹬	Tringa ochropus	1.00±0.00	0	0	冬	古		+	
矶鹬	Tringa hypoleucos	4.50±2.12	0	1.00±0.00	留	古		+	+
扇尾沙锥	Capella gallinago	1.75±0.96	1.33±0.58	1.33±0.58	冬	古		+	
黑腹滨鹬	Calidris alpina	83.83±18.59	51.17±15.66	203.67±39.90	旅	广		+	+
红胸滨鹬	Calidris ruficollis	7.00±0.00	3.00±0.00	11.67±4.51	旅	广		+	+
鸥形目	**Lariformes**								
鸥科	Laridae								
海鸥	Larus canus	0	0	2.00±0.00	冬	古		+	
银鸥	Larus argentatus	34.50±12.42	28.50±13.66	81.83±33.14	冬	古		+	
灰背鸥	Larus schistisagus	1.00±0.00	0	1.00±0.00	冬	古		+	
红嘴鸥	Larus ridibundus	9.75±4.03	16.67±7.77	52.33±18.72	冬	古		+	
黑嘴鸥	Larus saundersi	0	0	3.00±0.00	冬	古	V		
遗鸥	Larus relictus	2.00±0.00	0	0	冬	古			
佛法僧目	**Coraciiformes**								
翠鸟科	Alcedinidae								
翠鸟	Alcedo atthis	1.00±0.00	0	0	留	广			
雀形目	**Passeriformes**								
百灵科	Alaudidae								
云雀	Alauda arvensis	2.00±0.82	0	0	冬	古			
鹡鸰科	Motacillidae								
白鹡鸰	Motacilla alba	2.00±0.00	2.33±0.58	3.00±0.00	旅	古		+	
树鹨	Anthus hodgsoni	1.50±0.71	1.00±0.00	0	冬	古		+	

续表

种	学名	上沙	中沙	下沙	留居型	区系	保护级别	中日候鸟	中澳候鸟
伯劳科	Laniidae								
棕背伯劳	Lanius schach	2.17±0.75	2.60±1.14	2.67±1.21	留	东			
莺科	Muscicapidae								
红点颏	Luscinia calliope	1.00±0.00	0	1.50±0.71	旅	古		+	
红胁蓝尾鸲	Tarsiger cyanurus	2.00±0.71	1.50±0.71	2.33±0.58	冬	古		+	+
北红尾鸲	Phoenicurus auroreus	1.50±0.71	0	2.00±0.00	冬	古		+	+
灰背鸫	Turdus hortulorum	2.33±0.58	0	0	旅	古		+	
白腹鸫	Turdus pallidus	3.50±1.29	0	0	冬	古		+	
斑鸫	Turdus naumanni	3.33±1.53	2.00±0.00	0	冬	古		+	
棕头鸦雀	Paradoxornis webbianus	13.25±2.75	8.67±3.21	11.50±4.51	留	东			
震旦鸦雀	Paradoxornis heudei	22.33±9.95	15.80±10.38	11.60±6.88	留	东			
黑眉苇莺	Acrocephalus bistriginceps	4.33±2.08	2.00±0.00	5.00±1.41	冬	东			+
棕扇尾莺	Cisticola juncidis	2.00±1.41	0	0	留	东			
戴菊	Regulus regulus	0	0	1.00±0.00	冬	古			
文鸟科	Ploceidae								
麻雀	Passer montanus	12.40±7.20	12.00±0.00	7.00±1.41	留	广			
攀雀	Remiz pendulinus	37.83±8.93	19.33±6.35	0	留	广			
雀科	Fringillidae								
黄喉鹀	Emberiza elegans	2.50±0.71	0	2.00±0.00	冬	古			
灰头鹀	Emberiza buchanani	6.75±2.22	4.00±1.00	8.67±3.06	冬	古		+	
红颈苇鹀	Emberiza yessoensis	22.50±9.89	12.00±4.74	12.60±5.32	冬	古		+	
苇鹀	Emberiza pallasi	32.00±8.12	16.67±7.92	12.00±3.81	冬	古			
芦鹀	Emberiza schoeniclus	35.50±7.34	19.00±6.26	14.60±4.83	冬	古		+	

注：数量——+：稀少；++：较多；+++：常见。

留居型——冬：冬候鸟；夏：夏候鸟；留：留鸟；旅：旅鸟。

区系——古：古北界；东：东洋界；广：广布种。

保护级别——Ⅱ：国家二级保护野生动物；E：濒危；V：易危；Ⅰ：濒危等级未定。

中日协定——列入《中日保护候鸟及其栖息环境的协定》附录中的保护鸟类。

中澳协定——列入《中澳保护候鸟及其栖息环境的协定》附录中的鸟类。

迁徙期在九段沙湿地停歇的鹭科、鸥科鸟类可达上万只。根据 2004 年 11 月至 2005 年 2 月调查,水鸟类数量为 3 000 只左右,林鸟类数量约 400 只,没有发现隼形目鸟类。无论从历史数据还是近期调查来看,在九段沙栖息的水鸟类数量较大,明显高于林鸟类。

九段沙湿地自然保护区生境主要类型有水域、光滩、潮沟、各类植被群落及混合群落,没有其他土地利用类型,环境特征单一;保护区内鸟类群落结构以水鸟类为主,而在农田、林地等栖息地类型常见的林鸟类较少。

第二节　九段沙鸟类群落分布特征

九段沙湿地共记录到鸟类 9 目 25 科 120 种,数量较多的是䴙䴘目(Podicipediforms)、鹳形目(Ciconiiformes)、雁形目(Anseriformes)、鸻形目(Charadriiformes)、鸥形目(Charadriiformes)等水鸟,占总种数的 61.67%,是湿地鸟类群落的主体。活动于芦苇群落的主要是雀形目(Passeriformes)、佛法僧目(Coraciiformes)和雨燕目(Apodiformes)等鸟类。一些研究发现发现,水鸟偏好潮间带光滩、潮沟和海三棱藨草或藨草带外带等生境(马志军等,2004;葛振鸣等,2006),赵平等(2003)研究结果表明,光滩、海三棱藨草带和堤内鱼塘区三种生境类型聚集了绝大部分的水鸟,而单一的芦苇带中仅发现 4 种水鸟,数量占总数的 3%。

从鸟类的食性来看,鸻形目、䴙䴘目、鸥形目、雁形目和鹳形目等水鸟的主要食物资源(小型蟹类、贝类、螺类、昆虫和鱼类)分布于潮间带光滩、海三棱藨草和浅水塘等区域,但在芦苇群落中种类和数量均较低(周晓等,2006),可见不是水鸟的主要栖息地。

九段沙湿地鸟类群落以水鸟为主,芦苇群落、互花米草主要是雀形目等鸟类的栖息地,与水鸟的关系并不密切(表 5 - 3)。

表 5 - 3　九段沙不同生境鸟类群落种类统计

种　类	水　域	光　滩	草　滩	芦苇 (*Phragmites australis*)	互花米草 (*Spartina alterniflora*)	其他
䴙䴘目 Podicipediforms	2	—	—	—	—	
鹳形目 Ciconiiformes	—	10	10	—	—	
雁形目 Anseriformes	15	—	15	—	—	
鸻形目 Charadriiformes	—	36	36	—	—	
鸥形目 Lariformes	11	11	—	—	—	
雨燕目 Apodiformes	—	—	1	1	—	
佛法僧目 Coraciiformes	2	—	—	2	—	
雀形目 Passeriformes	38	—	38	38	38	—
隼形目 Falconiformes	—	—	—	—	—	5
总　计	68	57	100	41	38	5

注: 表中数据为不同生境出现的鸟种数(目一种)。

第三节　九段沙湿地鸟类生态位分析

　　九段沙湿地鸟类群落对生境的选择,是鸟类对其所需资源进行合理分配的表现。周慧等在赵平于 2002 年 11 月至 2003 年 1 月对崇明东滩的越冬水鸟调查的基础上,对这些水鸟所处的生态位进行研究。结果显示,鸟类在形态生态位、取食空间生态位和食性生态位中,必有一个维度是分离的,这样才能使鸟类的群落结构处于一个比较稳定的状态。在九段沙,首先由于食性的关系,使得林鸟主要以芦苇丛作为取食活动区域;水鸟中,一些大型的鸻形目、鹳形目、雁形目和鸥形目鸟类,身躯庞大,无法进入茂密的芦苇丛,使其只能在比较开阔的生境中活动;小型水鸟由于取食空间生态位的关系,并不选择芦苇丛觅食,水域、光滩和海三棱藨草带等生境便成为水鸟的主要取食和栖息地,水鸟和林鸟有了各自的活动范围。水鸟中,由于鸟的喙和跗跖的形状的不同,使雁鸭类、鹈鹕目和鸥形目较多地选择水域取食,鸻形目主要活动于露出水面的光滩和海三棱藨草带,鹳形目主要活动于被水淹没的浅滩和海三棱藨草带;各种鸻形目鸟类喙长和跗跖长不尽相同,使其在取食空间和食性生态位上进一步分离。栖息于九段沙湿地的各种鸟类在不同的生态位维度上的分离,保证了栖息地空间和各种资源的合理分配,保证了各鸟类种群稳定地共处于一个群落中。

第六章　基底养分研究

　　湿地土壤是构成湿地生态系统的重要环境因子之一,在湿地特殊的水文条件和植被条件下,湿地土壤有着自身独特的形成和发育过程,表现出不同陆地土壤的特殊理化性质和生态功能,这些性质和功能对于湿地生态系统平衡的维持和演替具有重要功能(田应兵等,2002)。

　　九段沙是位于长江口的新生河口沙洲,也是我国少有的基本保持河口原生湿地区域(陈加宽等,2003),具有极高的保护与研究价值。其土壤受气候、成土母质、水文泥沙和植被因素综合影响,形成发育过程短、成土过程原始的土壤种类。可以分为滨海盐土类和潮土类两大类型。滨海盐土类有两个亚类,即分布于九段沙中、下沙低潮滩的潮滩盐土亚类以及主要分布于中潮滩的沼泽潮滩盐土亚类。潮土类在九段沙有 3 个亚类,潮滩潮土亚类分布于九段沙散布小片海三棱藨草的低潮滩、沼泽潮滩潮土亚类则主要分布于中潮滩、灰潮土亚类主要分布于上沙中部。对于上述各种土壤类型及其物理特征,包括土壤基本特质、土壤颗粒直径、含盐量、有机碳、凯氏氮、速效磷等的含量在《上海九段沙湿地自然保护区科学考察集》中均有详细记录与描述,此报告不再赘述。

　　近几年对九段沙生物因子的研究开展得较多,包括植被种类分布、生长格局和群落的研究(贺宝根等,2000;唐承佳和陆健健,2002;2003),以及底栖动物群落组成(袁兴中和陆健健,2002;朱晓君和陆健健,2003)等。但有关土壤的研究则几乎没有。

　　作为上海市"九段沙湿地重建与恢复"重大项目的子项目之一,本文以九段沙土壤为研究对象,从土壤与生境关系的角度,分析不同亚生境下土壤主要的理化特征和演变规律,希望能为揭示湿地生态系统中生物因子与土壤环境间的相互作用提供理论依据和实践经验,也为进一步研究和保护九段沙湿地,恢复其生态功能提供有价值的科学依据。

第一节　土壤样品采集与元素测定

一、研究方法

1. 采样时间与采样点

　　土壤样本于分别于 2004 年 11～12 月、2005 年 4 月和 2005 年 7 月三次采自九段沙上、中、下沙三沙洲,采样采用全球定位系统(GPS)定位,并根据九段沙主要植被生境特点分类,分别采自 5 种亚生境类型:

1) 光滩——滩涂的最前部的藻类盐渍带,无高等植被生长,长时间被潮水覆盖。

2) 高潮滩裸地——位于芦苇和互花米草分布区域中无植被生长的裸地。

3) 海三棱藨草带——以海三棱藨草为主的中潮滩区域,还分布有少量藨草和莎草等。

4) 互花米草带——以互花米草为主的高潮区,有少量芦苇等分布。

5) 芦苇带——以芦苇为主的高潮区,间或有少量互花米草等分布。

2．野外调查与采样

使用全球定位系统(GPS)结合航片,确定采样路线与样点。每季采样约 50 个,三季共计 150 个左右,土壤采样深度 0～20 cm。

土壤电导率(ms・m^{-1}/25℃)使用 W. E. T 土壤水分、温度、电导率测量仪在取样地直接测试。

3．实验室分析

土样采回后,除 pH 测定使用新鲜土壤外,其余样本经风干、去除杂质、磨细,过 0.5 mm 筛备测。pH 使用 PHB-1 型酸度计(土液比 1∶2.5)测定。速效氮(NH_4^+-N 和 NO_3^--N)、速效 K 采用常规分析方法与德国 MERCK 产 Rqflex 2 反射仪及 Rqflex Plus 反射仪测定同步进行。有机质使用灼烧法(550～600℃)至恒重称重测定。

4．数据处理

使用 SPSS 13.0 软件对土壤主要理化指标进行常规分析与主成分分析(PCA),用 EXCEL 2000 生成相关图表,主成分分析(PCA)中根据方差累积贡献率达到 80％以上确定主成分的个数。列出每个理化指标相对的主成分得分并进行 PCA 二维排序,分析不同亚生境下土壤的理化特征,揭示植被生境对土壤性质的作用规律。

第二节　九段沙土壤理化性质

一、不同植被亚生境下的土壤理化研究结果

不同植被亚生境下的土壤理化检测结果见表 6-1。

表 6-1　不同亚生境下的土壤理化分析结果

| 取样地点 | 2004 年　冬季 | | | | | |
	电导率*E. C (ms・m^{-1})	有机质 O. M(％)	NH_4^+-N (mg・kg^{-1})	NO_3^--N (mg・kg^{-1})	速效 K (g・kg^{-1})	pH
光滩	1 146.40±617.11	5.45±0.41	6.72±1.84	54.2±15.2	2.68±0.16	8.1±0.2
高潮滩裸地	900.04±269.28	6.48±0.82	7.92±2.32	62.8±13.8	2.68±0.26	8.2±0.1
海三棱藨草带 (*Scirpus mariqueter* zone)	771.17±226.30	6.66±1.45	8.20±4.88	69.2±19.4	2.84±0.34	8.2±0.1

续　表

| 2004 年　冬季 | | | | | | |
取样地点	电导率* E.C (ms·m⁻¹)	有机质 O.M(%)	$NH_4^+ - N$ (mg·kg⁻¹)	$NO_3^- - N$ (mg·kg⁻¹)	速效 K (g·kg⁻¹)	pH
互花米草带 (*Spartina alterniflora* zone)	1 037.50±230.24	7.44±1.56	7.12±3.48	45.8±15.2	2.90±0.21	8.1±0.2
芦苇带 (*Phragmites communis* zone)	906.00±251.09	7.20±1.55	7.40±2.76	67.6±18.4	2.81±0.26	8.1±0.2

| 2005 年　春季 | | | | | | |
取样地点	电导率 E.C (ms·m⁻¹)	有机质 O.M(%)	$NH_4^+ - N$ (mg·kg⁻¹)	$NO_3^- - N$ (mg·kg⁻¹)	速效 K (g·kg⁻¹)	pH
光滩	952.73±266.74	4.33±1.83	7.00±3.44	61.8±6.0	0.21±0.09	7.7±0.1
高潮滩裸地	954.20±464.86	4.64±1.19	6.84±3.84	56.0±12.6	0.21±0.06	7.8±0.1
海三棱藨草带 (*Scirpus mariqueter* zone)	753.15±288.43	4.75±1.24	7.68±3.32	58.4±5.6	0.21±0.07	7.9±0.1
互花米草带 (*Spartina alterniflora* zone)	734.29±200.24	6.91±0.62	10.28*±2.16	60.0±0.0	0.27±0.03	7.8±0.1
芦苇带 (*Phragmites communis* zone)	559.56±156.49	4.38±0.93	7.52±4.32	57.8±12.0	0.20±0.06	7.8±0.1

| 2005 年　夏季 | | | | | | |
取样地点	电导率 E.C (ms·m⁻¹)	有机质 O.M(%)	$NH_4^+ - N$ (mg·kg⁻¹)	$NO_3^- - N$ (mg·kg⁻¹)	速效 K (g·kg⁻¹)	pH
光滩	580.80±193.74	5.03±0.96	11.56±2.24	45.0±14.2	0.16±0.05	8.0±0.1
高潮滩裸地	620.40±406.04	5.32±1.08	10.60±2.76	54.0±13.4	0.14±0.03	8.1±0.1
海三棱藨草带 (*Scirpus mariqueter* zone)	794.50±583.36	4.85±1.16	12.96±2.44	55.8±19.4	0.13±0.02	8.0±0.2
互花米草带 (*Spartina alterniflora* zone)	696.75±167.72	6.26±0.75	10.04±1.56	45.8±19.0	0.16±0.04	8.1±0.2
芦苇带 (*Phragmites communis* zone)	529.33±221.24	5.69±0.75	10.32±1.48	51.2±14.6	0.14±0.02	8.1±0.1

　＊ 国外有直接用土壤电导率直接反映土壤盐渍程度(Tam et al.,1998),国内的相关研究也表明土壤盐度与电导率值之间有极显著的相关性(张瑜斌等,2003;王遵亲等,1993),因此本研究用土壤电导率值代表土壤盐度。

二、不同季节土壤各理化因子的变化规律

不同季节土壤各理化因子的变化规律见图 6-1～6-6,Bf 为光滩(Bare flat);Um 为高潮滩裸地(Upper-tidal mudflat);Sm 为海三棱藨草带(*Scirpus mariqueter* zone);Sa 为互花米草带(*Spartina alterniflora* zone);Pc 为芦苇带(*Phragmites communis* zone)。

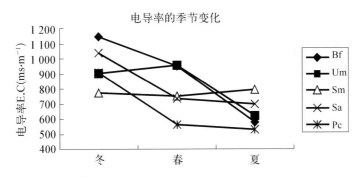

图 6-1　不同亚生境下土壤电导率(盐度)的季节变化

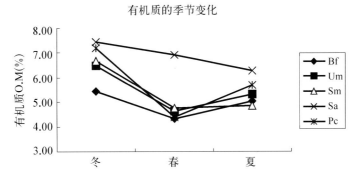

图 6-2　不同亚生境下土壤有机质的季节变化

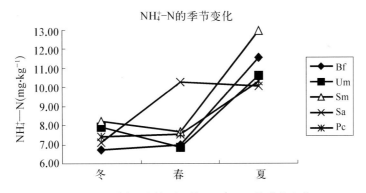

图 6-3　不同亚生境下土壤 $NH_4^+ - N$ 的季节变化

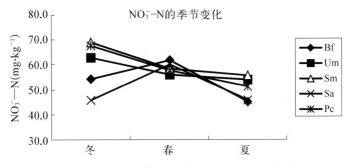

图 6-4　不同亚生境下土壤 $NO_3^- - N$ 的季节变化

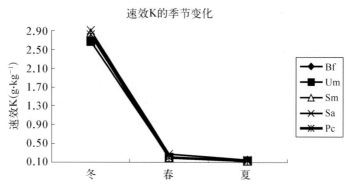

图 6-5　不同亚生境下土壤速效 K 的季节变化

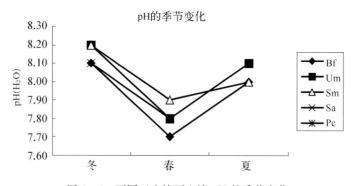

图 6-6　不同亚生境下土壤 pH 的季节变化

　　从分析结果可见,不同亚生境间土壤各理化指标存在一定的变异。电导率(盐度)在各生境下与各季节间的变化较大,不同季节的峰值与低谷均出现在不同亚生境。海三棱藨草带的盐度季节变化不大,而互花米草带与芦苇带样本的盐度季节变化较为一致。冬春夏三季,不同亚生境下的有机质含量除互花米草带呈现平缓降低外,其余生境下土壤的有机质都在冬季达到最高,春季降到最低;互花米草亚生境下的土壤 $NH_4^+ - N$ 变化与其他各生境不同,在春季达到高峰,冬夏两季略低,其他各生境则为春季最低,夏季最高;土壤 $NO_3^- - N$ 的含量在冬夏两季的各生境样本下差异较大,而夏季各样本含量值较接近。其中光滩与互花米草带的 $NO_3^- - N$ 含量的变化趋势与其他生境不同,前两者在春季的含量较高,其他两季偏低,而其他生境则含量逐渐降低。各生境样本的速效 K 含量与 pH 的季节变化比较一致。速效 K 的含量在冬春季间出现剧烈地下降,且在夏季仍然呈继续降低趋势。而 pH 的低谷都出现在春季。

第三节　土壤养分研究

一、土壤有机质、$NH_4^+ - N$、$NO_3^- - N$、速效 K 的相关性分析

对 2004 年冬季 25 个来自 5 种亚生境下土壤样本的主要养分因子进行相关性分析,

发现土壤有机质、NH_4^+-N、NO_3^--N 和速效 K 含量变化有显著相关性。

表 6-2 土壤有机质、NH_4^+-N、NO_3^--N、速效 K 的相关系数

	有机质	NH_4^+-N	NO_3^--N	速效 K
有机质	—	—	—	—
NH_4^+-N	0.634**	—	—	—
NO_3^--N	0.526**	0.723**	—	—
速效 K(Available K)	0.655**	0.637**	0.425*	—

N=25，* 显著相关；** 极显著相关。

二、土壤理化指标的主成分分析(PCA)

对 2004 年冬季 25 个取自不同采样地点(上、中、下沙)不同亚生境的土壤样本的电导率、有机质、NH_4^+-N、NO_3^--N、速效 K 和 pH 共 6 个土壤指标进行主成分分析(PCA)，由主成分分析总方差分析表(表 6-3)得知，第 1 主成分特征根为 3.351，方差贡献率为56.163%，代表了全部理化指标信息的 56%，是最重要的成分。其次第 2 主成分的特征根为 1.769，其方差贡献率为 22.394%，重要性仅次于第 1 主成分。其余的主成分方差贡献率依次为 7.473%、6.224%、4.179%……，都明显小于第 1、2 主成分。前两个主成分的累积方差贡献率达近 78.558%，土壤所有指标近 80%的信息已得到较客观的反映，故选取前 2 个主成分作为土壤理化指标的综合指标(表 6-3)。

表 6-3 主成分分析总方差分解表

主 成 分	特 征 根	贡献率(%)	累积贡献率(%)
1	3.351	56.163	56.163
2	1.769	22.394	78.558
3	0.667	7.473	86.031
4	0.373	6.224	92.254
5	0.252	4.179	96.434
6	0.218	3.566	100.00

表 6-4 结果可见第 1 主成分主要受土壤速效氮(NH_4^+-N、NO_3^--N)的影响，其次为有机质，与第 2 主成分相关性最高的指标为电导率，其次为速效 K。以第 1、2 主成分作为主轴进行二维排序(图 6-7)，随 X 轴向右，土壤样本的无机氮与有机质含量逐渐增高。随 Y 轴向上样本的电导率值与速效 K 含量不断上升。2 个主成分将样本大致分为 3 个组团，按速效氮含量从低到高依次为组团 1(样本 5,7,8,10,18～22)，这一组团主要由高潮滩裸地、互花米草和芦苇带组成；组团 2(样本 1～4,15,16,23)，包括了大部分的光滩样本；组团 3(样本 9,11～14,17)，基本由海三棱藨草带组成。从 Y 轴看，电导率的差异又将先前 3 个组团分成 2 大团，组团 2 样本的电导率较明显低于其他2 个组团。

表 6 - 4　土壤理化指标的主成分得分

土壤理化指标	主成分 1	主成分 2	主成分 3
电导率（E. C）	−0.512	0.531	0.922
有机质	0.718	0.384	−0.677
$NH_4^+ - N$	0.900	0.093	0.327
$NO_3^- - N$	0.871	−0.137	−0.069
速效 K	0.689	0.413	0.088
pH	0.740	−0.342	0.896

以 X - Y 轴对角线为分界（$Y = X$），可以发现除了亚生境不同造成样本理化指标的差异外，取样地点不同使样本二维分布也呈现明显的差异。所有分布在对角线右下部分的12 个土壤样本除 14，15 外均采自上沙。采自中、下沙的样本则分布于分界线上及其左上。比较同亚生境但来自于不同采样地点的样本，这一差异表现更为显著（图 6 - 7）：取自上沙的光滩样本 1～4 聚集在第 2 组团，取自下沙同一亚生境的样本 5 则游离于左上第1 组团内（箭头所示）。同样的情况可见高潮滩裸地样本 6（上沙）与样本 7～10（下沙）。芦苇带样本 16，17（上沙）与样本 18～20（中、下沙）。

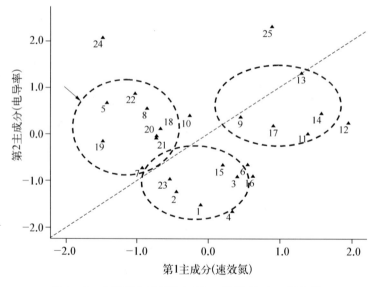

图 6 - 7　土壤理化指标的 PCA 二维排序（▲—样本号）

第四节　总　结

九段沙土壤较高的有机质含量符合湿地土壤的特征。湿地土壤含水量高和受到水淹，容易形成厌氧环境，因此土壤微生物以嫌气性微生物为主，这造成对动植物残体的分解速度不及有机物质的生成和积累，有机物质得到大量积累（田应兵等，2002）。九段沙虽然形成历史约 50 年,但形成以来,由于一直没有被围垦,植被的演替受人为干扰很少,故有机质含量平均在 4.33%～7.44%,要高于与生态环境相近但经历多次围垦、中高潮滩植被不断更新的崇明东滩(2.42%～1.34%)(吴国清,1995)。而春季有机质含量的低谷则可能由于春季气温适宜,微生物分解加速以及植被的大量生长消耗营养有关。

有机质、速效氮($NH_4^+ - N$、$NO_3^- - N$)的季节变化大体上各生境土壤基本一致,而互花米草带的土壤这 3 个因子的变化与其余生境的土壤有明显的差异,甚至呈现相反的变化趋势。显然互花米草的生长和它对土壤养分的吸收利用与九段沙上的其他植被有不同之处,鉴于互花米草是一种外来物种,且是人工引种至九段沙上,这种养分含量差异是否会稳定持续下去,以及它的原因则需要长期的观察与更完整的采样分析。

九段沙土壤中的有机质与速效氮($NH_4^+ - N$ 与 $NO_3^- - N$)、速效 K 具有显著正相关性,与一些研究结果相同(Tam et al.,1998;陈翠玲等,2003;崔凤俊,1997)。

有研究认为土壤养分间的正相关性可能由于来源的相似性(Tam et al.,1998),动植物残体是九段沙湿地土壤养分的主要来源,所以这种相关性得以表现。$NH_4^+ - N$ 与 $NO_3^- - N$ 之间的相关系数达 0.723,在所有主要养分中相关性最高。由于 $NO_3^- - N$ 是 $NH_4^+ - N$ 硝化过程的主要产物(Stevens et al.,1998),$NH_4^+ - N$ 硝化过程受制于土壤理化性质影响如 pH、土壤质地、$NH_4^+ - N$ 含量、水体中溶解氧浓度以及水位等多种因素影响(白军红等,2005)。在本研究中 $NH_4^+ - N$ 含量与 $NO_3^- - N$ 含量分布的极高的同步性反映了 $NH_4^+ - N$ 是影响九段沙土壤 $NO_3^- - N$ 的主要因素,也是其主要来源。

九段沙海三棱藨草带地上部分的生物量为 0.14 kg/m^2,小于芦苇-互花米草带的 2.08 kg/m^2(陈加宽等,2003)且由于分布于滩面较低的地区,其表土受潮水干扰和冲刷的影响比后两种植被区域大,但所有亚生境中海三棱藨草带土壤主要养分是最高的,可见养分积累受多种因素限制。海三棱藨草带植被密度高达 1 105 株/m^2(陈加宽等,2003),推测高密度的植被较有效地阻挡死亡的植物残体被潮水带走,而在其高程的植被区域随潮水携下的残体也极可能因此被滞留于该处,因而大量植物残体在此处积聚分解可能是造成海三棱藨草带养分较高的原因。此外九段沙底栖动物相关调查发现,海三棱藨草带底栖动物多样性和丰富度都要比其他亚生境高(朱晓君和陆健健,2003),此带出现以蟹类和软体动物为主的底栖动物生物量高峰(袁兴中等,1999)。

底栖动物是湿地生态系统物质循环的重要一环,蟹类的掘穴活动能增加土壤的含氧量,加剧沉积物分解,促进沉积物中的有机氮向 $NH_4^+ - N$ 的转化、$NH_4^+ - N$ 向 $NO_3^- - N$ 的转化(胡敏等,2003)。海三棱藨草带土壤的 $NH_4^+ - N$ 与 $NO_3^- - N$ 较其他亚生境偏高的含量与该处丰富的底栖动物也有密切的联系。底栖动物的分布主要受生境环境因子影响,因此仍然可以看作不同植被亚生境通过底栖动物对土壤养分的间接作用。

主成分分析(PCA)结果表明所有土壤指标中 $NH_4^+ - N$、$NO_3^- - N$ 对主成分 1 影响最大,国外研究表明与陆地土壤不同,湿地植被生长主要受制于土壤氮素(Lee et al.,1981;Bowden et al.,1986),本文研究结果也表现了这一点,速效氮在主成分 1 中的得分高于通常被认为是土壤主要肥力指标的有机质。所以在湿地土壤研究中,用速效氮含量反映湿地土壤养分与植被生长差异显然比用有机质作为指标更合理。盐度(电导率)对第 2 主成分贡献最大,是因为九段沙土壤成土过程中盐的直接参与作用的结果。

　　PCA 二维排序图分析结果可见,$NH_4^+ - N$、$NO_3^- - N$ 含量的由低到高将九段沙土壤样本按不同分成了三大组团:高潮滩裸地-芦苇-互花米草;光滩;海三棱蔍草。芦苇、互花米草和其间的高潮滩裸地由于养分指标差异不大被归为一类,海三棱蔍草与光滩得到较独立的区分。盐度(电导率)的从低到高将同一亚生境的样本又进一步分为采自上沙与中、下沙两部分,总体上上沙样本速效氮含量高于中、下沙,而中、下沙样本的盐度(电导率)较上沙高。造成这一差异可能是由于上沙形成较早,植被生长年代久,受人为干扰少,所以土壤养分得到较长时间的积累,而中、下沙形成晚,1997 年人工引种后,芦苇与互花米草才开始生长分布,养分积累较少。此外由于地理位置的原因,中、下沙受潮汐影响大,所以盐度大于上沙。

　　总之,九段沙是属于处于发育早期的河口沙洲,长江带来的大量泥沙使九段沙滩涂快速发育。其植被受人为干扰少,结构简单正处于演替初期,演替速度快。且由于目前数据和部分分析只涉及冬春夏 3 季,因而目前对九段沙土壤与植被亚生境的研究只揭示了初期的特征和规律,其进一步的发育和演替而可能形成的新特征与规律还有待长期深入的研究。

第二部分
长江口湿地生态系统健康评价

DI ER BU FEN CHANG JIANG KOU SHI DI SHENG TAI XI TONG JIAN KANG PING JIA   >>

长 江 口 滨 海 湿 地 生 态 系 统 特 征 及 关 键 群 落 的 保 育

第七章　生态系统评价

第一节　生态系统评价的研究进展

一、生态系统健康的定义

Costanza 等(1997)国内外学者认为,一个健康的生态系统其组成,一是活力,包括初级生产力、养分循环等生态系统基本功能的正常维持;二是组织性,包括 r 选择种和 k 选择种比率、长命物种和短命物种比率、外来物种和本地物种比率、互利程度、本地物种存在状况及生物多样性等;三是反作用力,即生态系统的"弹性",可保持系统的内稳定性能力。生态系统越健康,其从干扰中的恢复能力也就越大。

二、湿地生态系统健康评价研究进展

1. 评价指标体系

经过各国专家学者的不懈研究,生态系统健康评价的指标选取虽然还没有统一的标准可循,但已经达成了初步的共识,指标体系可以划分为以下几部分。

(1) 湿地生态特征指标体系

1) 自然性　　自然性的评价实质就是评价人类活动对湿地自然环境的侵扰程度。显然,自然性的湿地可提供最佳本底值,可为生态系统健康评价做参照样本。

2) 水平衡　　水分的供应维系着许多珍奇物种和濒危物种,特别是在沼泽区,许多研究已经分析了水平面与植物种和植被类型分布的相关性。沼泽落干引起特定物种丧失并不总是降低水平面的直接后果,还可能是环境变化的综合作用。落干可能伴随着底土层矿质化增加,导致粗质土壤植被的发育。

3) 水化学　　湿地水化学组成主要由大气沉降的离子贡献、集水区内的风化和离子交换过程以及局地污染源所决定。

4) 生物安全　　生物安全响应是湿地生态系统健康的显著标志。

5) 物种多样性　　保护和持续利用物种多样性的根本出路在于减轻人口的压力提高人口素质。物种多样性的评价又可分为以下几方面:物种组成、物种繁殖或再生、物种丰度、功能优势物种、物种大小分布、基本(内在)功能特征。

(2) 功能整合性指标体系

功能整合性中的功能是指系统与外部环境相互联系和相互作用中表现出来的性质、能力和功效,是系统内部相对稳定的联系方式、组织秩序及时空形式的外在表现形式。

1) 调节功能 调节功能主要指湿地的气候调节和流量调节或洪水控制。湿地可影响小气候,湿地的蒸腾作用可保持当地的湿度和降水量。

2) 净化功能 湿地特别是沼泽地和洪泛平原,由于对水流具有减缓作用,有利于沉积物、营养物的沉积和有毒物质的排除。

3) 社会文化功能 湿地是景观的关键内容,它为视野产生了多样性。

4) 产品功能 包括直接获取于湿地内的所有动物、植物和矿产物以及生产于湿地内收获于湿地外的产品(崔保山,2002)。

2. 定量化

定量化健康生态系统研究中可借鉴 Costanza 提出的健康指数模型,其表达式为:

$$HI = V \times O \times R$$

式中,HI 为系统健康指数,也是可持续性的一个指标;V 为系统活力,可通过系统生物量、生物流(产量)等表达;O 为组织性,对于景观系统,可把景观空间格局指数(景观多样性指数)作为度量指标;R 为系统的弹性指数,可综合火灾等级、病虫害等级等经过专家权衡给出系统弹性的相对程度(0~100%)度量。本次研究对于上面的健康公式按照研究制定的指标进行了相应修改,根据对每一项指标的简单加和得到健康度 0~100% 的指数,公式如下:

$$I_{CH} = \sum_{i=1}^{n} I_i \cdot W_i$$

式中,I_{CH} 为整个湿地生态系统的健康状况;n 为评价指标的个数;I_i 表示第 i 种指标的归一化值,$0 \leqslant I_i \leqslant 1$;$W_i$ 为指标 i 的权重,可通过专家评分后经层次分析法求得(张志诚,2004)。

第二节 PSR 框架下的生态系统评价

一、PSR 框架

Pressure(压力)- State(状态)- Response(响应)框架最初由 Tony Friend 和 Rapport 等(1998)提出(图 7-1),用于分析环境压力、现状与响应之间的关系。20 世纪 70 年代,国际经济合作与发展组织(OECD)对其进行了修改并用于环境报告;80 年代末 90 年代初,OECD 在进行环境指标研究时对模型进行了适用性和有效性评价。目前许多政府和组织都认为 PSR 框架仍然是用于环境指标组织和环境现状汇报最有效的框架(张峥,1999)。PSR 框架以因果关系为基础,即人类活动对环境施加一定的压力;因为这些压力,环境改变了其原有的性质或自然资源的数量(状态);人类又通过环境、经济和管理策略等对这些变化作出反应,以恢复环境质量或防止环境退化。

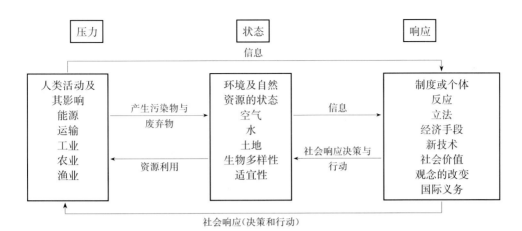

图 7-1　压力-状态-响应(PSR)框架模型(引自 Karen Bell,2000)

二、PSR 框架在湿地生态系统健康评价中的作用

1. 提供有效指标分类方案

PSR 框架从湿地生态系统退化原因出发,通过压力、状态和响应三方面指标把上述因果关系充分展示出来,同时每个指标都可以进行分级化处理形成次一级子指标体系。与上述指标体系相比,PSR 框架更注重指标之间的因果关系及其多元空间联系。

2. 体现湿地管理者的最终目标

PSR 框架的因果关系在加深社会群体对湿地问题的产生、现状、趋势及其与经济社会的关系认识上具有重要作用,有利于湿地管理工作的顺利开展,并最终实现湿地生态系统的最优化。

3. 有利于实现动态评价

PSR 框架具有易调整性。湿地生态系统与环境、社会及经济之间的关系是复杂的,不同研究者从自身目的出发,可以对 PSR 框架的结构进行调整以说明某些更具体的问题(麦少芝,2005)。

PSR 框架在我国已得到了一定的应用,并在辽河三角洲等地进行了开创性研究(蒋卫国,2005)。

第八章 长江口湿地生态系统健康评价

第一节 长江口湿地生态系统健康评价的意义

一、背景

湿地生态系统健康是指系统内的物质循环和能量流动未受到损害,关键生态组分和有机组织被保存完整且缺乏疾病,对长期或突发的自然或人为扰动能保持着弹性和稳定性,整体功能表现出多样性、复杂性和活力(崔保山,2001;Keiter,1998)。

湿地生态系统健康评价的目的是诊断由自然因素和人类活动引起的湿地系统的破坏或退化程度,以此发出预警,为管理者、决策者提供目标依据,更好地利用、保护和管理好流域湿地。因此,对流域湿地的现状、动态、功能水平进行全面调查和分析,既要考虑时间因素,又要涉及空间尺度,在一定的时空尺度内选取适宜性和持续性的健康指标,特别要考虑这些指标在可预见的较长时间内的变化和稳定性。

湿地生态系统是自然-经济-社会复合系统,湿地的健康是其可持续性的保障,湿地生态系统要持久地维持或支持其内在的组分、组织结构和功能动态健康及其进化发展,必须要实现其生态合理性、经济有效性和社会可接受性。从而有助于实现流域或区域的可持续发展。因此,湿地生态系统健康评价指标的选取不仅要将生态、经济、社会三要素相整合,而且还需要考虑不同管理条件下所导致的湿地生态过程、经济结构、社会组成的动态变化,以利于维持湿地系统的持续性(Simpson,1998)。

目前,湿地生态系统健康研究是湿地研究领域的新概念、新领域,也是生态系统健康研究领域的新方向。过去对湿地生态系统健康评价主要集中在化学和生物指标上,近些年,主要从生态系统、流域、景观生态的角度建立湿地生态系统健康评价指标(张晓萍,1998;Rapport,1998)。这些评价对象主要是河流、湖泊、水库,但对沼泽地、整个湿地生态系统健康研究得较少,而且研究城市湿地的更少。而且评价指标定性描述较多,定量比较少,没有给出健康的综合评价模式。

本次研究选择长江口九段沙、崇明东滩、南汇边滩等湿地为主要研究区域,以生态系统健康、景观生态学等的理论为基础,以整个湿地区域作为评价单元,选取生态结构、服务功能等一系列指标,结合三地的不同类型、不同干扰程度进行横向比较,系统地评价长江口目前的健康状况。同时,引入了国外目前较为流行的 PSR 框架,通过分析湿地生态系统的眼力、状态、响应关系,探讨造成目前生态系统健康问题的原因,以及探索相应的解决方法,建立较为完善的湿地生态系统健康评价体系。为建立湿地生态系统健康动态监测、湿地保护及合理开发提供科学依据。

本研究旨在对长江口上海市范围内处于不同自然条件和人为干扰程度下的沿海沿江湿地进行典型参数横向比较,并参考其他研究者对于湿地生态系统健康所进行的研究,对长江口沿海沿江湿地特别是崇明东滩湿地进行湿地健康评价。同时,引入 PSR 框架,研究不同健康程度的湿地所承受的压力及其自身的响应,为有关部门有效保护和合理开发上海市的沿海沿江湿地提供有科学依据的建议。

二、研究内容及创新点

1. 研究内容

Rapport 等(1998)认为,生态系统健康是以符合适宜的目标为标准来定义的一个生态系统的状态条件或表现。生态系统健康应该包含两方面内涵:首先满足人类社会合理要求的能力;其次是生态系统本身自我维持与更新的能力。城市湿地生态系统是城市空间范围内的近似自然环境系统。城市湿地生态系统健康评价的目的是诊断由自然因素和人类活动引起的湿地生态系统的破坏或蜕化程度,以此发出预警,为管理者、决策者提供目标依据,更好地利用、保护和管理好湿地生态系统。本研究以九段沙、崇明东滩、南汇边滩湿地为研究对象,引入 PSR(压力-现状-响应)框架,对 3 处湿地的健康状态、承受的压力和预计响应进行分析。在此基础上试图揭示造成 3 处湿地处于不同健康状况的原因,并为决策者和管理者提供科学有效的保护、开发建议。

2. 创新点

1) 指标选取针对城市生态和湿地生态系统的特点进行了优化。

2) 针对城市湿地选取了同一地区处于不同发展阶段、受到不同干扰程度的三种类型的湿地进行横向比较,在根据绝对数据进行量化分析的同时还可以进行相对比较,从而使结论更加结合现实,具有更大的可操作性。

3) 引入 PSR 框架,因此评价不仅仅可以提供现状分析的数据,更可以追根溯源,了解并分析产生现状的原因和机制,同时还能根据现在的社会、经济、法律、技术等条件作出较为合理的相应预测,从而将原来静态的评价过程转变为相对动态的监测和评价,可以提供更为科学的见解。

第二节　研究区域概况

本评价研究区域位于长江口滩涂湿地。整个区域按人类干扰程度不同分为三个类型,包括长江河口新生湿地九段沙、中度人类干扰的崇明东滩湿地、围垦严重和人类干扰较大的南汇边滩湿地(图 8-1)。

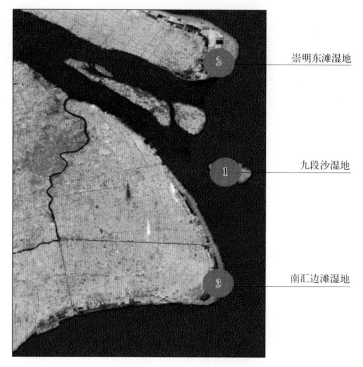

图 8-1 长江口滩涂湿地

崇明东滩湿地

九段沙湿地

南汇边滩湿地

一、九段沙湿地

九段沙湿地是长江口第三代新生沙洲,位于长江出海口(31°03′~31°17′N,121°46′~122°15′E),成陆仅 50 余年,为河口新生岛屿湿地类型(图 8-2)。1999 年,上海市政府批准建立"九段沙湿地自然保护区",由浦东新区环境保护局设九段沙自然保护区管理署管理。2005 年 7 月 23 日,上海市九段沙湿地自然保护区晋级成为国家级自然保护区。岛上人类干扰程度较低,生态系统处于正常演替阶段(具体详情见第一章)。

图 8-2 九段沙新生湿地

二、崇明东滩湿地

崇明东滩位于长江入海口（31°25′～31°38′N，121°50′～122°05′E），是长江口地区最大的仍然保持自然本底状态的河口滩涂湿地，也是迁徙于南北半球之间国际性候鸟停歇和补充营养的中转站、繁殖地和越冬地。1998 年 11 月经上海市人民政府批准建立上海市崇明东滩鸟类自然保护区；1999 年 7 月，崇明东滩正式成为"东亚—澳大利亚涉禽保护区网络"成员；2002 年 1 月，被湿地公约秘书处正式指定为"国际重要湿地"。

1. 地理气候条件

崇明东滩地势平坦，高程在 4.2 m 以下。该区域三面环水，北面是长江口北支水道末端，南面是北港水道，东面是长江口滨海区域。东滩湿地的冲淤状况受长江口复杂水动力作用的影响。自然湿地主要分布在 1998 年建筑的大堤（以下简称 98 堤）外侧，属于典型的发育过程中的潮滩湿地。滩高在 3.6～4.2 m，芦苇带、镰草带、光滩分界明显，潮沟发达，一级潮沟低潮时宽 60～180 m，由其发育的二级及三级潮沟众多，在滩面上呈树枝状分布。从总体上说，东滩湿地的冲淤状况呈显著的不均衡状态。北部呈明显的淤涨趋势。南部（团结沙南缘）已经出现淤涨速度减缓、冲刷程度加剧的趋势，形成长约 6 km，高约 1～2 m 的直立陡坎，并以每年 60～100 m 的速度后退，每年平均损失高滩面积约 47 hm²。

受长江径流和外海潮流的影响，崇明东滩附近的水文条件变化明显，季节性较强。潮汐为非正规的浅海半日潮，多年平均潮差为 2.43～3.08 m，潮差介于 2～4 m 之间，属于中潮岸段。潮汐日不等现象特别明显，一般从春分到秋分，夜潮大于日潮，从秋分到翌年春分则反之。北支潮差较南支大，在牛棚港附近一带常形成涌潮，在夏秋大潮汛伴随东北风时尤为明显（由于长江北支较南支窄浅）（汪松年，2003）。一般 1 月份潮差变化最小，8～9 月份变化最大。受径流影响，4～10 月为全年丰水期，而 6～8 月的水量又占全年径流总量的 60%，是洪峰的发生时段。从 2 月到翌年 3 月为全年的枯水期。

受冬、夏季风的影响，全年最多风向依次为东南、西北和东北三个方位。由于全年冬夏季风的交替，风向的季节变化十分明显。从全年各月的平均风速看，年均风速为 4 m/s，高于崇明岛的其他地方。春季冷暖空气交替频繁，多气旋活动。3、4 月份是全年风速最大的两个月份，平均风速达 4.5 m/s，其次是局部不稳定天气和台风活动多的 8 月和冷空气势力强盛的 1 月，平均风速约为 4 m/s，6、7 月份多静止锋梅雨天气，平均风速在 3.8 m/s 左右，9、10 月份的最小，平均风速为 3.3～3.6 m/s。

2. 人类活动状况

（1）围垦

滩涂资源是崇明岛的优势资源之一。在长江径流每年 4.86 亿 t 下泻泥沙中，约 49% 的巨量泥沙淤积在长江口，为崇明岛滩涂的发育提供了源源不断的物质基础。新中国成立以来，通过 5 次围垦已增加了 44 200 hm² 土地，1990 年前的田垦规模为每年新增土地 965 hm²。从 1990 年底开始围垦团结沙；1991 年开始围垦东旺沙；上述两次均为高滩围垦，围垦区为海拔 3.6 m 以上的自然潮滩。1998 年在东旺沙和团结沙外建成现在的 98 堤，属于中滩围垦，围垦高程为 2.5 m。目前 98 堤外潮间带平均宽度为 3.5 km，最宽处（捕鱼港东端）约 9.87 km，草滩平均宽度为 0.9 km，最大宽度（捕鱼港东端）为 2 km。田垦后,大部分原有自然湿地逐步向人工湿地(如农田、鱼塘、人工沟渠等)转变,但也有相当数量的芦苇湿地得以保存。

(2) 非法捕捞

长期以来,崇明滩涂湿地的人类活动主要有捕捉鱼类、甲壳类、贝类和鸟类,以及收割芦苇。近年来,东滩湿地的各种非法捕捞、捕猎活动对生态环境的影响受到了广泛的关注,崇明岛农民有捕鸟传统,这是增加收入的重要途径。有过一个统计,称岛上60%以上的饭店都有鸟肉,一年被吃掉的鸟儿至少2万只,有人甚至说超过10万只(林中康,2002)。另外,随着这些年来,旅游活动的开展,当地农民开发的一种像小船一样的"牛舶板"驶进保护区,对生态环境有一定的破坏,此外还有一些科学试验的人类活动,鉴于这种情况,各方呼吁对该区域进行统一规划和科学管理(吴江,2005)。

(3) 养殖利用

作为人工湿地的典型代表——鱼蟹塘(图8-3),是崇明东滩湿地景观中重要的组成部分,鸟类资源丰富,适于研究不同时期(迁徙期、越冬期)鸟类群落的结构差异,以及中度干扰下的鸟类栖息地的管理策略。

图8-3　崇明东滩人工湿地景观

(4) 外来物种入侵

崇明东滩鸟类自然保护区出现了大量由人工引入的互花米草,并以极快的速度蔓延。互花米草已列在国家环境保护总局、中国科学院2003年发布的《中国第一批外来入侵物种名单》里,它对我国生物多样性和生态环境造成了严重破坏(徐承远等,2001;Chen *et al.*,2004)。

三、南汇边滩湿地

1. 概况

南汇边滩为南汇区东、南沿海潮滩区域,全长约46.8 km(朱晓君,2004),总面积约

33 100 hm²。南汇边滩是长江口最宽广的潮滩,是长江口与杭州湾天然交汇处的主体组成部分。整个边滩分为东部和南部两部分,坡度平缓,略向海倾斜,潮间带滩涂面积约为15 400 hm²。滩地分带性明显,自陆向海发育较为完整的高、中、低潮滩(欧冬妮等,2002)。

本健康评价主要以东滩为主,其前沿滩地位于长江口水下三角洲南缘,岸线呈西北-东南走向,滩地形态南宽北窄,从西向东倾斜,滩面比较平坦,0 米线位置以上滩地宽度在3 600～5 200 m,高滩上生长有茂密的芦苇,芦苇带宽度在360～490 m,其外边线高程为3.5～3.9 m(陈沈良等,2002)。

2. 水文与泥沙

(1) 潮流

南汇东滩岸段的水流及泥沙运行比较复杂,从 1983 年上海海涂资源调查测验中可看出,潮流在涨落潮过程中,小潮与大潮、低滩与高滩呈现多相变化,但涨潮初期流向都有一个指向岸边的过程,其基本流向,大体上潘家汉地区为西北向的往复流,石皮勒港附近旋转流比较明显。测验资料表明:南汇东滩的涨潮流速大于落潮流速,大潮流速大于小潮流速,潮下带(平均大潮低潮位以下)流速大于潮间带(平均大潮高潮位到平均大潮低潮位)流速。这种流速分布特点对浅滩地区的泥沙沉积有利(俞相成,2005)。

(2) 泥沙

长江口外的泥沙随涨潮流向岸边输送,促使边滩淤长发育,据泥沙测验数据可知,南汇东滩涨潮含沙量一般大于落潮含沙量,大潮含沙量大于小潮含沙量,泥沙运动与潮流运动基本一致,说明南汇东滩的泥沙主要靠涨潮流输送上滩。

(3) 沉积物特征

南汇东滩沉积物分布有其特殊性,横向上自潮上带经潮下带至-5 m 水深以下的岸坡,沉积物粒径逐渐变粗再逐渐变细,最粗的样品出现在低潮滩至-2 m 左右范围,最细的样品出现在高潮滩和-5 m 以下水域。纵向上,从南向北表现为中部粗两端细的特点。同时,在水下沙嘴水深-2 m 至低潮滩范围内为"铁板沙"带,此带以上和以下沉积物均较细(陈沈良等,2002)。

(4) 水体含盐度与水环境

由于受长江径流影响,长江口水体含盐量从上游往下游方向不断增大,含盐量垂线方向分布变化不大,表现为底层水体略大于表层水体;含盐量的年内变化表现为汛期小于非汛期,一般在 7、8、9 月份较小,12 月较大。该工程位置水体含盐量的测验资料较少,据1983 年 9 月 13 日在石皮勒的水文测验资料,水体平均含盐量 6.1‰。

南汇区主要河流水体污染情况以有机污染为主,大部分水体的质量处于Ⅳ～Ⅴ类之间,有部分劣于Ⅴ类(2003 年《南汇年鉴》)。

3. 土壤

参考《上海市南汇东滩滩涂促淤围垦工程研究》(俞相成,2005)的滩涂地质勘查报告,本地区地质属浅海相沉积类型,自上向下各土层依次为灰黄色淤泥质粉质黏土、灰黄色黏质粉土、灰色砂质粉土、灰色淤泥质黏土等。沿海滩涂主要为有机污染及重金属污染,总有机污染 2.82 mg/kg。重金属污染以 Fe、Mn 为主,其次为 Cu、Zn、Pb 和 Ni 等。在空间上,主要以芦苇带土壤含量最高,其次为藨草带,而光滩含量最低;在时间上则都以夏季

(6、7 月)污染较轻(Zhang et al. ,2001)。

　　4. 社会概况

　　南汇边滩北起与浦东新区交接处,南至芦潮港区域,滩涂面积广大,由于该地区缺乏保护区和其他相关政策的管辖与管理,因此沿海湿地与人类活动和居住区域间并没有明显的界限。同时湿地也是当地人劳作的主要地区,与当地的农业、渔业等息息相关,因此相比较崇明东滩保护区以及九段沙保护区来说,南汇边滩受人类活动影响最大最频繁,也是情况最为复杂的区域(图 8 - 4)。

图 8 - 4　长江口滩涂湿地围垦现状

　　上述地区社会经济情况如下。

　　(1) 滨海旅游度假区

　　滨海旅游度假区总面积 8.6 km²,有 19.7 km 的海岸线。常住人口约 3 500 人,人口出生率 2.7‰,自然增长率−1.2‰。2002 年度假区实现增值 1.04 亿元,实现工农业总产值 1.07 亿元,其中工业总产值 9 846 万元,农业 827 万元。完成财政收入 1 900 万元。此外滨海旅游度假区还是上海市二级卫生城镇,也是南汇区的度假胜地,2002 年全年客流达 55 万人次,实现旅游收入 5 500 万元。

　　(2) 朝阳农场

　　朝阳农场有耕地 1 500 hm²,该场创办于 1975 年 10 月,现已成为农工商并举,以出口贸易为主的多种经济形式并存的综合性经济实体。2002 年年末,全场 2 649 人,实现增加值 480 万元,完成工农业总产值 1.06 亿元,其中工业产值 8 277 万元,农业总产值 2 288 万元,完成外贸出口交货值 6 283 万元。实现社会商品零售额 521 万元。粮食产量 1 575 t,出栏生猪 1 741 头,上市牛奶 3 961 t。

　　(3) 东海农场

　　东海农场总面积 15.18 km²,有耕地 663 hm²。总人口 6 190 人。2002 年完成工农业总产值 1.76 亿元,其中工业总产值 1.49 亿元,农业总产值 2 717 万元。全场粮食产量

1 290 t,蔬菜产量 3 394 t;上市生猪 3 964 头、鲜蛋 501 t、水产品 782 t。

（4）芦潮港农场

芦潮港农场与洋山深水港毗邻,面积 10 km²。2002 年末实际居住人口超过 3 000 人;人口出生率 2.62‰,自然增长率－3.67‰。2002 年全场实现工农业总产值 2.82 亿元,其中:工业总产值 2.67 亿元,农业总产值 1 466 亿元。人均年收入 1.07 万元。农场小城镇组织体系健全。因为与深水港相邻,也是集装箱疏运集散中心和深水港经济发展园区。

第三节 研究方法和数据来源

一、研究方法

1. 优化 PSR 框架

根据 PSR 框架模型,结合长江口湿地生态系统健康评估的实际需要,设计一个适合于长江口湿地生态系统的压力-状态-响应框架,见图 7－1,对九段沙、崇明东滩、南汇边滩湿地生态系统健康进行分析。

PSR 框架以因果关系为基础,即人类活动对环境施加一定的压力;因为这些压力,环境改变了其原有的性质或自然资源的数量（状态）;人类又通过环境、经济和管理策略等对这些变化作出反应,以恢复环境质量或防止环境退化（蒋卫国,2003）。

压力指标包括对环境问题起着驱动作用的间接压力（如人类的活动倾向）,也包括直接压力（如资源利用、污染物质排放）。这类指标主要描述了自然过程或人类活动给环境所带来的影响与胁迫,其产生与人类的消费模式有紧密关系,能够反映某一特定时期资源的利用强度及其变化趋势。

状态指标主要包括生态系统与自然环境现状,人类的生活质量与健康状况等。它反映了环境要素的变化,同时也体现了环境政策的最终目标,指标选择主要考虑环境或生态系统的生物、物理化学特征及生态功能。响应指标反映了社会或个人为了停止、减轻、预防或恢复不利于人类生存与发展的环境变化而采取的措施,如教育、法规、市场机制和技术变革等。

人类活动所带来的压力引起了生态系统物种数量减少、生产力减弱,改变了生态系统主要的物种组成,降低了其恢复力和抵抗力。只有当人类真正意识到这些压力及其影响时,才会作出响应。要对压力、状态和响应作定性和量化,就必须建立一套指标体系。它已被广泛应用于土地质量指标体系研究、农业可持续发展评价指标体系研究以及环境保护投资分析等领域（马小明,2002;郭旭东,2003;仝川,2000）。

运用"压力-状态-响应"（PSR）框架,结合系统论,构建一个 PSR 指标体系,赋予各个指标相应权重。评价的基本步骤:建立层次结构模型即"压力-状态-响应"（PSR）模型 → 构建一个 PSR 指标体系 → 根据评价标准构建评价体系（量化标准）→ 赋予各个指标相应的权重 → 综合评价整个生态系统（王立国,2005）。

2. 指标体系的构建

1) 切实反映湿地生态系统的本质特性,以服务功能评价为核心。

2) 尽可能采用遥感技术、地理信息系统技术,努力实现区域湿地的实时和动态监测。

3) 把人类作为湿地生态系统的组成来看待,充分体现出人类在湿地生态系统中的作用。

4) 评价指标应具有系统性、完备性、可比性和可操作性。

根据上述湿地生态系统健康指数、湿地生态系统压力-状态-响应模型以及上述指标的选取原则,并考虑到目前国内外有关健康评价的各种方法,构建了两个层次的湿地生态系统健康评价指标体系。第1层次是项目层(Item),即压力、状态、响应3个项目;第2层次是指标层(Index),即每个评价因素有哪些具体指标来表达,同时给出每个指标层的数据来源(Origin)(表8-1)。

表 8-1　湿地生态系统健康评价指标体系

项 目 层	指 标 层	数据来源
压　　力	人口密度,人类干扰率	统计数据
健康状态	生态指标:水文、泥沙沉积、水质、植物、土壤、底栖动物、鸟类、鱼类、浮游动植物、生物安全等 功能指标:洪水调控、成陆造地、净化能力、初级生产力、栖息地、食品、文化教育等	科学文献数据
响　　应	湿地管理水平;保护意识;用于湿地保护的财政支出	统计数据和民意调查

3. 评价指标的标准化处理

(1) 指标的选取

生态系统指标是指用来推断或解释该生态系统其他属性的相应变量或组分,并提供生态系统或其组分的综合特性或概况(Tomas,1996;Landres,1992)。并且生态系统指标数尽可能减少到一个易控制和操作的水平上是最重要的。确定生态系统指标的目的是为了提供一个简便方法,精确地反映生态系统的结构和功能,辨识已发生或可能发生的各种变化。特别是具有早期预警和诊断性指标最有价值。早期预警指标可以迅速反映压力或胁迫,不一定是特殊的压力或胁迫,因为它的目标就是引起关注和研究的必要性;而诊断指标是敏感的且依赖于特殊压力或胁迫。

生态系统如此复杂,所以无论从理论上还是实践上,结构和功能指标需要表征生态系统的特点。单一的观测或指标不能够准确地概括这种复杂性,需要不同类型的观测和评价要素。实践上,需要通过增加观测和指标数量来增加获取信息的可能性。根据实际情况选择或增加相应指标,数据获取主要依靠实地监测和调查。因此此次研究对崇明东滩等三地湿地生态系统的细节信息进行足够的了解,做了详尽的调查了解监测,不仅以便了解状态,也为指标的选择做基础(崔保山,2002)。

(2) 指标量化标准

由于指标体系中的各项评价指标的类型复杂,单位也有很大差异。这些指标优劣往往是一个笼统或模糊的概念,故很难对它们的实际数值进行直接比较,为了简便、明确和易于计算,首先对它们的实际数值进行三至五级来划分,然后根据它们对湿地生态系统健康影响的大小及相关关系,对每级给定标准化分值(取值设定在0～1之间)。

按照综合评价的得分高低,从高到低排序,以反映湿地生态健康从优到劣的变化,最终把崇明东滩、九段沙、南汇海滩湿地三地区GIS上进行地理信息可视化。用各地区颜色深浅表示各级健康级别,来反映各地的生态系统健康程度。

4. 综合评价模型

由于模型中有压力、健康状态、组织、服务功能4个指标是综合性指标,是由各个子指标来反映的。所以在综合起来评价的时候应先从单指标评价开始,在此过程中可采用相对评价方法,即按一定标准将每一指标值划分成不同等级分别赋分,并对所得分值进行标准化,然后用加权求和法计算每一指标的权重,权重的分配主要依据专家经验法,同时参考了指标的重要性。通过综合健康指数(comprehensive health index, ICH)(袁中兴和刘红,2001)。计算整个湿地生态系统的总指数值,最后根据总指数的分级数值范围确定湿地生态系统健康的等级。

二、数据来源

数据来源主要由《上海市崇明东滩鸟类自然保护区科学考察集》、《上海九段沙湿地自然保护区科学考察集》及《上海陆生野生动植物资源》等几部较为权威的科考集组成,还适当地参考了2003～2005年间的硕博士论文以及其他中英文文献作为补充。

社会环境方面的数据来源主要由《上海年鉴》以及崇明、南汇等区县的区县志构成,并适当参考相关文献作为补充。

三、数据分析

1. 初步指标及数据情况

根据第三章提出的指标体系构建原则和指标的选取原则,首先把指标分为生态结构特征以及功能整合性两大类;然后在每一大类里再进行次级分类:将生态结构特征指标分为土地、水质、土壤环境、植被、底栖动物、鸟类、鱼类、生物重金属富集等几类,再各自划分三级指标;功能整合性指标则分为自然功能和人文功能两类。

根据专著文献的数据对各项指标进行赋值,其中生态结构特征指标直接引用文献中的数据,而功能整合性指标则引用文献中的生态功能价值计算公式,代入崇明东滩的各项数据,计算出崇明东滩湿地的各项生态服务功能的价值,以货币形式表示(表8-2)。

表8-2 评价指标的分类及数据汇总

分 类	指 标	崇明东滩	九 段 沙	南汇边滩
土 地	湿地面积(km^2)	242.3	377.2	404.4
	淤涨速率(m/a)	150	0	40
水 质	COD(mg/L)	1.74	1.54	1.56
	DIN(mg/L)	1.56	1.36	1.62
	IP(mg/L)	0.038	0.035	0.046

续　表

分　类	指　标	崇明东滩	九　段　沙	南汇边滩
水　质	Cu(μg/L)	2.3	3.7	2.8
	Pb(μg/L)	1	0.2	1.2
	As(μg/L)	1.4	1.4	1.6
	Hg(μg/L)	0.025	0.02	0.035
	Cd(μg/L)	0.04	0.042	0.082
土壤环境	总有机污染(mg/kg)	1.25	1.16	2.82
	Cu(mg/kg)	64	46	123
	Pb(mg/kg)	48	39	64
	Zn(mg/kg)	191	104	291
	Cr(mg/kg)	65	55	101
植　被	芦苇面积(hm²)	618.39	1 357.74	2 131.65
	芦苇生物量(g/m²)	2 047.6	1 920.1	1 249.5
	海三棱藨草面积(hm²)	1 222.83	1 440.63	1 000.26
	海三棱藨草生物量(g/m²)	236.4	627.5	457.8
	互花米草面积(hm²)	910.17	769.05	2 069.01
	互花米草生物量(g/m²)	2 084.5	2 847.2	2 089.8
底栖动物	种类	35	38	26
	生物量(g/m²)	197.5	167.9	41.67
鸟　类	种类	77	113	30
	数量	34 504	19 215	1 199
鱼　类	种类	94	128	67
重金属富集	Zn(WW/×10⁻⁶)	29.55	41.62	35.24
	Cu(WW/×10⁻⁶)	8.53	19.88	16.69
	Cd(WW/×10⁻⁶)	0.48	1.75	0.59
	Pb(WW/×10⁻⁶)	0.45	0.67	0.72
	Cr(WW/×10⁻⁶)	0.42	0.5	0.36
功能指标	成陆造地(万元/年)	18 270	0	4 860
	空气净化(万元/年)	4 252	7 932	1 642
	侵蚀控制(万元/年)	686	938	334
	栖息地(万元/年)	4 185	5 722	2 039
	物质生产(万元/年)	2 390	4 679	1 139
	文化科研(万元/年)	12 066	16 495	5 879

2. 评价指标整理与说明

(1) 生态结构特征指标

1) 海岸边缘植被　　主要研究海岸植被的宽度。

2) 湿地增长退化率　　每年湿地的增长或退化的面积百分比。

3) 湿地受威胁情况　　以湿地区内人类的各种扰动为基础,加上自然的外来种入侵构成。

4) 水质　　长江河口及沿海水质。

5) 土壤环境　　包括土壤有机污染和重金属污染。

6) 生物重金属富集　　主要是指底栖动物中的重金属富集情况。

7) 生物多样性　　评价地区动植物种数占所在生物地理区(长江三角洲)湿地动植物种数的百分比。

8) 生物量　　以植物平均地上干重,鸟类数量以及底栖动物生物量进行综合评价。

(2) 功能整合性指标

1) 蓄浪能力　　指沿海植被抵挡或削弱风浪的能力。

2) 侵蚀控制　　防止土壤被风、水侵蚀的能力。

3) 净化能力　　主要是空气的净化能力,包括CO_2吸收和O_2释放。

4) 栖息地　　野生动物,尤其是鸟类的栖息地。

5) 物质生产　　主要是指植物性原材料的生产。

6) 土地利用潜力　　可以围垦的土地面积。

7) 休闲娱乐　　湿地旅游、钓鱼活动或其他户外游乐活动等,或者指其尚未开发的潜力。

8) 文化教育　　科研价值和教育意义。

3. 标准化处理

首先根据文献提供的数据将各个指标分为很健康、健康、普通、一般病态和疾病5个等级,并在此基础上为每个等级赋分(取值在0~1之间)。

分级标准以现有的国家标准优先,参考相关文献上的划分标准,并结合长江三角洲湿地的实际情况,由专家小组协商确定(表8-3)。

表8-3　指标的标准化等级划分

评判标准 标准化分值	很健康 >0.8	健　康 0.6~0.8	普　通 0.4~0.6	一般病态 0.2~0.4	疾　病 <0.2
海岸边缘植被	宽度在1 km以上	宽度大于700 m	宽度保持在500 m左右	宽度小于300 m	宽度不足100 m
湿地增长退化率	湿地面积每年有较为明显的增长	湿地面积有所增长	湿地面积保持稳定的水平	湿地面积每年持续减少	湿地面积每年有明显的减少
湿地受威胁情况	基本没有外来物种威胁	有轻度的外来物种入侵	有轻度的围垦、人为干扰和外来物种	深度围垦,人为干扰严重	湿地面临被破坏的威胁

续　表

评判标准 标准化分值	很健康 ＞0.8	健康 0.6～0.8	普　通 0.4～0.6	一般病态 0.2～0.4	疾　病 ＜0.2
水质			根据国家标准 划分		
土壤环境			根据国家标准 划分		
生物重金属富 集			根据国家标准 划分		
生物多样性	生物种类丰 富,多样性高	生物种类较 多,多样性较高	生物多样性维 持在一般水平	生物种类贫 乏,多样性低	生物种类单 一,多样性极差
生物量	生物资源丰 足,生物量大	生物资源较丰 富,生物量较大	生物量维持在 一般水平	生物资源显现 不足,生 物 量 不足	生物资源明显 匮 乏, 生 物 量 很低
蓄浪能力	蓄浪能力强, 基本无附加工程	筑堤后有较强 的蓄浪能力	须筑堤,蓄浪 能力一般	没有明显的蓄 浪能力,工程费 用大	不能蓄浪
侵蚀控制	没有水土流失 现象	水土流失不 明显	有部分水土流 失现象	水土流失现象 较为严重	侵蚀控制能力 很差
净化能力	净化能力强	净化能力较强	净化能力一般	无明显的净化 能力	没有净化能力
栖息地	面积大,资源 丰 富, 招 引 能 力强	有 一 定 的 面 积、资源和招引 能力	栖息地质量较 为普通	栖息地质量较 差,招引能力不足	栖息地破坏或 退化
物质生产	产量高,质 量好	产量较高,质 量较好	产量和质量均 属一般	产 量 低,质 量差	几乎没有
土地利用潜力	可围垦土地的 面积大于 30 km²	可围垦土地面 积大于 20 km²	可围垦土地面 积在 10 km² 左右	可围垦土地的 面积小于 5 km²	可围垦土地的 面积小于 2 km²
休闲娱乐	景观、美学价 值极高,有极大 的开发潜力	景观、美学价 值较高,有较大 的休闲娱乐价值	景观、美学价 值一般,休闲娱 乐价值一般	景观、美学价 值不高,缺乏休 闲娱乐潜力	没有景观、美 学和休闲娱乐 价值
文化教育	有非常巨大的 文化教育意义, 巨大的科研潜力	文化教育意义 较大,科研潜力 较大	有一定的文化 教育意义和科研 潜力	文化教育意义 较小,科研潜力 缺乏	没有文化教育 意义和科研潜力

4. 指标权重

根据以上分析并咨询有关专家,确定各项指标的权重(表8-4)。

表 8-4　各种类型指标权重

指标层 1	权重	归一化	指标层 2	权重	归一化	指标层 3	权重	归一化
生态结构特征	1	0.666 7	生境指标	1	0.4	海岸边缘植被	1/4	0.111 1
						湿地增长退化率	1	0.444 4
						湿地受威胁情况	1	0.444 4
			环境指标	1/2	0.2	水质	1	0.444 4
						土壤环境	1	0.444 4
						生物重金属富集	1/4	0.111 1
			生物指标	1	0.4	生物多样性	1	0.5
						生物量	1	0.5
功能整合性	1/2	0.333 3	自然功能	1	0.8	蓄浪能力	1	0.222 2
						侵蚀控制	1/2	0.111 1
						净化能力	1/2	0.111 1
						栖息地	1	0.222 2
						物质生产	1/2	0.111 1
						土地利用潜力	1	0.222 2
			人文功能	1/4	0.2	休闲娱乐	1	0.5
						文化教育	1	0.5

5. 相关压力指标

本书中压力主要是指人类活动对湿地生态系统造成的压力。

（1）压力指标及其权重分布

压力指标主要分成人口、外来物种、土地利用、环境情况 4 部分，人口又分为人口密度与人口素质，环境情况分为工业污染和农业生活污染。各指标的权重分布如表 8-5 所示。

表 8-5　压力指标权重

指标层 1	权 重	归一化	指标层 2	权 重	归一化
人　口	1	0.428 6	人口密度	1	0.833 3
			人口素质	1/5	0.166 7
外来物种	1/3	0.142 8	外来物种	1	1
土地利用	1/2	0.214 3	土地利用强度	1	1
环境情况	1/2	0.214 3	工业污染	1	0.666 7
			农业及生活污染	1/2	0.333 3

（2）压力指标标准化

将压力指标分为几乎没有压力、压力在湿地能够承受的范围之内、压力水平一般、压力超出湿地能够承受的范围和压力严重超出湿地能够承受的范围5个等级,并在此基础上为每个等级赋分(取值在0~1之间)。

分级标准由专家小组结合长江口沿海湿地的实际情况协商确定(表8-6)。

表8-6　压力指标的标准化等级划分

评判标准 标准化分值	几乎没有 ＞0.8	能够承受 0.6~0.8	一般水平 0.4~0.6	超出承受 0.2~0.4	严重超出 ＜0.2
人口密度	＜200人/km²	＜400人/km²	400~600人/km²	＞600人/km²	＞800人/km²
人口素质	文盲率＜3%	文盲率＜6%	文盲率6%~12%	文盲率＞12%	文盲率＞30%
外来物种	没有外来物种或很少	外来物种已有一定规模	外来物种和本地物种相当	外来物种已取得优势地位	外来物种基本取代本地物种
土地利用强度	5年间围垦土地＜10%	5年间围垦土地＜20%	5年间围垦土地20%~30%	5年间围垦土地＞30%	5年间围垦土地＞40%
工业污染	距离工业污染源非常远	距离工业污染源较远	距离工业污染源有一定距离	距离工业污染源较近	距离工业污染源非常近
农业及生活污染	完全不使用农药化肥,基本无生活污染排放	农药化肥使用率较小,生活污染有效处理	农药化肥使用率50%,生活污染适当处理	农药化肥使用率较大,生活污染较少处理	农药化肥使用率100%,生活污染基本不处理

6. 相关响应指标

本文中响应主要是指人类通过经济和管理策略等对湿地变化作出反应,以恢复环境质量或防止环境退化。

(1)响应指标及其权重分布

响应指标主要分成是否自然保护区、政策法规、用于保护和修复湿地的工程和科研支出三部分,政策法规又分成现有政策法规和政策法规的执行力度两项指标。各指标的权重分布如表8-7所示。

表8-7　响应指标权重

指标层1	权重	归一化	指标层2	权重	归一化
自然保护区	1	0.5	是否自然保护区	1	1
政策法规	1/2	0.25	现有政策法规	1	0.5
			政策执行力度	1	0.5
财政支出	1/2	0.25	有效财政支出	1	1

(2)响应指标标准化

将响应指标分为积极响应、较为积极的响应、一般响应、消极响应和无响应5个等级,并在此基础上为每个等级赋分(取值在0~1之间)。

分级标准由专家小组结合长江口沿海湿地的实际情况协商确定(表8-8)。

表8-8 响应指标的标准化等级划分

评判标准 标准化分值	积极响应 >0.8	较为积极 0.6~0.8	一般响应 0.4~0.6	消极响应 0.2~0.4	无响应 <0.2
是否自然保护区	国家级	省级	县级	非保护区	—
现有政策法规	有针对该地的专门法规,并且其他相关法规也较完善	有针对性的保护法规,或者其他相关法规较为完善	没有专门的法规,但有一些其他相关法规	没有专门法规,其他相关法规也较不完善	没有专门法规,其他相关法规也很不完善
政策执行力度	专门人员达30人以上	专门人员达20人以上	专门人员10~20人	专门人员不足10人	专门人员不足5人
有效财政支出	2 000万元以上	1 500万元以上	1 000~1 500万元	不足1 000万元	不足500万元

第四节 结 果 分 析

一、九段沙湿地生态系统健康评价

1. 九段沙湿地生态系统健康现状

(1) 结构健康现状

九段沙湿地的结构健康现状由生境、环境和生物3项指标共同评价得到。

1) 生境指标评定 生境指标由海岸边缘的植被、湿地的增长退化率和湿地的受威胁情况三项指标构成。九段沙湿地的生境指标健康度为0.68,处于一般的状态(表8-9)。

表8-9 九段沙湿地生境现状评价

生 境 指 标	九段沙湿地生境评价
海岸边缘植被	0.95
湿地增长退化率	0.50
湿地受威胁情况	0.80
生境现状评价	0.68

2) 环境指标评定 九段沙湿地环境指标健康度为0.55,处于一般的水平(表8-10)。

表 8 - 10　九段沙湿地环境现状评价

环　境　指　标	九段沙湿地环境评价
水　　质	0.51
土壤环境	0.60
生物重金属富集	0.50
环境现状评价	0.55

3）生物指标评定　　　九段沙湿地生物指标健康度为 0.91,生物资源现状较好(表 8 - 11)。

表 8 - 11　九段沙湿地生物现状评价

生　物　指　标	九段沙湿地生物评价
生物多样性	0.92
生　物　量	0.90
生物现状评价	0.91

4）九段沙湿地结构健康现状综合评价　　　由生境指标、环境指标和生物指标这三项进行加权平均计算,得到九段沙湿地生态系统的结构健康度为 0.75(表 8 - 12)。

表 8 - 12　九段沙湿地结构健康现状综合评价

各　项　指　标	九段沙湿地健康评价
生境指标	0.68
环境指标	0.55
生物指标	0.91
结构健康度	0.75

（2）九段沙功能健康现状

1）自然功能评价　　　九段沙湿地自然功能的评价见表 8 - 10。自然功能的健康度为 0.89,处于非常理想的状态(表 8 - 13)。

表 8 - 13　九段沙湿地自然功能现状评价

自　然　功　能	九段沙湿地功能评价
蓄浪能力	0.94
侵蚀控制	0.94
净化能力	0.99
栖　息　地	0.96
物质生产	0.70
土地利用潜力	0.80
自然功能评价	0.89

2) 人文功能评价　　九段沙湿地人文功能评价为 0.75,其休闲娱乐功能为 0.6,低于东滩(0.7),但文化教育功能为 0.9(表 8 - 14)。可见九段沙湿地科研价值和社会教育意义非常高。

表 8 - 14　九段沙湿地人文功能现状评价

人　文　功　能	九段沙湿地功能评价
休闲娱乐	0.60
文化教育	0.90
人文功能评价	0.75

3) 九段沙湿地功能健康现状综合评价　　经自然功能和人文功能的加权平均计算,得到九段沙湿地的功能健康度为 0.86,处于非常良好的状态(表 8 - 15)。

表 8 - 15　九段沙湿地功能健康现状综合评价

功　能　指　标	九段沙湿地功能评价
自然功能	0.89
人文功能	0.75
功能健康度	0.86

(3) 九段沙湿地生态系统健康现状综合评价

综合九段沙湿地自然保护区结构和功能的健康水平现状,对湿地生态系统健康现状进行综合评价(表 8 - 16)。

九段沙湿地生态系统综合评价为 0.79,根据分级水平,评价值大于或等于 0.8 的是非常健康和理想的生态系统,现阶段九段沙湿地非常接近理想的健康水平。但是,九段沙目前所面临的问题也非常突出:水质污染、土壤重金属污染、日趋频繁人为活动的影响,等等。若采取的保护措施不当或力度不够,九段沙湿地生态系统很容易受到破坏而产生退化,相关部门应高度重视,做好九段沙湿地的保护工作。

表 8 - 16　九段沙湿地生态系统健康现状综合评价

分　　类	指　　标	九段沙湿地健康评价
生态结构特征	生境指标	0.68
	环境指标	0.55
	生物指标	0.91
功能整合性	自然功能	0.89
	人文功能	0.75
生态系统综合健康度		0.79

2. 九段沙湿地生态系统所承受的压力

九段沙湿地生态系统所承受的压力评价同样由人口密度、人口素质、外来物种、土地利用、工业污染、农业生活污染等指标构成。压力现状评价如表8-17所示。

表8-17　九段沙湿地生态系统压力现状综合评价

压　力　指　标	九段沙湿地压力评价
人口密度	0.95
人口素质	0.35
外来物种	0.69
土地利用强度	0.95
工业污染	0.50
农业及生活污染	0.95
压力综合指数	0.81

九段沙湿地压力综合指数为0.81,与崇明东滩(0.64)相比,其目前承受的来自人为活动造成的压力要小很多。

3. 九段沙湿地生态系统现有的响应

响应指人类根据湿地生态系统的变化,采取一定的行动(如实施新的经济和管理策略),以恢复湿地环境质量或防止湿地生态系统退化。九段沙湿地对压力的响应现状如表8-18所示。

表8-18　九段沙湿地生态系统响应现状综合评价

响　应　指　标	九段沙湿地响应评价
是否自然保护区	0.80
现有政策法规	0.80
政策执行力度	0.70
有效财政支出	0.60
响应综合指数	0.74

综合各项指标,九段沙湿地响应指数为0.74,政府针对保护区所采取的各种活动还是比较积极有效的。

4. 九段沙湿地生态系统的压力-状态-响应机制分析

目前,九段沙湿地的常住人口非常少,且密度也很低,因此尽管常住人口普遍素质比较低,但来自人口的压力很小。外来物种压力指数为0.69,主要是互花米草的引入,目前已在中下沙形成一定的规模,虽然仍然处于可以承受的范围以内,但若不加以科学管理和控制,必定会形成蔓延之势。九段沙湿地处于上海市排污口下游,部分水域有一定程度的污染,但由于其地理位置特殊,交通不便,土地开发利用程度低,没有像崇明东滩那样进行围垦,进而来自工业和农业的污染非常小;常住人口密度低,使得生活垃圾和污水的污染也处于非常低的水平。综合各项压力指标,九段沙湿地目前人为活动影响较小,面临的压力水平比较低,还有相当大的开发利用潜力,同时也要注意做好相关的保护管理工作。

令人高兴的是,对九段沙湿地的保护工作早已开展,目前已有相当的基础和规模。九段沙是长江口新生湿地,形成和发展的历史较短,且目前并没有大规模的人为活动的干扰。上海市政府非常重视对九段沙湿地的保护,早在1999年,就成立了九段沙湿地自然保护区,由保护区管理署进行管理;目前,九段沙和崇明东滩并列为上海市两大国家级自然保护区。管理署制定了专项保护法规——《上海市九段沙湿地自然保护区管理办法》,保护法规体系比较完善;并且,在九段沙湿地范围内有组织地进行常规的巡查和不定期的检查,保障了保护政策的执行力度;保护区管理署人员齐整,普遍素质比较高,且具有一定的管理经验;同时,每年国家对保护区也有可观的投入。由于管理署起步工作相对较晚,使得九段沙湿地响应综合指数(0.74)要略低于东滩保护区(0.79),但这丝毫不影响九段沙湿地生态系统维持在一个健康的水平上。

二、崇明东滩湿地生态系统健康评价

1. 崇明东滩湿地生态系统健康现状

(1) 结构健康现状

崇明东滩湿地的结构健康现状由生境、环境和生物3项指标共同评价得到。

1) 生境指标的评价   生境又称为栖息地,是指生物所处的物理环境的总称。本文中的生境就是简单指崇明东滩湿地。生境指标由海岸边缘植被、湿地增长退化率和湿地受威胁情况3项指标构成。经计算,崇明东滩的生境指标健康度为0.78,处于良好的状态(表8-19)。

表8-19 崇明东滩湿地生境现状评价

生 境 指 标	崇明东滩湿地生境评价
海岸边缘植被	0.85
湿地增长退化率	0.90
湿地受威胁情况	0.65
生境现状评价	0.78

2) 环境指标的评价   环境的定义包括理化环境和生物环境,本文中的环境特指理化环境。环境指标由水质、土壤环境和生物重金属富集3项指标构成。经计算,崇明东滩的环境指标健康度为0.54,处于一般的水平,如再不引起警觉,将会有恶化为一般病态的危险(表8-20)。

表8-20 崇明东滩湿地环境现状评价

环 境 指 标	崇明东滩湿地环境评价
水　质	0.48
土壤环境	0.57
生物重金属富集	0.64
环境现状评价	0.54

3) 生物指标的评价　　生物不仅是指湿地的生物环境,而且生物也是湿地生态系统,乃至任何一个生态系统的主体,生物指标将直接反映一个湿地生态系统的健康程度。生物指标由生物多样性和生物量两项指标构成。经计算,崇明东滩的生物指标健康度为 0.81,处于非常健康的状态,这表示崇明东滩湿地的生物资源丰富,种类多,数量大(表 8-21)。

表 8-21　崇明东滩湿地生物现状评价

生 物 指 标	崇明东滩湿地生物评价
生物多样性	0.72
生 物 量	0.90
生物现状评价	0.81

4) 结构健康现状综合评价　　由上述的生境指标、环境指标和生物指标,就构成了整个崇明东滩湿地的生态结构特征指标。经此 3 项指标的加权平均计算,得到崇明东滩湿地的结构健康度为 0.74,处于良好的状态(表 8-22)。

表 8-22　崇明东滩湿地结构健康现状综合评价

各 项 指 标	崇明东滩湿地健康评价
生境指标	0.78
环境指标	0.54
生物指标	0.81
结构健康度	0.74

(2) 功能健康现状

崇明东滩湿地的功能健康现状分为自然功能和人文功能两部分。

1) 自然功能的评价　　湿地生态系统的自然功能是指完全由湿地自身产生的功能价值,与人文功能相对应。自然功能由蓄浪能力、侵蚀控制、净化能力、栖息地、物质生产和土地利用潜力 6 项指标构成。经计算,崇明东滩湿地的自然功能健康度为 0.65,处于比较良好的状态(表 8-23)。

表 8-23　崇明东滩湿地自然功能评价

自 然 功 能	崇明东滩湿地功能评价
蓄浪能力	0.76
侵蚀控制	0.54
净化能力	0.54
栖 息 地	0.62
物质生产	0.85
土地利用潜力	0.60
自然功能评价	0.65

2）人文功能的评价　　湿地生态系统的人文功能是指除了完全由湿地自身产生的功能价值以外，以人的价值观为基础，额外附加的文化、审美等功能价值。人文功能由休闲娱乐和文化教育两项指标构成。经计算，崇明东滩湿地的人文功能健康度为0.74，处于良好的状态（表8-24）。

表8-24　崇明东滩湿地人文功能评价

人　文　功　能	崇明东滩湿地功能评价
休闲娱乐	0.70
文化教育	0.77
人文功能评价	0.74

3）功能健康现状综合评价　　由上述的自然功能和人文功能，就构成了整个崇明东滩湿地的功能整合性指标。经此两项指标的加权平均计算，得到崇明东滩湿地的功能健康度为0.67，处于较为良好的状态（表8-25）。

表8-25　崇明东滩湿地功能健康现状综合评价

各　项　功　能	崇明东滩湿地功能评价
自然功能	0.65
人文功能	0.74
功能健康度	0.67

（3）崇明东滩湿地生态系统健康现状综合评价

生态结构特征、功能整合性两类，生境指标、环境指标、生物指标、自然功能和人文功能5项指标，共同构成了崇明东滩湿地生态系统的健康现状。经这5项指标健康度的加权平均计算，得到崇明东滩湿地生态系统的综合健康度为0.72，处于良好的状态，综合评价等级为健康（表8-26）。

表8-26　崇明东滩湿地生态系统健康现状综合评价

分　　类	指　　标	崇明东滩湿地健康评价
生态结构特征	生境指标	0.78
	环境指标	0.54
	生物指标	0.81
功能整合性	自然功能	0.65
	人文功能	0.74
生态系统综合健康度		0.72

2. 崇明东滩湿地生态系统所承受的压力

经由上文所述6项相关压力指标的加权平均计算，得到崇明东滩湿地的压力综合指数为 0.64,处在一个较为健康的生态系统能够承受的压力范围之内(表 8 - 27)。

表 8 - 27　崇明东滩湿地生态系统压力现状评价

压　力　指　标	崇明东滩湿地压力评价
人口密度	0.75
人口素质	0.32
外来物种	0.64
土地利用强度	0.72
工业污染	0.50
农业及生活污染	0.50
压力综合指数	0.64

3. 崇明东滩湿地生态系统现有的响应

经由上文所述 6 项相关响应指标的加权平均计算,得到崇明东滩湿地的压力综合指数为 0.79,已十分接近于积极响应,可见政府的保护意识和保护政策还是十分到位的(表 8 - 28)。

表 8 - 28　崇明东滩湿地生态系统的响应评价

响　应　指　标	崇明东滩湿地响应评价
是否自然保护区	0.80
现有政策法规	0.80
政策执行力度	0.70
有效财政支出	0.80
响应综合指数	0.79

4. 崇明东滩湿地生态系统的压力-状态-响应机制分析

湿地生态系统的健康状况是由湿地生态系统承受的压力和人类进行保护的响应行为共同作用的结果。

压力是湿地健康状态恶化的直接原因。当压力超过湿地生态系统的自身调节能力或代谢功能时,就会造成结构和功能的破坏,使湿地生态系统退化甚至严重退化。湿地生态系统健康状态是对其过去所承受的各种干扰的反映,这种反映往往在时间上有一定的滞后期,选择压力指标可以对湿地生态系统的退化起到一定的预警作用。目前湿地生态系统退化已经成为全球性的问题,它是湿地生态系统承受的压力过大、承载力明显不足的一种反映,同时也反映湿地生态系统抵抗侵蚀能力下降的状态。

另一方面,响应是人类根据湿地健康状态的变化,为了恢复环境质量或防止环境退化而通过经济和管理策略等作出的反应。响应可以通过间接或直接的方式影响湿地健康状态。间接方式是指响应可以通过改善压力情况,减轻湿地生态系统承受的压力,从而改善湿地的健康状况。直接方式则是政府直接投资于湿地保护项目、湿地修复工程或者相关科研领域。和压力一样,响应的作用也是有一定滞后期的,而间接响应的滞后更是要附加在压力的滞后期上,因此在压力指标显示预警的时候就应当及时做出响应,这样才不会致使湿地生态系统遭到破坏。

崇明东滩的人口密度不大,但人口素质较低,外来物种入侵程度一般。虽然土地利用强度较大,但由于崇明东滩的淤涨速度也非常快,因此由于土地利用而造成的实际压力并不是很大。地处长江口工业污染源的下游,水质受到一定程度的重金属污染,农业生活污染也对湿地造成了一定的压力。综合来看,崇明东滩湿地生态系统所承受的压力虽然还在可承受的范围之内,但如不加注意仍有可能导致湿地生态系统的破坏和退化。

值得欣慰的是,崇明东滩湿地的响应工作做得非常到位。作为国家级自然保护区;制定了专门的法律法规《上海市崇明东滩鸟类自然保护区管理办法》等;管理部门在职人员达35人以上;政府用于保护和修复湿地的财政支出达2 000万元人民币。正是因为这样积极到位的响应工作,崇明东滩湿地生态系统才得以维持在一个良好的健康状态。

三、南汇边滩湿地生态系统健康评价

1. 南汇边滩湿地生态系统健康现状

(1) 南汇边滩湿地的结构健康现状

1) 生境指标的评价　　生境指标由海岸边缘植被、湿地增长退化率和湿地受威胁情况3项指标构成。经计算,本地区的生境指标健康度为0.50,与长江口其他主要湿地相比为亚健康状态,其中湿地植被由于周边人为干扰和围垦,受到较大面积的破坏,因此得分比较低(表8-29)。

表8-29　南汇边滩生境现状评价

生　境　指　标	南汇边滩湿地生境评价
海岸边缘植被	0.30
湿地增长退化率	0.60
湿地受威胁情况	0.45
生境现状评价	0.50

2) 环境指标的评价　　环境指标由水质、土壤环境和生物重金属富集3项指标构成。南汇边滩的土壤与水环境均污染严重,处于病态状态(表8-30)。

表8-30　南汇边滩环境现状评价

环　境　指　标	南汇边滩湿地环境评价
水　　质	0.44
土壤环境	0.25
生物重金属富集	0.59
环境现状评价	0.37

3) 生物指标评价　　经统计,南汇边滩生物种类单一,数量稀少,处于亚健康的状态(表8-31)。其产生原因可能与长期以来对湿地生物资源的过度、无序利用和环境污染而又缺乏必要管理与保护有关。

表 8 - 31　南汇边滩生物现状评价

生　物　指　标	南汇边滩湿地生物评价
生物多样性	0.46
生　物　量	0.32
生物现状评价	0.39

4）结构健康现状综合评价　　由上述的生境指标、环境指标和生物指标，就构成了整个南汇边滩湿地的生态结构特征指标。综合各指标，南汇边滩的结构健康度为 0.43（表 8 - 32），处于亚健康状态。

表 8 - 32　南汇边滩结构健康现状综合评价

各　项　指　标	南汇边滩湿地健康评价
生境指标	0.50
环境指标	0.37
生物指标	0.39
结构健康度	0.43

（2）南汇边滩功能健康现状

南汇边滩湿地的功能健康现状分为自然功能和人文功能两部分。

1）自然功能的评价　　自然功能由蓄浪能力、侵蚀控制、净化能力、栖息地、物质生产和土地利用潜力 6 项指标构成。经计算，南汇边滩整体的自然功能都受到严重的破坏，尤其是栖息地的丧失与污染和生物群落的破坏，使湿地生态系统的结构遭到严重破坏，由此使其丧失了各种调节、平衡和更新功能。自然功能的评价值仅为 0.32，处于病态（表 8 - 33）。

表 8 - 33　南汇边滩自然功能评价

自　然　功　能	南汇边滩湿地功能评价
蓄浪能力	0.57
侵蚀控制	0.33
净化能力	0.21
栖　息　地	0.14
物质生产	0.50
土地利用潜力	0.20
自然功能评价	0.32

2）人文功能的评价　　湿地生态系统的人文功能是指除了完全由湿地自身产生的功能价值以外，以人的价值观为基础，额外附加的文化、审美等功能价值。人文功能由休闲娱乐和文化教育两项指标构成。南汇边滩的人文功能评价值为 0.21，处于极低的水平

(表 8-34),大大低于崇明东滩和九段沙。虽然人文功能并不同于湿地的自然功能,但却是自然状况的衍生,受自然状况的直接影响,依附于自然状态。鉴于南汇边滩自然状况欠佳,导致其人文价值也相应较低。

表 8-34　南汇边滩人文功能评价

人　文　功　能	南汇边滩湿地功能评价
休闲娱乐	0.10
文化教育	0.32
人文功能评价	0.21

3) 功能健康现状综合评价　　由上述的自然功能和人文功能,就构成了整个南汇边滩湿地的功能整合性指标。经此两项指标的加权平均计算,得到南汇边滩湿地的功能健康度为 0.30,处于不健康状态(表 8-35)。

表 8-35　南汇边滩功能健康现状综合评价

各　项　功　能	南汇边滩湿地功能评价
自然功能	0.32
人文功能	0.21
功能健康度	0.30

(3) 南汇边滩湿地生态系统健康现状综合评价

生态结构特征、功能整合性两类,生境指标、环境指标、生物指标、自然功能和人文功能 5 项指标,共同构成了崇明东滩湿地生态系统的健康现状。经这 5 项指标健康度的加权平均计算,得到南汇边滩湿地生态系统的综合健康度为 0.39,处于较差的状态,综合评价等级为病态(表 8-36)。

表 8-36　南汇边滩湿地生态系统健康现状综合评价

分　　类	指　　标	南汇边滩湿地健康评价
生态结构特征	生境指标	0.50
	环境指标	0.37
	生物指标	0.39
功能整合性	自然功能	0.32
	人文功能	0.21
生态系统综合健康度		0.39

2. 南汇边滩湿地生态系统所承受的压力

南汇边滩湿地生态系统所承受的压力评价同样由人口密度、人口素质、外来物种、土地利用、工业污染、农业生活污染等指标构成。压力现状评价见表 8-37。

表 8 - 37　南汇边滩湿地生态系统压力现状评价

压 力 指 标	南汇边滩湿地压力评价
人口密度	0.65
人口素质	0.42
外来物种	0.17
土地利用强度	0.15
工业污染	0.60
农业及生活污染	0.00
压力综合指数	0.40

3. 南汇边滩湿地生态系统现有的响应

南汇边滩湿地自然保护区对压力的响应现状见表 8 - 38。

综合各项指标,南汇边滩湿地的响应综合指数为 0.29,表明目前所采取的政策与保护措施还是相当不足的,必须引起足够的重视。

表 8 - 38　南汇边滩湿地生态系统响应现状评价

响 应 指 标	南汇边滩湿地响应评价
是否自然保护区	0.40
现有政策法规	0.40
政策执行力度	0.10
有效财政支出	0.10
响应综合指数	0.29

4. 南汇边滩湿地生态系统的压力-状态-响应机制分析

湿地生态系统的健康状况是由湿地生态系统承受的压力和人类进行保护的响应行为共同作用的结果。

南汇边滩生态系统从结构和功能的评估结果,处于一个病态状态,生态系统失衡、部分系统功能严重丧失和低下。这种现状主要源于长期以来该地区的人类活动过度频繁,压力过大,超出了生态系统自我调节功能所能承受的范围。同时,从压力指数来看,这种情况仍未见明显的改善。土地的过度利用、外来物种、人类活动所产生的污染都使湿地处于过大的压力下。南汇边滩地区与大陆接壤,从某种程度上它所受的来自人类的干扰和影响比岛屿化的九段沙来得更多、更强和更直接。已经亚健康的生态系统以及持续过大的压力,却没有得到政府部门的重视,响应指数表明目前所采取的保护管理政策与措施,对于应对所面临的严峻现实是远远不够的。可以预见,如不马上加强应对措施,及时减轻边滩湿地所承受的压力,会加剧生态环境的恶化与生态系统的破坏,最终导致整个生态系统的崩溃。

第九章　长江口湿地生态系统健康状况对比

第一节　九段沙、崇明东滩、南汇边滩湿地对比

一、健康度的比较

1. 结构健康的比较

生境指标方面,九段沙湿地虽然沿海植被带很宽,平均达到 2 000 m 以上,湿地受威胁情况也非常少,但由于其近年来的淤涨速度几乎为零,因此生境方面评价略低于崇明;崇明东滩湿地由于其沿海植被带较宽,平均 1 200 m,滩涂淤涨速度也很快,达到每年 150 m,而人为干扰和外来物种等威胁也较少,因此生境方面保持得较好;南汇边滩湿地虽然每年也有淤涨,但速度并不是很快,加之其沿海植被宽度明显不够,认为干扰和外来物种入侵也较为严重,因此生境评价只能是中等。

环境方面主要是指土壤和水体的有机和无机污染状况。由于三地都处在长江口地区,受上游工业排放的影响较为严重,因此环境情况都不太乐观,而南汇边滩又加之大量的农业及生活污染,情况更为恶劣。

生物指标方面,九段沙湿地由于其生物量大,生物多样性极为丰富,生物评价极高;崇明东滩湿地的生物量甚至比九段沙湿地更大,但生物多样性比九段沙略显不足,因此生物评价较九段沙低些,但也在非常健康的水平;相比之下,南汇边滩的生物量储备和生物多样性都显得十分贫瘠,生物评价处在病态边缘。

综上所述,九段沙湿地和崇明东滩湿地的结构健康度都维持在较好水平,而南汇边滩则已接近病态(表 9-1)。

表 9-1　长江口沿海湿地生态系统结构健康度比较

各 项 指 标	九 段 沙	崇 明 东 滩	南 汇 边 滩
生境指标	0.68	0.78	0.50
环境指标	0.55	0.54	0.37
生物指标	0.91	0.81	0.39
结构健康度	0.75	0.74	0.43

2. 功能健康的比较

自然功能方面,完全未经开发的九段沙湿地占有绝对的优势,其蓄浪能力、侵蚀控制能力、自我净化能力和栖息地提供都接近满分,物质生产和土地利用潜力也较好;崇明东滩湿地经过适度开发后,其自然功能相比九段沙有所下降,植被的收割导致侵蚀控制和自我净化能力的下降,土地的围垦导致栖息地的减少,使得其自然功能只能处在中等偏上的水平;南汇边滩则由于其过度的开发,导致自然功能大幅减弱,植被的贫瘠直接导致蓄浪能力、侵蚀控制能力和自我净化能力微弱,而栖息地更是几乎没有,其自然功能已经陷入病态(表9-2)。

表9-2　长江口沿海湿地生态系统功能健康度比较

各 项 指 标	九 段 沙	崇 明 东 滩	南 汇 边 滩
自然功能	0.89	0.65	0.32
人文功能	0.75	0.74	0.21
功能健康度	0.86	0.67	0.30

人文功能方面,九段沙湿地虽尚未开发,但其作为国家级自然保护区的教育意义也是非常重大的,此外,九段沙湿地对于自然科研工作也有非常巨大的价值,并且九段沙作为生态旅游景点也有非常巨大的开发潜力,因此九段沙湿地的人文功能评价也较高;崇明东滩由于其在开发过程中对于旅游业及文化教育的高度重视,使得崇明东滩湿地的人文功能较好;相比之下南汇边滩湿地的人文功能价值就少之又少了,仅有的土地都被用作工业农业和港口建设,休闲娱乐和文化教育价值非常低下,人文功能极低。

综上所述,九段沙湿地的功能健康状况极好,崇明东滩湿地较好,而南汇边滩则已处于病态。

3. 综合健康的比较

由结构健康度评价和功能健康度评价综合得出长江口沿海各湿地的综合健康度。九段沙湿地和崇明东滩湿地在生态系统结构上相差无几,但在生态系统功能上就差了一些。因此,长江口沿海湿地生态系统健康综合评价结果,九段沙湿地为很健康,崇明东滩湿地为健康,而南汇边滩湿地为一般病态(表9-3)。

表9-3　长江口沿海湿地生态系统综合健康度比较

健康度分类	九 段 沙	崇 明 东 滩	南 汇 边 滩
结构健康度	0.75	0.74	0.43
功能健康度	0.86	0.67	0.30
综合健康度	0.79	0.72	0.39

二、压力的比较

为了和健康度一致,压力指数采用间接表示法,即数值越大,所表示的压力越小。

自然湿地的人口密度以与湿地邻接的农场的人口密度计算。九段沙湿地因为是一个纯自然岛屿,其人口密度更是接近于零,人口密度压力也接近于零。而崇明东滩和南汇边滩的人口密度分别为 245.5 人/km² 和 346.5 人/km²，相比我国平均人口密度还是较低的，因此人口密度的压力并不是很大。

人口素质主要以文盲率来衡量。九段沙湿地虽然几乎没有常住人口，但其流动人口的受教育程度也很低；崇明东滩湿地和南汇边滩湿地的人口文盲率分别达到 13.42％ 和 9.18％，都高于全国平均文盲率。因此，三地的人口素质都较低，人口素质压力较大。

长江口沿海湿地的外来物种入侵压力主要来自互花米草的入侵，九段沙湿地和崇明东滩湿地的互花米草的入侵面积分别为 910 hm² 和 769 hm²，相比本地种芦苇和海三棱藨草的生长面积还没有成优势的迹象；而南汇东滩的互花米草入侵面积已经达到了 2 069 hm²，并且在本来就已植被贫乏的滩涂上形成绝对的优势。因此，崇明东滩湿地和九段沙湿地的外来物种入侵压力尚属可以承受，而南汇边滩湿地的外来物种入侵压力极大。

土地利用压力主要来自对自然湿地的围垦。九段沙湿地仍保持着完全自然的状态，土地利用压力近乎为零；崇明东滩湿地虽然围垦的程度较大，但由于其自然淤涨的速度很快，加上人工促淤工程的作用，湿地实际减少的面积就小了很多，另外崇明东滩围垦的土地大多用于水田和鱼塘，成为次生湿地生态系统的一部分，同样能为鸟类提供栖息地，因此崇明东滩湿地实际承受的土地利用压力要小很多；而南汇边滩的情况比较严重，在自然淤涨速度较低的情况下仍保持高度围垦，并且围垦的土地都被用于人类居住，港口设施等，对湿地造成了极大的破坏。因此，九段沙湿地的土地利用压力近乎为零，崇明东滩湿地较小，而南汇边滩湿地的土地利用压力极大。

由于三地都没有直接的工业污染源，所受的工业污染均来自长江口上游的工业排放，因此与该工业污染源的距离就直接成为所受工业污染大小的影响因素。九段沙湿地、崇明东滩湿地和南汇边滩湿地与上游石洞口污水处理厂的距离分别为 61 km、60 km 和 73 km，在该距离所受到的工业污染压力尚属一般。

农业及生活污染方面，九段沙湿地几乎没有农业和生活污染，该压力近乎为零；崇明东滩的化肥农药使用率为 50％，生活排放也经过适当处理，该压力尚属一般；南汇农田的化肥农药使用率接近 100％，而且生活排放很少处理，因此该项压力极大。

综合上述的那么多因素，九段沙湿地所承受的压力非常小，几乎没有，崇明东滩湿地所承受的压力尚在自然湿地能够承受的范围之内，而南汇边滩湿地承受的压力较大，已超出正常湿地能够承受的压力范围（表 9-4）。

表 9-4　长江口沿海湿地生态系统压力现状比较

压力指标	九　段　沙	崇　明　东　滩	南　汇　边　滩
人口密度	0.95	0.75	0.65
人口素质	0.35	0.32	0.42
外来物种	0.69	0.64	0.17
土地利用强度	0.95	0.72	0.15
工业污染	0.50	0.50	0.60
农业及生活污染	0.95	0.50	0.00
压力综合指数	0.81	0.64	0.40

三、响应的比较

九段沙湿地和崇明东滩湿地都已建立了国家级自然保护区,有专门的法律法规,九段沙湿地有《上海市九段沙湿地自然保护区管理办法》,常驻管理人员都在 35 人以上;崇明东滩湿地有《上海市崇明东滩鸟类自然保护区管理办法》,而南汇边滩不是保护区,没有专门的法律法规,只能靠上海市的一些环境管理条例进行管理,常驻管理人员不足 5 人。

有效财政支出是指政府用于自然湿地的保护、修复等有利于湿地生态系统健康的建设项目,包括相关的科研项目上的财政支出。九段沙湿地大约为 1 500 万元人民币,崇明东滩约为 2 000 万元人民币,而南汇边滩湿地该项支出不足 200 万元人民币。

由此,对于崇明东滩湿地的健康现状,政府的响应措施非常积极,九段沙湿地次之,较为积极,而南汇边滩的响应措施则显得非常消极(表 9 - 5)。

表 9 - 5　长江口沿海湿地生态系统响应现状比较

响 应 指 标	九 段 沙	崇 明 东 滩	南 汇 边 滩
是否自然保护区	0.80	0.80	0.40
现有政策法规	0.80	0.80	0.40
政策执行力度	0.70	0.70	0.10
有效财政支出	0.60	0.80	0.10
响应综合指数	0.74	0.79	0.29

四、综合比较

从图 9 - 1 中可以看到,无论是九段沙湿地、崇明东滩湿地,还是南汇边滩湿地,它们各自的压力、现状和响应指数都是趋于一致的。这是因为压力、现状和响应三者都不是独立存在的,而是相互关联、相互作用的。压力直接影响健康现状,而响应可以直接影响健康现状,也可以通过改善压力,间接地影响健康现状,但这之间是有时滞的。并且,我们还可以看到,三地的现状指数,即健康度,都在压力和响应之间。这也说明湿地的健康现状是压力和响应共同作用的结果。压力较大的时候可以通过积极响应来改善湿地的健康现状,而不积极的响应也会导致湿地的健康现状进一步恶化。

湿地生态系统的健康现状是由湿地生态系统承受的压力和人类进行保护的响应行为共同作用的结果。九段沙、崇明东滩和南汇边滩湿地代表了在不同的人为干扰方式、人为干扰强度和保护响应作用下的三种较为典型的湿地生态系统健康状态。

九段沙湿地是上海最后一片处女地,未经任何开发利用,人为干扰接近于零。保持湿地接近于纯自然的健康状态的代价则是开发和围垦带来的可观的经济利益。但是,站在生态学者的角度来说,为了保住上海这最后一片净土,这些代价仍然是值得的。

崇明东滩湿地在适度开发利用的同时,加强了科学管理与保护,从粗放型经济向集约型经济转变,避免过度使用不可再生资源,积极促进资源的再生,在维持湿地生态系统健康的前提下发展经济,走可持续发展道路。

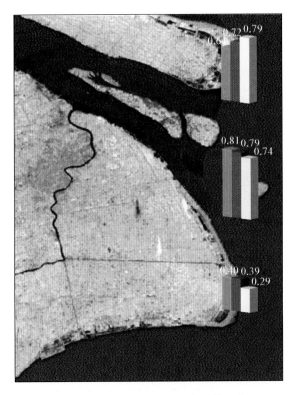

图 9-1　长江口沿海湿地生态系统压力-
状态-响应综合比较

南汇边滩湿地因为开发过度,并且长期得不到科学有效的管理和保护,致使湿地退化严重,健康状况不容乐观。南汇边滩因开发利用而带来的巨大经济利益,实际上是以自然湿地的丧失为代价的。如今南汇边滩湿地很大程度上已经被破坏,无论从科学角度还是从财政角度来看,修复都已变得相当困难。

第二节　基于系统健康评价的相关建议

一、小结

滩涂湿地蕴藏着丰富的动植物资源,是湿地鸟类与水生生物生活的重要场所。长江口沿海滩涂湿地是中澳、中日乃至全世界范围内候鸟迁徙路线上的重要中转站,是长江流域与东海重要濒危与经济鱼类生活史中不可或缺的生境之一。

长江口沿海滩涂湿地主要由九段沙湿地、崇明东滩湿地、长兴-横沙湿地以及南汇东滩湿地4部分组成。目前为止的研究主要集中在九段沙湿地、崇明东滩湿地和南汇东滩湿地,有关长兴-横沙湿地的研究尚少。

根据目前为止的研究,本文对崇明东滩湿地、九段沙湿地以及南汇东滩湿地三地的生态系统健康状况做出评价如下。

1) 九段沙湿地生态系统健康现状为良好,结构健康良好,功能健康优,始终保持着不受人类活动干扰的纯自然的健康生态系统。九段沙湿地生态系统所受到的压力极小,政府采取的管理、保护等措施也很及时到位,只要能继续坚持这样的管理和保护力度,九段沙湿地将会在较长的一段时间内保持这样的纯自然的健康面貌。

2) 崇明东滩湿地生态系统健康现状为良好,结构健康良好,功能健康较好,并能够以湿地自身的功能维持现有的健康状态。崇明东滩湿地生态系统所受到的压力较小,政府采取的管理、保护等响应措施非常及时到位,在今后的较长的一段时间内,崇明东滩湿地的健康状况能够得以保持,并有向更为健康的方向发展的趋势。

3) 南汇东滩湿地生态系统健康现状为中,结构健康尚可,功能健康较不理想,生态系统受破坏程度较大,已经处于崩溃边缘。南汇东滩湿地生态系统所受到的压力较大,政府开始采取管理、保护等响应措施的时间较晚,因此相应的执行难度也较大,执行效果也并不理想,若不加大响应力度,南汇东滩湿地将很难维持现状,湿地生态系统的健康状况很有可能进一步恶化,但想要修复南汇东滩湿地,虽然并不是不可行,但难度比较大,所需要的投入也是非常巨大的。

二、尚存在的问题及相关建议

1. 环境污染

水体污染是滩涂湿地生态系统最主要的污染。长江口沿海滩涂湿地污染的主要来源是长江口大量的污水外排。航道运输等引起的漏油、溢油事故,港口船舶等用水污染,以及使用农药、化肥引起的面源污染也是长江口沿海滩涂湿地污染的重要来源。

近年来,在环保及当地各级政府部门的努力下,污染控制的力度显著加强,长江口水质恶化趋势已得到初步遏制。但不可否认,部分地区的污染还是较为严重,必须进一步加大污染的控制力度,采用先进的污染控制技术,使滩涂湿地的污染情况向好的方向发展,从而优化滩涂湿地的生态功能。

由于水体的流动性,导致长江口各湿地无一幸免地遭受了水体污染的侵袭,即使是九段沙湿地这样不受人类活动干扰的纯自然湿地,也会受周围水体的污染。因此,环境污染的治理除了采用更先进的污染控制技术,从控制污染源的排放着手,根本上控制污染才是最直接有效的。

2. 土地利用

湿地的合理利用是一种与维持生态自然性并行不悖的方式造福于人类的可持续利用。

合理开发利用滩涂资源对缓解上海市土地紧缺矛盾、保证农业生产持续稳定发展、增强农业后劲、繁荣上海市场、配合产业结构调整、促进工业产值增长、稳定长江口河势、改善长江口航行条件、优化生态环境等方面都起到了重要作用,所产生的社会效益、经济效益和生态效益都十分明显。

但是,长久以来,滩涂的土地利用并没有得到有效的管理。围垦比较早的南汇东滩,由于当时缺乏可持续利用意识,在大量围垦的同时,并没有做好促淤工作。导致几十年下来,土地是有了,经济是发展了,但代价却是生态系统被破坏了。现在南汇东滩的堤外植被宽度已经很小,生态系统功能也已经很不完备了。

反观崇明东滩湿地,由于在其开发利用的时候非常注重促淤,现在崇明东滩湿地在快速围垦的同时,滩涂的面积不但没有消减,反而有所增加,湿地生态系统的功能也非常完备,同时围垦前的原始湿地和围垦后的人工湿地之间的多样性差别正好为鸟类的栖息和觅食等不同的需要提供了较为理想的环境。

因此,滩涂湿地的土地开发利用与湿地生态系统的保护并不绝对的对立,只要加强管理,坚持可持续的利用,严格贯彻执行有关方面总结提出的"促二围一"的方针,仍然可以做到经济发展与生态环境保护的并行。

3. 过度收割、捕捞以及非法捕猎

过去 20 年间,因为保护和管理措施不到位,长江口及其周围地区偷猎候鸟,甚至是国家、国际重点保护的珍稀鸟类的现象屡见不鲜。虽然近年来各级政府颁布了大量相关的法规条例,但仍时有偷猎和投毒的现象发生。

同时,湿地相邻水域内的鱼类和其他水产资源的过度捕捞也十分严重,每年都会在长江口出现鳗苗、蟹苗的滥捕滥捞。这种对湿地生物资源的掠夺性的经营方式,破坏了原有湿地的生态环境,造成上海滩涂湿地生物多样性的严重退化。

另外,南汇东滩的芦苇收割也存在着缺乏合理计划、过度收割的现象,直接导致多种候鸟栖息地的丧失。

面临这种情况,政府在颁布各种法规条例的同时,更应当加强执法力度,严厉打击非法捕猎的行为。同时应当加强可持续发展的教育和宣传,在繁殖季节应当限制鱼类和其他水产资源的捕捞,对于芦苇要合理地分批次地进行收割。

4. 外来物种入侵

外来物种入侵滩涂湿地,其影响是深远的。一些外来生物的入侵可能导致原来生存在滩涂湿地上的本土生物加快消亡,成为上海湿地生物多样性的巨大威胁。长江口沿海滩涂湿地的互花米草入侵现象非常严重,现已占到滩涂植被总面积的 25% 左右,其中又以南汇东滩湿地最为严重,已占到滩涂植被总面积的 40%。互花米草的入侵,在局部地区形成了大片单一群落,严重排挤了本土植物种的生长,而由于海三棱藨草和芦苇等本土种为许多候鸟重要的食物和栖息地,而互花米草并不能代替这种生态功能,所以互花米草的入侵和取代本土种,将会严重影响滩涂鸟类的种类和数量,从而影响滩涂湿地正常生态功能的发挥。

因此,对于互花米草的蔓延区域应采取隔离圈围等措施,以减缓由于互花米草蔓延导致的滩涂湿地生物多样性与生态功能的退化。

第三部分
长江口滨海湿地鸟类保育关键技术

DI SAN BU FEN CHANG JIANG KOU BIN HAI SHI DI NIAO LEI BAO YU GUAN JIAN JI SHU >>

长 江 口 滨 海 湿 地 生 态 系 统 特 征 及 关 键 群 落 的 保 育

第十章　水禽迁徙生态学

　　水禽是湿地鸟类群落的主要类群,是湿地生态系统的重要组成部分,由于水禽处于湿地生态系统食物链的顶端,对环境的变化和人为干扰极其敏感,因此,国际上常将湿地生态系统中水禽群落结构和丰度作为湿地质量的重要评估指标(Frazier,1996；Kingsford,1999)。同时,由于全球湿地丧失和湿地环境受损将导致水禽种类和数量的急剧下降(Hails,1997),对其的保护也是湿地保护与修复的重要内容。功能群(guild)是以相似方式利用相同环境资源的物种类群,是群落发挥其作用的基本单位(Simberloff,1991)。同时,功能群特征也是环境评价的重要指标。通过对生态系统中功能群的结构和作用的分析,可了解生态系统的受损程度(Severinghaus,1981；Landres et al.,1988)。因此,认识水禽功能群的结构与作用,并深入了解其与湿地生态系统其他组成部分之间的关系,是湿地修复的基础和关键(Malakoff,1998)。

　　湿地水禽包括涉禽(鸻形目、鹤形目、鹳形目)和游禽(雁形目、鹈形目),其中长江口区域以迁徙涉禽——鸻形目鸟类的种类和数量居优势地位。现今世界上涉禽有217种,在亚洲分布有100种,在我国分布有69种(金连奎等,1997)。涉禽体色多为沙土色或灰褐色,也有少数为体色分明的黑白色。一般翼较尖、腿较长、胫下裸出,善于行走；脚蹼不发达,少数前趾间有蹼相连,不适于游泳,后趾小,不发达或退化(雉鸻例外)。嘴的形状很适于在泥沙中取食,但由于种的不同种间也有很大变异。大多数栖息在沼泽和河流、湖泊、海岸沙土泥滩等潮间带滩涂湿地(Intertidal Mudflat),栖息类型较为复杂,所以世界上的分布也较为广泛。

　　涉禽是一般繁殖于高纬度,越冬于低纬度的鸟类,一般繁殖于北纬40°以北,越冬于北纬20°以南的地区,少数种类在中纬度地区繁殖。繁殖期为6～7月份,越冬期为10月份至翌年3月份,其余时间则消耗在迁徙过程中。另外,除繁殖期外,大多喜集群活动,随着鸟类生态学的发展,作为湿地生态系统中重要组成部分的涉禽种群数量的增长、迁徙等变化,对维持生态系统的稳定性以及监测湿地生态系统的变化,均起着重要作用,是湿地生态环境的重要指示物种之一。

第一节　"东亚—澳大利亚"迁徙路线

　　亚洲太平洋地区的各种候鸟的飞行路线统称为东亚—澳洲候鸟迁徙路线(简称EAAF：The East Asian-Australasian Flyway)(图10-1),EAAF维持了700万涉禽的生存,其中有500万是候鸟。这些候鸟春夏栖息在靠近北极的俄罗斯的西伯利亚和美国的阿拉斯加地区,在北极冰原地带繁殖。经过繁殖期后向南迁徙。其中大部分候鸟在9月和10月迁徙到澳大利亚和新西兰度过北半球的冬季,在第二年的3月底再离开飞回繁殖地。迁徙水禽迁徙路线这一概念包含了鸟类迁徙所经过的区域,这个概念主要是从生物学方面而不是从地理学方面来定义的。例如,斑胸滨鹬(*Calidris melanotos*)的迁徙区域包括了东亚—澳大利亚涉禽迁飞路线中北部繁殖区的全部范围,而这种鸟却有穿越美国的完全不同的迁徙路线(Battley,2002)。东亚—澳大利亚候鸟迁飞路线包括了从北极和亚北极地区迁徙到亚洲和澳大利亚地区涉禽的繁殖地、停歇地以及越冬地(图10-1)。

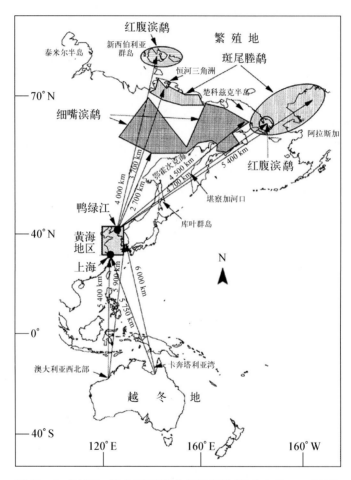

图10-1　"东亚—澳大利亚"涉禽迁飞路线(修改自 Barter,2002)

　　黄海生态区包括黄海海域、渤海海域和长江口区域,位于亚洲大陆与太平洋之间,南至中国长江口、韩国济州岛最南端和洛东江河口,北至黄/渤海、长江口海岸线,面积约38万 km²。黄海生态区海岸带位于南温带和北亚热带,季风气候特征明显。黄海漫长海岸线上,分布有类型多样、数量繁多、面积广阔的海岸湿地生境,为各种涉禽提供了优良的栖息场所。

　　黄海沿岸湿地是中国东部候鸟迁徙路线的重要组成部分,长江口和杭州湾地区正处于东亚—澳大利亚迁徙路线上的中间位置(Wilson & Barter,1998),属于我国候鸟东部迁徙路线(高炜,1993),是迁徙鸟类极为重要的中途停歇地和越冬地(Barter,2002)。俄罗斯远东地区、中国东北和华北地区繁殖的涉禽,既可以沿海岸线迁飞至长江中下游地区和华南越冬,也可以继续前飞至东南亚、澳大利亚和新西兰等地越冬;黄海北部海岸是许多涉禽种类迁往繁殖地前的最后停歇地。

第二节　水禽迁徙研究进展

随着人们对迁徙鸟类中途停歇地的重要性认识的深入,中途停歇生态学(Stopover ecology)已成为迁徙鸟类研究的热点之一(马鸣等,2001)。许多鸟类每年在繁殖地和非繁殖地(越冬地)之间进行上万公里的长途迁徙(Myers et al.,1987),在迁徙过程中,鸟类所消耗的能量是其在迁徙以前身体所积蓄能量的数倍(McNeil & Cadieux,1972)。为了完成长距离的迁徙,鸟类在迁徙途中需要在一系列的中途停歇地补充食物并积蓄能量,为下一阶段的飞行做准备。因此,中途停歇地是联系鸟类繁殖地和非繁殖地的枢纽(Famer & Parent,1997),对于鸟类成功完成迁徙具有重要作用。其次,鸟类花费大量的时间在迁徙过程的中途停歇地补充能量(Hedenstrm & Alerstam,1997),其能量的补充速度也影响着鸟类的迁徙速度和迁徙方式,并决定着鸟类能否顺利完成整个迁徙活动(Schaub & Jenni,2000)。另外,由于鸟类在到达繁殖地的初期可能面临着严寒、食物缺乏等不利的环境条件,在中途停歇地储备的能量和营养物质对一些鸟类的成功繁殖也起到至关重要的作用(Ricklefs,1974;Ebbinge & Spaans,1995;Davidson & Evan,1988)。因此,中途停歇地对于迁徙鸟类完成其完整的生活史过程具有重要作用。

作为候鸟迁徙中转站的上海长江口滩涂,其特殊性已不限于湿地意义其本身。数以万计的迁徙鸟类在此停留中转并补充能量(Barter,2002)。Peter等(2002)研究表明,对于这些迁徙鸟中的一大类群——鸻形目鸟类,其研究的意义尤为突出。因为鸻形目鸟类为中、小型涉禽,大多数栖息在沼泽和河流、湖泊、海岸沙土泥滩等湿地,栖息类型较为复杂,分布也较为广泛。其次,该类群除繁殖期外,大多喜集群活动(Piersma et al.,1987)。另外,作为湿地生态系统中重要组成部分的鸻形目鸟类种群数量的增长,对维持生态系统的稳定性以及监测湿地生态系统的变化,均起着重要作用,是湿地生态环境的重要指示物种之一,因此长期以来备受各国鸟类学家的重视(Christopher et al.,2003)。

国内外对水鸟迁徙在中途停歇生态的研究表明,中途停歇生态学是迁徙鸟类生态学的重要研究方向,它为完整了解迁徙鸟类的生活史过程提供了科学依据(Barter,2002)。虽然我国利用环志对迁徙鸟类进行了较长时间的研究(Zhang & Yang,1997),对了解鸟类的迁徙规律以及对中途停歇地的保护起到了重要作用。但总体看来,我国所开展的工作多为迁徙时间、迁徙规律、种群数量及栖息地特征等方面的调查(Ma et al.,2002;Wang & Qian,1988;He et al.,2002),缺少对鸟类中途停歇生态的深入研究。虽然有关鸟类中途停歇生态学的研究历史较短,在理论和研究方法上都还处于起步与快速发展阶段,为此我们把国内外的研究的主要内容概括如下:

一、鸟类的迁徙对策

鸟类在迁徙过程中会采取一套完整的迁徙对策,以达到缩短迁徙时间、减少能量消耗以及避免天敌的捕食等目的,从而使其迁徙活动达到最优化(Alerstam & Lindstrm,1990;Lindstrm,1995;Alerstam,1998)。由于迁徙对策的选择和中途停歇地的选择与利用模式密切相关(Hedenstrm & Alerstam,1997;Alerstam,1998),因此,迁徙对策是中途停歇生态学研究的重要内容之一。

自从 Alerstam 和 Lindstrm(1988)提出鸟类迁徙对策的理论以来,有关鸟类迁徙对策开展了大量研究。由于气候条件、中途停歇地质量、迁徙距离、时间和能量的消耗、食物的可获得性、被捕食的风险、以及其他迁徙鸟类的行为等多方面因素对鸟类的迁徙活动都有影响(Dnhardt & Lindstrm,2001),给迁徙对策的研究带来了很大困难。目前绝大多数鸟类迁徙对策的研究工作是对鸟类迁徙过程的模拟(Hedenstrm & Alerstam,1997;Weber,1998,1997,2000;Klaassen,1996),实验研究方面的工作开展得很少。加强相关的野外实验研究将对进一步了解和丰富鸟类迁徙对策的理论起到极大的推进作用。

目前,有关鸟类迁徙对策的研究集中在迁徙理论和模型方面的探讨,迁徙时间和能量消耗是迁徙对策研究的核心内容(Hedenstrm & Alerstam,1997;Alerstam,1998;Alerstam & Lindstrm,1990)。其中,研究较多的是时间最短(Time minimization)对策,即鸟类缩短迁徙时间,以最快的速度完成整个迁徙过程(Hedenstrm & Alerstam,1997;Alerstam & Lindstrm,1990;Weber,1998,1997,2000;Gudamundsson,1991;Lindstrm,1992)。鸟类的第 1 种迁徙对策是采取时间最短原则,由于采取该对策的鸟类能够尽早达目的地(繁殖地或非繁殖地),从而占据高质量的栖息地(Klaassen & Lindstrm,1996)。另外,通过减少在迁徙途中的停歇时间和停歇次数,可以降低整个迁徙过程(飞行时和中途停歇时)的能量消耗以及减少被天敌捕食的风险(Hedenstrm & Alerstam,1997;Alerstam & Lindstrm,1990);鸟类的第 2 种迁徙对策是总能量消耗最小对策,采用该对策的鸟类通过减少在迁徙过程中的能量消耗,提高能量的利用率,从而使其在整个迁徙过程中消耗的总能量最小;第 3 种迁徙对策为携带额外能量所消耗的能量最小对策。由于携带过多的能量储备将使体重大大增加,从而增加鸟类在迁徙过程中所消耗的能量(Klaassen & Lindstrm,1996),因此采用该对策的鸟类通过减少携带的能量,从而使其在迁徙过程中携带额外能量时所消耗的能量最小(Alerstam & Lindstrm,1990)。另外,由于风力和风向对鸟类的迁徙飞行也有很大影响,一些研究也考虑了风对鸟类迁徙对策的影响(Alerstam & Lindstrm,1990;Weber,1998;2000)。

预测不同迁徙对策的鸟类所采取的最佳行为涉及迁徙过程的多个方面(Alerstam & Lindstrm,1990),如飞行速度、栖息地选择、能量积累以及离开中途停歇地的时间等。由于鸟类在迁徙过程中的大部分时间和能量(大约 88% 的时间,67% 的能量。这里的能量是指在中途停歇时期完成各种活动所消耗的能量)是消耗在中途停歇时期,因此,鸟类在中途停歇时期所受到的强烈选择压力对鸟类迁徙对策的确定具有显著影响(Hedenstrm & Alerstam,1997)。其中,采取不同迁徙对策的鸟类如何使其离开中途停歇地时携带的能量适应各自不同的能量积累速度是受到选择压力影响最强烈的方面之一(Hedenstrm & Alerstam,1997;Alerstam & Lindstrm,1990)。

通过分析鸟类在中途停歇地的能量积累情况,可以了解其采取的迁徙对策。采取时间最短对策的鸟类一般在离开中途停歇地时携带尽可能多的能量,以减少在迁徙途中的停歇次数。因此,随着它们在中途停歇地能量积累速度的增加,其携带的能量也显著增加;采取总能量消耗最小对策的鸟类并不需要在离开中途停歇地时携带更多的能量,因此,随着它们在中途停歇地能量积累速度的增加,其携带能量的增加较为缓慢(Alerstam & Lindstrm,1990);而携带额外能量所消耗的能量最小的鸟类在离开中途停歇地时携带能量的多少并不随能量的积累速度的变化而改变。

二、中途停歇地的选择

不同类型的中途停歇地对迁徙鸟类具有不同的作用。根据鸟类对中途停歇地的利用方式,可将中途停歇地分为 4 种类型:

1. 补给地

补给地是最常见的中途停歇地类型,是目前中途停歇地研究的主要对象。由于长距离的连续飞行消耗大量的能量,鸟类在迁徙飞行过程中的体重迅速下降(Barter et al.,1997)。因此,鸟类需要在迁徙路线上具有一系列能够用来补充能量的补给地。鸟类在补给地停留的时间较长,并摄入大量食物,其体重明显增加,积蓄的能量为鸟类继续飞行提供了保障。

2. 休息场所

一些中途停歇地仅仅是作为鸟类在长途迁徙过程中的临时休息场所。鸟类在这些场所仅做短暂停留,食物的摄取量很少甚至并不摄取食物,其体重基本保持不变(Battley et al.,2001)。

3. 飞越生态屏障前的停歇地

鸟类在每个中途停歇地都积累一定的能量,使其能够安全地到达下一个中途停歇地。但由于飞越高山、沙漠、大海等生态屏障需要更多的能量,一些鸟类在飞越生态屏障前,常常在一些高质量的中途停歇地储备大量的能量(Schaub & Jenni,2000)。

4. 临时停歇地

这种中途停歇地的选择具有随机性,仅供迁徙过程中体质较弱的鸟类临时休息,或供鸟类在恶劣气候(暴雨、大风等)下进行临时停歇。通常情况下,在此停歇的鸟类很少(Barter et al.,1997)。

三、鸟类对中途停歇地的利用模式

通常情况下,在鸟类迁徙路线上分布着许多可供利用的中途停歇地。然而,由于受到各种选择压力以及环境因素(如气候等)的影响,鸟类对中途停歇地的利用并不均匀,而是具有明显的选择性。例如,一些鸟类在迁徙途中仅在少数几个中途停歇地停留,而在中途停歇地之间进行长距离的飞行;一些鸟类在迁徙途中有许多中途停歇地,它们在各个中途停歇地之间只需做短距离的飞行(Schaub & Jenni,2000)。Piersma 根据中途停歇地之间的距离,把鸟类的迁徙分为长距离的跳跃式(Jump)迁徙、中等距离的蹦跳式(Skip)迁徙以及短距离的轻跳式(Hop)迁徙3种方式(Piersma,1998)。对于长距离跳跃式迁徙的鸟类来讲,虽然在相隔数千公里甚至上万公里的中途停歇地之间连续飞行将消耗大量的能量(Piersma,1998),但这种迁徙模式可以减少多次停歇所花费的时间,从而加快迁徙的速度。

　　按照 Alerstam 和 Lindstrm(1990)的最佳迁徙对策理论,采取这种长距离跳跃式迁徙的鸟类采用的是时间最短对策。对于短距离轻跳式的迁徙鸟类来讲,虽然增加它们在中途停歇的次数使迁徙的速度减慢,但这可以保证它们时刻携带着较充足的能量储备,以应对在迁徙途中以及在目的地可能遇到的恶劣环境条件(Famer & Weins,1998)。这种迁徙模式是一种能量最大(Energy maximization)对策,对于鸟类提高自身的存活率和繁殖的成功率都具有重要意义(Ebbinge & Spaans,1995;Famer & Weins,1999)。Gudmundsson(1994)等认为,从鸟类对中途停歇地的利用来讲,即使鸟类采取时间最短对策,在迁徙途中的一些尽管质量较差但适宜于停歇的地点对它们来说仍然是非常重要。中途停歇地之间距离的增加可能会导致鸟类从“短距离轻跳”变为“长距离跳跃”的迁徙模式(Piersma,1998;Famer & Weins,1998)。Vander Veen 和 Lindstrm(2000)的研究证实,携带较多的脂肪会降低鸟类的飞行速度,从而使鸟类更容易被捕食者所捕食。因此,捕食者对鸟类的中途停歇地选择也有一定影响(Alerstam & Lindstrm,1990;Lindstrm & Alerstam,1992)。Ydenberg 等(2002)在相距仅35 km的两处具有不同捕食压力、不同食物资源状况的两个地点比较了西滨鹬(*Calidris mauri*)对中途停歇地的选择:在天敌相对较少的地点,食物资源相对匮乏,鸟类的脂肪积累速度较慢;在天敌相对较多的地点,食物资源丰富,鸟类的脂肪积累速度较快。研究结果表明,当西滨鹬到达中途停歇地时,携带能量较少的鸟类选择食物资源丰富的地点,以获得较高的能量积累速度,而携带能量较多的鸟类选择天敌相对较少的地点,以获得较安全的栖息环境(Ydenberg et al.,2002)。因此,鸟类可以通过选择不同的中途停歇地而在安全性和食物资源之间进行权衡。

　　在其他研究中,Melvin 和 Temple 根据沙丘鹤(Gruscanad ensis)对中途停歇地的利用方式,将中途停歇地分为两种类型。一种为“传统的中途停歇地”(Tradit ional stopovers),即补给地,这种类型的停歇地在鸟类的迁徙路线上均匀分布,每年的迁徙季节,鸟类都在此停歇较长的时间;另一种为“非传统的中途停歇地”(Non-traditional stopovers),即休息场所,鸟类在每天飞行结束时作为临时的栖息场所,鸟类在此仅做短暂的停留(Melvin,1982)。Hands 根据鸻形目鸟类在中途停歇地停留时间的长短,也将中途停歇地分为补给地和休息地(Hands,1988)。但 Hands 自己也承认,这种分类有些武断,因为单个中途停歇地仅仅是迁徙途中一系列中途停歇地的组成部分,同一个中途停歇地对不同的鸟类,甚至对同种鸟类的不同种群或不同迁徙季节,可能具有不同的作用(Hands,1988)。Ma 等(2002)通过对长江河口区域南迁和北迁不同时期鸻形目鸟类群落特征的比较,也同意这个观点。他们认为,长江河口区域是鸟类北迁时期的重要中途停歇地;而对南迁的鸟类来说,该区域可能只是一些体质较弱的鸟类的临时休息场所(Piersma,1998)。

四、鸟类在中途停歇地的生态特征

1. 鸟类在中途停歇地的种群特征

在迁徙期间，食物资源的波动，捕食压力，种内和种间的竞争，有限的栖息地等，都会给鸟类带来极大的压力。而对于第 1 次进行迁徙（秋季向南迁徙）的幼鸟来说，它们所受到的压力无疑比成鸟大得多（Yong et al.，1998）。例如，幼鸟的肌肉和羽毛还没有发育成熟，在迁徙飞行中可能会消耗更多的能量；由于缺乏经验，幼鸟在中途停歇时期的觅食效率会比成鸟低；由于幼鸟常处于较低的社群等级，这也使它们在与成鸟进行栖息地和食物资源的竞争中往往处于劣势；幼鸟在营养吸收和能量储存的效率方面也低于成鸟。因此，幼鸟在中途停歇地通常会停留更长的时间。一些研究表明，在南迁时期，与二龄以上的个体相比，当年繁殖个体的迁徙速度较慢，在到达中途停歇地时的能量储备较少，在中途停歇地停留的时间则更长（Woodrey et al.，2002；Swanson et al.，1999；Francis et al.，1986；Yong et al.，1998；Morris et al.，1996）。另外，由于不同性别、不同年龄的个体受到生态和生理因素（如换羽、双亲的育幼行为、不同的越冬地等）的影响，在中途停歇地时期在中途停歇地也会表现出不同的种群特征（Woodrey et al.，2002；1997；Swanson et al.，1999）。通过比较鸟类在中途停歇地的种群特征变化，可以更好地了解和预测种群的数量波动，这对进一步了解鸟类的整个迁徙过程和制定科学的保护对策都具有重要意义（Ralph，1981；Hussell & Ralph，1996）。

2. 鸟类在中途停歇地的停留时间

在迁徙过程，鸟类在中途停歇地的停留时间要远远长于其迁徙飞行组成（Hedenstrm & Alerstam，1997），因此，鸟类整个迁徙过程所需的时间和迁徙速度主要是由其在中途停歇地的停留时间所决定，鸟类可通过减少在中途停歇地的停留时间来缩短整个迁徙活动所需要的时间。中途停歇地的停留时间也是影响鸟类能量积累速度的重要因子，对于鸟类的迁徙活动具有重要作用（Schaub & Jenni，2001）。

Alerstam 和 Lindstrm（1990）提出了当鸟类采取不同的迁徙对策时，预测其在某一中途停歇地停留时间长度的模型。根据这个模型，鸟类在中途停歇地的停留时间有两种预测方式：当采取时间最短对策时，鸟类认为在迁徙路线上具有稳定的环境条件，并根据这个假设来调整其在中途停歇地的停留时间，从而使其在迁徙过程中所消耗的时间达到最短，这种预测为固定的期望值规则（fixed expectat ion rule）（Hedenstrm & Alerstam，1997；Weber，1997；Houston，1998）。当采取迁徙过程消耗的总能量最少的对策时，鸟类根据在当前中途停歇地的能量积累速度，预测前方中途停歇地的环境状况，从而调整其在中途停歇地的停留时间，即全局修正规则（global updaterule）（Houston，1998；Weber，1999）。Erni（2002）等认为，鸟类可以通过简单的中途停歇对策来决定其在中途停歇地的停留时间。他提出了两种简单的中途停歇对策：① 鸟类在中途停歇地停留一段时间，直到能量储备达到一定水平；② 不考虑能量积累情况，鸟类在中途停歇地停留固定的时间长度（Erni，2002）。

当食物资源充足时，鸟类的能量积累速度受同化作用速度的限制；但当食物资源有限时，鸟类的能量积累速度受可利用食物量的限制。根据最佳迁徙对策理论，当可利用的食物有限时,鸟类并不通过延长觅食时间来增加能量的积累,而是缩短在中途停歇地的停留时间(Hedenstrm & Alerstam,1997)。由于在整个迁徙途中不可能在每个中途停歇地都存在高质量的栖息地,因此迁徙鸟类在迁徙过程中必须适应各种的栖息条件(Schaub & Jenni,2001;Moore et al. ,1990)。考虑到鸟类的能量积累情况,这种适应性对鸟类在中途停歇地的停留时间具有显著影响(Morris et al. ,1996;Moore et al. ,1990):鸟类在高质量的中途停歇地将停留较长时间以进行快速的能量积累,而在质量较差的中途停歇地仅停留较短时间(Delingat,2000;Dierschke,2003)。当中途停歇地的食物资源在不同年份发生变化时,鸟类在中途停歇地的停留时间也会发生相应的波动(Schaub & Jenni,2001)。

目前研究表明,鸟类可能通过以下几种方式来确定其在中途停歇地的停留时间长度:① 鸟类可能天生具有飞行和能量补充的周期节律,它影响着鸟类在中途停歇地停留时间的长短(Bairlein,1986)。② 能量储存或能量积累速度决定了鸟类离开中途停歇地的时间。对迁徙对策的理论研究表明,鸟类在高质量的中途停歇地补充更多的能量储备可减少迁徙所需要的时间(Alerstam & Lindstrm,1990;Weber,1998)。③ 高空中风力、风向等状况也影响着中途停歇地的停留时间。鸟类在中途停歇地停留的时间长度和离开中途停歇地的时间受风的影响。利用夜晚适宜的风力和风向,鸟类可以减少飞行的能量消耗(Weber,1997;Liechti & Bruderer,1998)。④ 天敌也影响着鸟类在中途停歇地的停留时间。

3. 鸟类在中途停歇地的体重变化

迁徙鸟类在中途停歇地的体重是否增加是评价中途停歇地质量的重要指标(Dunn,2000)。这个指标不仅代表了食物的数量,也代表了可利用食物资源的多少。因此,了解迁徙时期鸟类在不同中途停歇地的体重变化可为重要中途停歇地的确定提供依据。同样,通过分析不同停歇地鸟类在每小时、每天和每年的体重变化,以了解鸟类在不同时间尺度上的体重变化情况(Collins & Bradley,1971;King,1976;Winker et al. ,1992)。

鸟类在中途停歇时期的体重变化与其在中途停歇地的停留时间、能量摄入速度、能量的消耗以及每日的取食时间具有密切的联系(Dunn,2000;Winker et al. ,1992)。通过分析鸟类在中途停歇时期的体重变化,可以对鸟类的迁徙对策进行预测。Scheiffarth 等(2002)对在大西洋东部迁徙路线上斑尾塍鹬 Limosa lapponica 的非洲—西伯利亚种群和欧洲种群在威登海停留期间体重变化的研究表明,虽然两个种群的能量摄入速度没有显著差异,但非洲-西伯利亚种群通过增加每日觅食时间和减少能量消耗,使其能量积累速度大大高于欧洲种群,体重快速增加。

4. 鸟类在中途停歇地的能量积累速度

由于鸟类在迁徙时期具有特殊的生理调节功能,其单位体重日代谢能的摄入速率大大高于恒温动物的一般水平,从而保证鸟类可以快速积累能量。根据 Kirkwood 的恒温动物最大日代谢能摄入量的标准(Kirkwood,1983),体重约 22 g 的鸟类每天可增加瘦体重的 6.2%。通过增加日代谢能的摄取量来提高能量积累速度,相似体重的鸟类在迁徙时期每天体重可以增加瘦体重的 7.7%～12.4%。由于具有极高的代谢能摄入量,鸟类在中途停歇时期的体重也迅速增加。

在中途停歇时期,一方面,鸟类可增加每天的觅食时间和提高摄食速率,通过增加代谢能摄入速率来提高能量积累速度;另一方面,在离开中途停歇地之前,一些鸟类在晚上可进入蛰伏状态,从而使能量的消耗大大减少(Scheiffarth et al.,2002)。例如,正常情况下,棕煌蜂鸟每天晚上要消耗0.24 g脂肪以维持其新陈代谢,而在离开中途停歇地之前,棕煌蜂鸟通过进入蛰伏状态,其每晚仅需消耗0.02 g脂肪(Carpenter,1988)。同一种鸟类的不同个体之间的能量积累速度常存在很大差异。研究发现,体重较重的鸟类通常具有较高的能量积累速度(Schaub & Jenni,2000)。其中的原因可能是多方面的:① 体重较重的个体需要在保养、觅食、飞行等行为上消耗更多的能量,中途停歇地的食物供应不足将导致其能量积累速度降低。② 体重较重的鸟类已积累了较多的能量,因此在领域的保护方面比体重较轻的鸟类投入少。③ 体重较轻的鸟类需要加快能量积累速度以降低捕食风险。④ 携带大量的能量储备进行迁徙飞行要消耗多余的能量,因此,鸟类自身携带能量的多少将影响鸟类在中途停歇地的能量积累速度。随着能量储备的增加,鸟类的能量积累速度将逐渐减慢。⑤ 鸟类一般在即将离开中途停歇地时其体重达到最大值。这时,鸟类开始调整其生理状态,从能量积累状态转为飞行状态,导致能量积累速度减慢。

第三节　不同迁徙季节涉禽对长江口滩涂湿地的利用

一、研究地点

研究地点覆盖了长江口滨海滩涂的主要组成部分(图 10-2):崇明东滩(CDW)、长江口南岸(SYRE)和杭州湾北岸(NHB),地理位置 30°~31°55′N,120°~122°55′E。

二、研究方法

1. 收集并调查鸟类数量

3个调查区域的鸟类数量调查时间和频次为:① 1990 年 4 月 13 日~5 月 2 日在崇明东滩湿地东旺沙至团结沙之间的滩涂调查 3 次,9 月 16 日~10 月 13 日调查 4 次;② 1989 年 4 月 8 日~28 日在长江口南岸的浦东区和南汇区调查 4 次,9 月 10 日~11 月 21 日调查 4 次;③ 1989 年 4 月 10 日~5 月 6 日在杭州湾北岸的奉贤区和金山区调查 4 次,9 月 15 日~11 月 15 日调查 5 次。由于涉禽春季迁徙期大约为 45 天,秋季大约为 65 天(王天厚和钱国桢,1988),所以秋季调查次数较春季稍多。

1989~1990 年在崇明东滩、长江口南岸和杭州湾北岸进行的调查由 4~8 人完成,每次调查持续 3~4 h(一个潮汐周期),统计区域内的所有涉禽,为平衡重复调查可能产生的数量重叠问题,每个区域涉禽的季节丰富度表示为平均数±SD(总数/调查次数)。

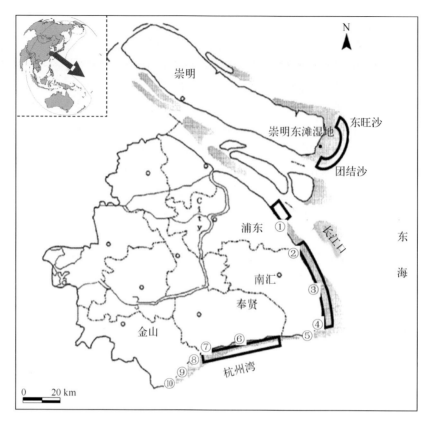

图 10-2 "东亚—澳大利亚"涉禽迁飞路线(左上)和长江口涉禽调查区域地点

长条带为 1989~1990 年长江口涉禽调查路线;①~⑩标记代表 1984/1985 年和 2004/2005
年长江口涉禽调查点:① 石洞口;② 朝阳农场;③ 东海农场;④ 庙港;⑤ 芦潮港;⑥ 星海农场;
⑦ 柘林;⑧ 漕径;⑨ 金山嘴;⑩ 金山卫

　　1984~1985 年和 2004~2005 年在长江口南岸和杭州湾北岸进行的调查由 2~3 人
完成,共调查区域内 10 个面积为 25 hm² 左右的样点。调查时间为 1984 年和 2004 年的
秋季(9 月~11 月),以及 1985 年和 2005 年的春季(3 月~5 月),每月调查一次。长江口
南岸的 5 个样点为:石洞口、朝阳农场、东海农场、庙港、芦潮港;杭州湾北岸的 5 个样点
为:星海农场、柘林、漕径、金山嘴、金山卫。调查点的面积由平均低潮位线至最近堤坝的
距离乘以堤坝宽度算出。每次调查持续 3~4 h(一个潮汐周期),统计区域内的所有涉禽,
鸟类数量表示为平均数±SD(总数/调查次数)。

　　2. 涉禽捕猎记录

　　历史资料在 1991 年 9 月 16~30 日和 1992 年 4 月 1 日至 5 月 15 日期间,跟踪记录
了春秋季崇明东滩两名猎户的鸟类捕猎数量,每季跟踪调查 45 天,统计了猎户捕获的所
有鸟类种类和数量。

　　3. 鸟类环志和回收

　　1986~1989 年和 2003~2004 年崇明东滩鸟类自然保护区开展了涉禽环志工作,春
秋季环志时间大致相等,每季记录所环志的涉禽种类和数量。同时,对 1981~2004 年的
环志回收的涉禽种类和数量也进行记录。

三、结果与分析

1. 不同迁徙期涉禽鸟类群落结构差异

1989～1990 年长江口湿地春季和秋季调查过程中共统计到涉禽 45 种,数量为 29 758 只,群落结构组成见表 10-1。崇明岛调查的春季鸟类数量是秋季数量的 3 倍左右,长江口南岸调查的春季鸟类数量是秋季数量的 1.5 倍左右,杭州湾北岸调查的春季鸟类数量是秋季数量的 3.8 倍左右(图 10-3a)。由表 3-1 可知,一些种类的涉禽春季数量远高于秋季,如细嘴滨鹬(*Calidris tenuirostris*)、红腹滨鹬(*Calidris canutus*)、尖尾滨鹬(*Calidris acuminata*)、斑尾塍鹬(*Limosa lapponica*)和中杓鹬(*Numenius phaeopus*)。统计分析结果显示春秋季崇明东滩、长江口南岸和杭州湾北岸的鸟类群落组成差异显著(CDW: $X^2 = 7.153$,$P = 0.007$;SYRE: $X^2 = 11.428$,$P = 0.001$;NHB: $X^2 = 21.00$,$P = 0.000\ 1$)。

1984/1985 年长江口杭州湾的样点调查结果显示,春秋季涉禽数量之比为 1.5:1,鸟类群落组成差异显著($t = 2.367$,$df = 9$,$p = 0.042$);2004/2005 年相同的研究调查显示,春秋季涉禽数量之比为 1.9:1,鸟类群落组成差异不显著($t = 0.855$,$df = 9$,$P = 0.415$)(图 10-3b)。

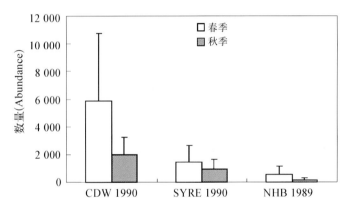

图 10-3a 崇明东滩(CDW)、长江口南岸(SYRE)和杭州湾北岸(NHB)迁徙季节涉禽数量比较(1989～1990)

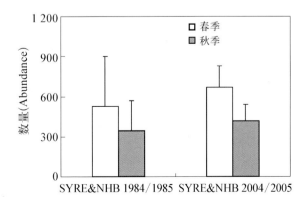

图 10-3b 长江口南岸(SYRE)和杭州湾北岸(NHB)迁徙季节涉禽数量比较(1984/1985～2004/2005)

表 10-1　迁徙季节长江口涉禽野外调查结果（1989～1990）

种类	崇明东滩 (CDW) 1990		长江口南岸 (SYRE) 1989		杭州湾北岸 (NHB) 1989	
	春季	秋季	春季	秋季	春季	秋季
蛎鹬 *Haematopus ostralegus*	7.50±4.95	2.00±0.00	2.67±4.72	—	—	—
黑翅长脚鹬 *Himantopus himantopus*	1.00±1.41	1.00±1.41	—	—	—	—
反嘴鹬 *Recurvirostra avosetta*	107.00±151.32	0.50±0.71	—	—	—	—
金眶鸻 *Charadrius dubius*	908.00±1247.34	—	2.00±5.29	—	—	—
环颈鸻 *Charadrius alexanadrinus*	303.00±251.73	109.50±119.50	19.91±34.88	34.42±41.54	8.40±18.78	28.60±40.65
蒙古沙鸻 *Charadrius mongolus*	75.00±63.64	4.00±4.24	4.64±7.17	0.58±2.02	6.80±9.26	—
铁嘴沙鸻 *Charadrius leshenaultii*	46.50±61.52	61.50±41.72	20.45±50.36	1.75±6.06	37.40±74.85	4.20±9.39
灰斑鸻 *Pluvialis squatarola*	3.00±4.24	1.00±1.41	92.73±129.61	3.17±8.99	3.60±4.98	—
青脚滨鹬 *Calidris temminckii*	—	1.00±1.41	—	0.50±1.27	—	—
细嘴滨鹬 *Calidris tenuirostris*	311.00±439.82	201.00±255.97	3.45±5.72	0.50±1.73	76.60±104.55	—
红腹滨鹬 *Calidris canutus*	40.00±56.57	—	58.44±161.23	1.22±2.44	105.20±214.10	—
红颈滨鹬 *Calidris ruficollis*	1575.50±1328.65	257.00±360.62	52.82±104.39	84.25±249.35	70.40±143.58	—
尖尾滨鹬 *Calidris acuminata*	196.50±228.40	64.00±90.51	27.09±40.59	0.17±0.58	20.60±24.49	—
长趾滨鹬 *Calidris subminuta*	45.00±36.77	—	—	2.40±3.58	—	—
弯嘴滨鹬 *Calidris ferruginea*	—	—	5.89±15.50	2.78±7.97	1.00±2.24	4.80±10.73
勺嘴鹬 *Eurynorhynchus pygmeus*	4.50±6.36	—	—	—	—	—
未知沙锥 *Snipe sp.*	8.00±4.24	—	1.27±2.05	2.75±4.83	1.00±2.24	4.00±4.95
丘鹬 *Scolopax rusticola*	3.00±1.41	—	—	—	—	—
黑腹滨鹬 *Calidris alpina*	576.00±810.34	259.50±260.92	87.45±168.70	60.50±87.94	69.80±66.08	61.40±88.67
阔嘴鹬 *Limicola falcinellus*	—	116.00±158.39	3.00±7.94	0.29±0.76	4.20±9.39	—
半蹼鹬 *Limnodromus semipalmatus*	2.50±3.54	—	11.60±19.78	11.60±19.78	11.60±19.78	—

续 表

种　　类	崇明东滩(CDW)1990		长江口南岸(SYRE)1989		杭州湾北岸(NHB)1989	
	春　季	秋　季	春　季	秋　季	春　季	秋　季
斑尾塍鹬 Limosa lapponica	76.50±23.33	22.00±24.04	5.67±7.68	0.30±0.67	8.60±9.48	—
黑尾塍鹬 Limosa limosa	2.00±2.83	—	18.11±31.45	9.11±27.33	20.20±40.80	—
小杓鹬 Numenius minutus	13.00±18.38	—	3.14±8.32	0.13±0.35	4.40±9.84	—
中杓鹬 Numenius phaeopus	115.50±113.84	0.50±0.71	8.78±14.06	0.11±0.33	12.80±18.07	—
白腰杓鹬 Numenius arquata	10.00±7.07	29.50±41.72	3.22±6.59	0.11±0.33	1.40±2.61	—
红腰杓鹬 Numenius madagascariensis	3.00±1.41	1.00±0.00	3.56±8.22	0.89±2.32	5.00±11.18	—
鹤鹬 Tringa erythropus	18.00±25.46	1.50±2.12	0.86±1.86	0.57±1.51	1.00±2.24	0.80±1.79
红脚鹬 Tringa totanus	45.00±9.90	30.50±14.85	22.45±33.21	3.92±9.27	11.00±18.14	0.40±0.89
泽鹬 Tringa stagnatilis	22.00±8.49	7.00±9.90	10.89±20.73	1.50±4.74	7.40±12.56	—
青脚鹬 Tringa nebularia	76.50±40.31	112.00±70.71	13.36±16.42	3.00±3.74	11.20±14.74	3.40±4.98
小青脚鹬 Tringa guttifer	1.00±1.41	—	3.20±6.10	—	3.20±6.10	—
白腰草鹬 Tringa ochropus	1.50±0.71	2.50±3.54	0.82±1.83	0.17±0.58	—	—
林鹬 Tringa glareola	8.00±11.31	—	1.56±4.67	5.50±16.37	2.80±6.26	—
翘嘴鹬 Xenus cinerea	1.50±0.71	1.00±1.41	9.29±17.93	2.43±6.43	13.00±20.54	—
矶鹬 Tringa hypoleucos	15.00±12.73	6.00±8.49	2.29±5.22	2.71±4.64	2.80±6.26	1.80±4.02
灰尾鹬 Heterosceles brevipes	8.50±10.61	0.50±0.71	10.14±16.91	—	14.00±19.07	—
翻石鹬 Arenaria interpres	33.00±46.67	—	6.11±12.50	2.30±6.29	10.80±15.83	—
红领瓣足鹬 Phalaropus lobatus	—	1.00±1.41	—	—	—	—
燕鸻 Glareola maldivarum	—	30.00±42.43	—	—	—	—
灰头麦鸡 Vanellus cinereus	2.00±1.41	—	—	—	—	—
未知种类 Unidentified species	1 280.00±1 695.64	536.50±497.10	38.00±76.30	23.00±52.07	30.40±63.60	—

2. 涉禽捕猎统计

1991～1992 年在崇明东滩所跟踪调查的两名猎户共捕获涉禽 30 种，数量为 2 454 只，春秋季比例大约为 2∶1（表 10 - 2）。细嘴滨鹬、尖尾滨鹬、中杓鹬、斑尾塍鹬、翘嘴鹬（Xenus cinerea）、青脚鹬（Tringa nebularia）和翻石鹬（Arenaria interpres）春季捕获数量较秋季大；红腹滨鹬、长趾鹬（Calidris subminuta）、灰瓣鹬（Pluvialis squatarola）和灰尾鹬（Heterosceles brevipes）仅在春季捕获；红颈滨鹬（Calidris ruficollis）和红脚鹬（Tringa totanus）春季秋季捕获数量相似；少数种类涉禽秋季捕获数量大于春季。

表 10 - 2　迁徙季节猎户捕获涉禽的数量对比（1991～1992）

种　类	北迁期（1992）			南迁期（1991）		
	1～15 4 月	16～30 4 月	1～15 5 月	16～30 9 月	1～15 10 月	16～30 10 月
环颈鸻 Charadrius alexanadrinus	38	42	8	18	44	61
蒙古沙鸻 Charadrius mongolus	—	2	7	4	—	—
铁嘴沙鸻 Charadrius leshenaultii	6	17	10	98	11	8
金斑鸻 Pluvialis dominica	—	9	6	17	—	—
灰瓣鸻 Pluvialis squatarola	8	11	1	—	—	—
细嘴滨鹬 Calidris tenuirostris	140	177	37	17	—	—
红腹滨鹬 Calidris canutus	15	10	14	—	—	—
三趾鹬 Calidris alba	—	—	3	—	—	—
红颈滨鹬 Calidris ruficollis	21	23	67	36	29	37
尖尾滨鹬 Calidris acuminate	20	32	118	7	1	—
长趾鹬 Calidris subminuta	—	—	30	—	—	—
黑腹滨鹬 Calidris alpina	28	51	12	16	61	68
勺嘴鹬 Eurynorhynchus pygmeus	1	—	—	—	—	—
阔嘴鹬 Limicola falcinellus	1	—	15	—	—	2
黑尾塍鹬 Limosa limosa	1	—	—	2	—	—
斑尾塍鹬 Limosa lapponica	25	35	13	17	—	—
小杓鹬 Numenius minutus	—	7	—	—	—	—
中杓鹬 Numenius phaeopus	—	77	123	7	—	—
白腰杓鹬 Numenius arquata	—	—	—	—	6	—
红腰杓鹬 Numenius madagascariensis	—	1	3	—	—	—
鹤鹬 Tringa erythropus	—	21	—	15	—	—
红脚鹬 Tringa totanus	24	16	40	73	9	1
泽鹬 Tringa stagnatilis	—	2	2	4	—	3
青脚鹬 Tringa nebularia	27	38	20	21	26	6
白腰草鹬 Tringa ochropus	—	2	—	9	—	—
林鹬 Tringa glareola	—	2	2	4	—	—
翘嘴鹬 Xenus cinerea	—	20	100	68	2	—
矶鹬 Tringa livpoleucos	—	—	—	13	—	1
灰尾漂鹬 Heterosceles brevipes	—	3	13	—	—	—
翻石鹬 Arenaria interpres	—	—	26	7	2	—

3. 鸟类环志和回收

1986～1989 年至 2003～2004 年期间,崇明东滩鸟类自然保护区共环志迁徙涉禽 39 种,数量为 4 883 只,近年来涉禽环志时间和数量逐渐增加,历年迁徙期春季环志到的涉禽数量与秋季之比为 1.5:1～7.3:1(图 10-4)。

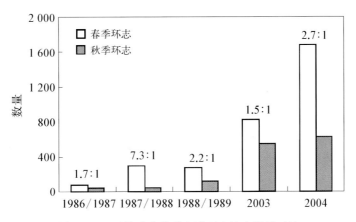

图 10-4 迁徙季节崇明东滩环志涉禽数量对比

至 1980 年代以来,在长江口区域共回收环志涉禽 12 种共 109 只,分别来源于世界 8 个国家和地区(表 10-3)。大多数鸟类是在春季回收(106 只),仅有 3 只于秋季回收。

表 10-3 崇明东滩涉禽环志回收记录(1981～2004)

种　　类	北迁过程中回收数量	南迁过程中回收数量	环　志　地　点
斑尾塍鹬 *Limosa lapponica*	18	1	澳大利亚
红腰杓鹬 *Numenius madagascariensis*	1	0	印度
细嘴滨鹬 *Calidris tenuirostris*	55	2	澳大利亚,新西兰,菲律宾,日本,中国上海
红腹滨鹬 *Calidris canutus*	8	0	澳大利亚,新西兰,日本和中国
红颈滨鹬 *Calidris ruficollis*	6	0	澳大利亚
灰瓣鸻 *Pluvialis squatarola*	1	0	澳大利亚
尖尾滨鹬 *Calidris acuminata*	2	0	澳大利亚
蒙古沙鸻 *Charadrius mongolus*	3	0	日本和澳大利亚
翘嘴鹬 *Xenus cinerea*	4	0	马来西亚,日本和澳大利亚
铁嘴沙鸻 *Charadrius leshenaultii*	2	0	澳大利亚和中国香港地区
弯嘴滨鹬 *Calidris ferruginea*	4	0	澳大利亚
中杓鹬 *Numenius phaeopus*	2	0	中国上海和中国台湾地区
总　　数	106	3	

四、讨论

无论是野外调查、捕猎记录还是环志统计,春季记录到最多的涉禽种类为细嘴滨鹬、红腹滨鹬、斑尾塍鹬、尖尾滨鹬和红颈滨鹬等。这些种类的种群数量远大于秋季,其春秋季数量比例约为 10∶1,有些鸟类比例甚至更高(细嘴滨鹬、红腹滨鹬、斑尾塍鹬)。1988~2000年于中国黄海地区的鸟类调查发现,该区域每年能维持巨大数量的迁徙涉禽栖息,北迁期(春季)大约有 200 万只停留(大约占"东亚—澳大利亚"迁徙路线上所有涉禽数量的 40%),但是南迁期(秋季)调查时数量在 100 万只左右(Barter et al.,2001;Barter,2002)。这与长江口涉禽季节差异的结果较吻合。

由于长江口的中点地理位置,北迁期一些将飞往繁殖地的长途迁徙涉禽(细嘴滨鹬、红腹滨鹬、斑尾塍鹬)在经过长达 5 000 km 甚至更远距离的不间断飞行以后,需要修整和补充体能,所以会选择长江口为停歇的第一站,这些鸟类将大量聚集在崇明东滩或更偏北一些的滨海区域。相反,南迁期时的第一批涉禽适宜的中途停歇站可能是太平洋西北部、俄罗斯或中国东北部地区(Tomkovich,1997),一些研究也证实了大量涉禽首先停留在朝鲜半岛,以后直接飞往中国黄海地区或澳大利亚越冬地(Barter et al.,2000a;2000b;2001)。所以,南迁期长江口可能不是长途迁徙涉禽最关键的中转停留地。

以往不同地区也有较多关于南北迁徙路线不一致的研究,如太平洋盆地翻石鹬(*Arenaria interpres*)的研究(Thompson,1973;Wilson et al.,1980);北美洲西方滨鹬(*Calidris pusilla*)的研究(Harrington & Morrison,1979);俄罗斯红颈滨鹬的研究(Goroshko,1999)。最近一次在崇明东滩的鸟类调查中,也有类似的结论(Ma et al.,2002a)。本研究结果提出了较完整的证据来说明迁徙涉禽在春秋季选择了不同的迁飞路线,这对于长途迁徙种可能是较普遍的现象。

第四节　成幼涉禽的迁徙策略差异

一、研究地点

崇明东滩鸟类自然保护区位于长江入海口(31°25′~31°38′N, 121°50′~122°05′E),是长江口地区最大的仍然保持自然本底状态的河口滩涂湿地,也是迁徙于南北半球之间国际性候鸟停歇和补充营养的中转站、繁殖地和越冬地(图 10 - 5)。1998 年 11 月经上海市人民政府批准建立上海市崇明东滩鸟类自然保护区;1999 年 7 月,崇明东滩正式成为"东亚—澳大利亚涉禽保护区网络"成员;2002 年 1 月,被湿地公约秘书处正式指定为"国际重要湿地"。

二、研究方法

对 2003 年秋季(9~11 月)和 2004 年春季(3~5 月)崇明东滩鸟类自然保护区的迁徙涉禽环志过程中,根据羽式对获得的鸟类样本进行年龄鉴定(Barter,1987;1991;1992;Barter et al.,1988;Barter & Davidson,1990;Prater et al.,1977)。

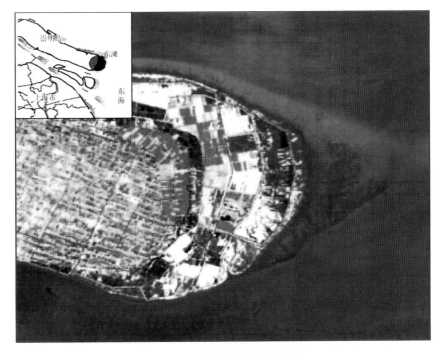

图 10-5 崇明东滩湿地位置

三、结果与分析

2004 年北迁期(春季)鉴别了 1 092 只涉禽个体的年龄,其中 1 059 只为成鸟(96.98%),33 只为幼鸟(3.02%);2003 年南迁期(秋季)对 588 只涉禽个体进行了年龄鉴别,其中 556 只为幼鸟(94.73%),32 只为成鸟(5.27%)(表 10-4)。

表 10-4 崇明东滩涉禽年龄鉴定结果

种 类	北迁期 (3~5 月)		南迁期 (9~11 月)	
	幼 鸟	成 鸟	幼 鸟	成 鸟
斑尾塍鹬 *Limosa lapponica*	1	103	8	1
细嘴滨鹬 *Calidris tenuirostris*	1	555	36	0
黑腹滨鹬 *Calidris alpine* *	16	28	48	0
红腹滨鹬 *Calidris canutus*	0	88	2	0
红颈滨鹬 *Calidris ruficollis*	1	171	48	18
灰瓣鸻 *Pluvialis squatarola* *	3	13	23	1
尖尾滨鹬 *Calidris acuminata*	2	45	1	0
长趾鹬 *Calidris subminuta*	0	0	37	5
蒙古沙鸻 *Charadrius mongolus*	0	11	11	0
黑尾塍鹬 *Limosa limosa*	0	0	21	0
鹤鹬 *Tringa erythropus* *	0	0	16	0

种　　类	北迁期 (3～5 月)		南迁期 (9～11 月)	
	幼　鸟	成　鸟	幼　鸟	成　鸟
红脚鹬 *Tringa tetanus*＊	7	12	24	0
环颈鸻 *Charadrius hiaticula*＊	2	8	12	0
金眶鸻 *Pluvialis dominica*	0	0	17	0
阔嘴鹬 *Limicola falcinellus*	0	7	20	0
林鹬 *Tringa glareola*	0	0	42	1
青脚鹬 *Tringa nebularia*	0	3	102	2
泽鹬 *Tringa stagnatilis*＊	0	0	54	1
中杓鹬 *Numenius phaeopus*	0	15	34	3
总　计	33	1 059	556	32

＊ 可能为越冬种群。

四、讨论

北迁期间特别是遭遇恶劣气候时,迁徙涉禽会选择停留在长江口作为中转站(Barter et al. ,1997;Barter,2002;Ma et al. ,2002b)。由于参与北迁至繁殖地的涉禽大多为性成熟的成鸟(Battley,2004),所以长江口所捕获的个体绝大多数是成鸟。

一些研究者在西太平洋利用雷达探测结合地面调查的方法发现,南迁期间繁殖后的成鸟首先返回,这说明其返回南方的时间比幼鸟早,而且返回路线可能与北迁有所不同(Williams & Williams,1988)。在其他迁徙路线的研究中提出,繁殖后的涉禽成鸟可能沿着比北迁期更直接的路线返回越冬地(Pienkowski & Evans,1984)。波兰进行的黑腹滨鹬环志研究提出,成鸟与幼鸟不同的迁徙策略是使用了更直接的路线(Gromadzka,1983)。

然而,幼鸟在首次南迁期间可能会"尝试"一种较宽跨度的中转区域进行停歇,这些站点应该拥有良好的生境条件。行为生理学家提出,不间断或少间断长途飞行比相同距离多次停留完成迁飞需要消耗更多的能量支出(Piersma,1987),而这两种迁飞方式给成鸟和幼鸟提供了选择。经验丰富的成鸟可能会以节省时间的不间断或少间断飞行策略到达越冬地,而幼鸟的首次南迁可能会选择多次停留策略(王天厚和葛振鸣,2005)。

中国黄海区域的滨海滩涂湿地是成鸟北迁期重要的停歇地(Barter et al. ,1997;Barter,2002),而本研究结果表明,完成繁殖的涉禽成鸟很可能在北半球稍作停留后直接飞越长江口地区,长江口即时的恶劣天气可能会迫使其暂时停留(Scott,1989;Barter et al. ,1997)。没有迁飞经验的第一年幼鸟可能会在北半球、中国东北部、黄海区域和长江口等滩涂丰富的地区随机多次停留并补充能量,所以在崇明东滩获取的涉禽个体绝大多数为幼鸟,成鸟数量较少。

第五节　长江口水禽迁徙的能量生态适应

国际上许多学者对迁徙水禽在繁殖地与越冬地(大洋洲和西伯利亚)这两个迁徙路线上的端点进行了一系列研究,通过迁徙涉禽的年龄、性别、换羽情况、逗留时间、食性、生理性质分析的资料,解释包括年龄结构、生理代谢策略、能量分配等迁徙规律。

涉禽繁殖地和越冬地相距数千以至上万公里(Skagen & Knopf,1994),典型的迁徙旅程是交替的飞行和停歇,飞行一段距离能量消耗后,在中转站停留觅食补充下一段飞行的燃料(Landys-Ciannell et al.,2003),再继续飞行。按飞行段长度和中转次数,Piersma (1987)把长途迁徙模式分为"hop、skip 和 jump"三种:"hop"候鸟每段飞行距离较短,可能为 150～200 miles(1 mile=1.609 34 km),整个旅途中有多次中转停歇;"skip"候鸟途中需要越过大的生态障碍(如海洋、沙漠、群山等),这些生态障碍迫使它们每段飞行很长的距离——可能一次几百至数千公里;"jump"候鸟中转站点间距离最长,须不停歇的飞行 48 h 以上,途中可能仅停歇一次甚至不停歇。

长距离飞行需要消耗巨大的能量,已经知道长途迁徙的候鸟不仅动用预先储备的大量脂肪,在脂肪接近耗尽时还分解代谢蛋白质释放能量(Gaunt,1990;Lindström et al.,2000;Battley et al.,2000;Bauchinger & Biebach,2001;Piersma & Jukema,2002;Schwilch et al.,2002)。与能源物质脂肪和糖类不同,蛋白质在体内不能贮存,代谢分解的蛋白质只能来源于功能器官如骨骼肌、心、胃、肠等,这必然导致器官结构或功能的改变,其快速的、可逆的和可重复的形态结构上的表现是器官重量或大小的变化(器官组织的重量主要是受它的蛋白质量影响)(Piersma & Lindström,1997;Redfern et al.,2000;Baduini et al.,2001;Schwilch et al.,2002)。由于中转停歇和持续飞行的生理要求不同(Landys-Ciannell et al.,2003),持续飞行时要求很高的能量输出,中转停歇阶段则要求快速的能量积累,一种机体结构是难以同时适应两种生理要求的(Guglielmo & Williams,2003)。近期的研究显示,迁徙这两阶段鸟类的骨骼肌和内脏器官有不同的适应性变化(Jehl,1997;Piersma,1998;Piersma et al.,1999),一些种类准备迁徙前胸肌肥大,肠及功能相关联的器官萎缩(Jehl,1997;Piersma & Lindstrom,1997;Piersma,1998;Piersma & Gill,1998;Piersma et al.,1999;Battley & Piersma,2005);细嘴滨鹬迁徙过程中,除了脑和肺,其他器官重量都下降,主要是胸肌、消化器官和皮肤(Battley et al.,2000);黑颈䴙䴘(Eared Grebe Podiceps nigricollis)中转期间胸肌肥大,重量变化达 50%(Gaunt,1990);红腹滨鹬中转时消化器官仅在补充燃料早期增大,然后在再次出发前萎缩,但胸肌和心随体重增大持续增重,在出发前达到高峰(Piersma et al.,1999);斑尾塍鹬中转期间消化器官和骨骼肌重量也有和红腹滨鹬类似的波动(Landys-Ciannell et al.,2003)。

目前关于涉禽补充燃料阶段机体结构的适应性变化研究仍然很少(Landys-Ciannell et al.,2003),关于 hop 和 skip 迁徙候鸟中途停歇补充燃料阶段的相关研究更少,然而飞行距离对候鸟的迁徙策略有重要影响(Klaassen,1996;Katti & Price,1999;Rubolini et al. ,2002;Schwilch et al. ,2002;Davis et al. ,2005),长距离比短距离的飞行需要更多的脂肪和蛋白质燃料(Klaassen,1996),和 jump 策略的鸟相比,一只 hop 策略候鸟可能只需积累相对较少的脂肪(Davis et al. ,2005),Alerstam 和 Hedenstrom(1998)认为不同的迁徙策略可能发展出不同的关键性生理适应变化,但相关资料的缺乏妨碍了这方面迁徙理论的发展,hop 和 skip 迁徙涉禽在补充燃料阶段机体结构会发生什么样的变化,以及它们是如何影响持续迁徙策略的仍然不是很清楚。

　　长江口位于"东亚—澳大利亚"候鸟迁徙路线的中点,是迁徙期水禽重要的中转站,但有关水禽中转站生态学相关研究较少,对水鸟迁徙中能量代谢研究正处于发展中阶段,但都停留在静止代谢率的水平(张晓爱等,2001),对全球性迁飞区范围内的资料储备不足。本研究通过行为生态学和生理生态学方法研究水禽迁徙规律和对长江口滨海滩涂的模式,进而探索群落消长的原因和控制该趋势的方法,完善珍惜水禽的保护管理措施,评估长江口杭州湾在"东亚—澳大利亚"涉禽迁徙路线中的生态价值,优化鸟类多样性保护机制。这对全球范围内防止湿地栖息地生物多样性的重要部分的丧失尤显重要。

一、林鹬秋季中转期间内脏器官及骨骼肌的变化

　　林鹬为古北界广泛分布的鸟类,其繁殖地从欧洲北部到原苏联北部广大地区以及我国黑龙江及内蒙古东部地区;冬季南迁至非洲、印度次大陆、东南亚及澳大利亚,迁徙时见于中国全境(郑作新,1976;郑光美,1995)。和 jump 鸟类不同,林鹬迁徙途中利用各种类型的湿地栖息或中转,可能只停歇很少几次,按照 Piersma(1987)的定义,属于"skip"候鸟(Anthes et al. ,2002),也可能是混合的模式,一些鸟只积累很少的脂肪,飞行短距离,一些鸟带很大量脂肪,准备长距离飞行。林鹬在国内外都有一定数量研究(Barter et al. ,1997;2000a;2000b;Stinson et al. ,1997;Ma et al. ,2002;Zhu et al. ,2001;冉江洪等,2000;孙忻和王丽,2001;刘伯锋,2003;贾少波等,2003;梁余,2004;刘昊等,2004;刘发等,2004;张国钢等,2005),基本上仅概括迁徙物候学资料(Anthes et al. ,2002),关于林鹬补充燃料阶段机体结构动态变化的研究这是第一次。

　　基于在交替的飞行和燃料沉积阶段机体构成动态资料的缺乏,以及这些结构和生理变化对鸟类迁徙策略和迁徙理论发展的重要性,本文在描述林鹬多个器官及骨骼肌中转停歇期间变化的基础上,拟研究如下问题:① 脂肪沉积和胸肌重量、个体大小的关系;② 中转阶段机体结构的变化包括哪些器官,起关键性作用的是哪一器官;③ 机体各器官变化的相互关系如何。此外,我们根据现有资料分析推测这种结构改变的生理机能作用和可能的原因。

1. 材料和方法

　　本文研究地点位于长江河口滨海滩涂区域,林鹬每年秋季 8～9 月在此地区中转停留后南迁(Ma et al. ,2002)。我们于 2004 年 8 月在长江河口滩涂湿地采集林鹬样本总共20 只,而这些样本来自于鸟类环志中意外死亡的个体;另环志数据记录从 2002～2004年,样本数共 77 只。

　　涉禽的初级飞羽数目是 10,根据涉禽换羽方式,大多数成鸟在非繁殖地换羽(Barter,

1987;1989;1991;1992;Barter et al.,1988;Barter & Davidson,1990),由于需要在短时间内完成繁殖活动,所以大多数成鸟在北极繁殖地不换羽(Barter,1989;Barter & Davidson,1990);而出生第一年的幼鸟大多逗留在南半球,不向北迁徙,不换初级飞羽。因此,4~5月向北迁徙季节,在长江口区域停留的涉禽,如果初级飞羽是旧羽(羽式:O10),是第一年的幼鸟;如果是新羽(羽式:510),则为成鸟。相反,9月到11月向南迁徙季节在长江河口停留的涉禽,新出生的幼鸟初级飞羽是新羽(羽式:510),成鸟的是旧羽(羽式:O10)。所有样本通过羽毛判断年龄均为第一次迁飞的幼鸟。

样本首先在新鲜的情况下称重[AWH(SI)-5型,精确到1 g],测量翅长(0.1 cm)、头喙长(0.1 mm)、喙长(0.1 mm)和跗跖长(0.1 mm),之后用双层塑料袋密封保存在实验室-20℃条件下。

样本解剖前在常温解冻,用电子天平再次称重(FA2004N型,精确到0.001 g),解剖参照Schwilch等人(2002)描述的方法。

1)先剥去皮肤,从跗间关节以下连同脚一起去掉;分离出皮下和内脏周围的可见脂肪一起称重。

2)脑分离出后直接称湿重;心、肺、砂囊、肝、肠(包括小肠、大肠、盲肠)、肾等器官取出后先用0.9%生理盐水洗去表面附着的血污,瘀血多的样本舍弃,心壁剪开清洗心腔,砂囊剪开清洗内容物,肠内容物轻轻挤压两次清空,成对的器官放在一起,之后用滤纸沾干表面水分后称湿重。

3)骨骼肌部分,为了防止附着在骨骼上的肌肉分离不完整,我们将胸肌(胸大肌和胸小肌)、腿肌均连同所附着的骨一起分离,称湿重;运动系统的其余部分作为剩余骨骼(the rest of skeletal muscles),称湿重。

各部分器官组织湿重精确到0.001 g,之后在恒温60℃条件下干燥至恒重,再称干重,干物质重也精确到0.001 g。用统计软件SPSS for windows 11.5和Excel 2000分析数据,每组数据作描述统计,翅长、喙长、头喙长、跗跖长分别对体重作相关分析;各器官及脂肪重量和体重分别作相关、直线回归分析。

2. 结果

(1)林鹬个体大小和体重变化关系

20只林鹬样本冷冻前和解剖前两次称重体重差别平均为-0.66 g,所以由脱水所造成的实际体重损失很小,并且两次使用天平精确度不同,第一次仅精确到克,因此冷藏后再次称重误差部分应该是衡器的差别(Redfern et al.,2000)。由于所有样本(包括环志数据)均是第一年的幼鸟,所以下面的数据分析不考虑年龄差异。

中转补充燃料期间林鹬体重明显增加,样本平均体重44.337 2±6.191 7 g(±SD),最大增重约相当于平均体重的34%;各项量衡度平均值分别为:翅长128.65±2.601 mm;喙长30.740±1.289 8 mm;头喙长56.535±1.157 3 mm;跗跖长43.150±1.725 2 mm;各项量衡度与体重做相关分析,结果均不相关(翅长Pearson相关系数$r=-0.270$,$P=0.250$,$n=20$;喙长$r=0.176$,$P=0.457$,$n=20$;头喙长$r=0.274$,$P=0.243$,$n=20$;跗跖长$r=0.000$,$P=1.000$,$n=20$)。分析2002~2004年的环志数据,结果与此相同,因此林鹬体重增加不是由个体大小差异造成的。

（2）林鹬补充燃料期间现有脂肪沉积量和体重变化的关系

候鸟迁徙时最明显的变化是皮下积聚大量脂肪，样本中最肥的一只鸟全身皮下均堆

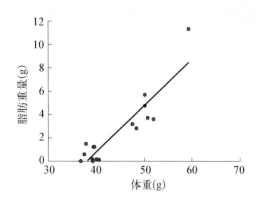

图 10-6　2004 年秋林鹬在上海中转停歇期间
体重和脂肪沉积量线性回归图

回归公式：$y = 0.397\,6x - 15.117$；
$r = 0.912, F = 68.680, P < 0.001$

积厚厚的脂肪，腹腔内脏器官周围间隙也积满脂肪，脂肪量达到 11.31 g，相当于平均体重的 26%。作为一种多次停歇迁徙候鸟，到达中转站的鸟可能来自很多不同的出发地，到达的日期和停留时间也会有差别（Iverson et al.，1996；Guglielmo et al.，2001），所以不能按照收集的日期判断中转停歇的时间，相对来说，较肥的鸟应该是较接近出发的（Marks & Redmond，1994）。这里我们不考虑停歇时间差异，分析补充燃料期间，林鹬现有脂肪沉积量和体重增加之间的关系。20 只林鹬脂肪沉积量平均 2.271\,1±3.023\,6 g（±SD），体重和脂肪重量呈近乎直线关系（$r = 0.912, F = 68.680, P < 0.001$）（图 10-6）。

（3）林鹬补充燃料期间各器官重量变化趋势

从各器官重量的统计结果看（表 10-5），脑、肺和肾的湿重变化很小，变化最大的是胸肌部分，样本中胸肌变化幅度超过 50%，最高增重相当于平均体重的 7.7%，此外腿肌、剩余骨骼、心、肺、肝、砂囊、肠等器官湿重均有一定幅度的变化。各部分器官含水率均和其湿重不相关；除肾（$r = 0.193, P = 0.429, n = 19$）和砂囊（$r = 0.027, P = 0.910, n = 20$）外，脑（$r = 0.677, P = 0.001, n = 19$）、心（$r = 0.885, P < 0.001, n = 20$）、肺（$r = 0.860, P < 0.001, n = 17$）、肝（$r = 0.887, P < 0.001, n = 20$）、肠（$r = 0.953, P < 0.001, n = 8$）、胸肌（$r = 0.915, P = 0.002, n = 19$）、腿肌（$r = 0.894, P < 0.001, n = 19$）和剩余骨骼（$r = 0.835, P < 0.001, n = 19$）的湿重和干重均有显著正相关，因此脑、心、肺、肝、肠和骨骼肌的重量变化主要是干物质量而不是水分。

表 10-5　林鹬中转停留期间各器官湿重、干重和含水率统计

器 官	n	湿　重（g）	干　重（g）	含水率（%）
心	20	0.663\,5±0.118\,9[a]	0.158\,0±0.036\,2	76.29±2.93
肺	17	0.643\,8±0.094\,1	0.174\,8±0.030\,4	72.85±2.44
胸肌	19	15.742\,7±2.033\,4	6.053\,7±0.914\,5	—
腿肌	19	3.825\,5±0.488\,4	1.468\,6±0.199\,1	—
剩余骨骼	19	5.266\,3±0.517\,8	2.022\,1±0.227\,7	61.25±2.73
肝	20	1.351\,9±0.198\,3	0.410\,9±0.062\,3	69.55±2.00
肾	19	0.477\,3±0.061\,3	0.136\,7±0.076\,3	74.63±3.58
肠	8	1.144\,2±0.398\,6	0.242\,6±0.095\,6	78.90±0.29
砂囊	20	1.195\,7±0.151\,3	0.319\,8±0.088\,4	71.95±6.47
脑	19	0.896\,6±0.074\,9	0.172\,2±0.016\,2	80.77±1.29

为考察林鹬补充燃料期间机体结构的关键变化,在控制个体大小影响基础上对体重和各器官干重做偏相关分析(表10-6),体重增加和脑、肺、砂囊、肾不相关;和心、肝、剩余骨骼的干重有中度相关,和胸肌、肠、腿肌高度相关。进一步将上述相关各器官做多元回归分析(stepwise法),结果证明影响体重的最主要因素是胸肌部分($r=0.917$,$F=21.015$,$P=0.01$)(图10-7)。虽然肠和腿肌与体重变化高度相关,但对体重增加的影响比胸肌和脂肪小得多(相对于平均体重,肠增幅占2.6%,腿肌增幅占4.4%),因此林鹬补充燃料时机体结构的主要变化是胸肌增重,胸肌和脂肪一起构成了体重增加的大部分,其次是肠和腿肌,心、肝和剩余骨骼随体重增加也有增重趋势,而脑、肺、砂囊和肾则不随体重增加变化。

表10-6　林鹬中转停留期间体重和各器官干重偏相关分析

器　官	n	r	P
心	20	0.5564	0.008
肺	17	0.3561	0.232
胸肌	19	0.9163	<0.001
腿肌	19	0.8184	<0.001
剩余骨骼	19	0.6765	0.006
肝	20	0.6332	0.008
肾	19	0.1739	0.535
肠	8	1.000	<0.001
砂囊	20	−0.1403	0.604
脑	19	−0.1147	0.684

最后,分析了胸肌干重和脂肪量变化的关系,二者在统计上有中度相关($r=0.775$,$F=20.964$,$P<0.001$)。

3. 讨论

林鹬中转停歇期间,各器官含水率变化很小,和器官本身重量变化无关,器官重量的变化主要是干物质量,有研究显示鸟类各器官在迁徙不同阶段水分和脂肪量不变(Hume & Biebach,1996;Piersma et al.,1999;Landys et al.,2000;Bauchinger & Biebach,2001;Waddle & Biewener,2000;Jenni-Eiermann et al.,2002),中转期间器官干物质量的增加必然包含有蛋白质合成部分,这意味着林鹬飞行期间应该有蛋白质像脂肪一样分解代谢,候鸟在中转站除了补充燃料,还必须恢复和重建在飞行中消耗的物质(Hume & Biebach,1996;Piersma & Lindström,1997;Biebach,1998;Karasov &

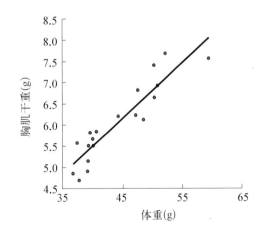

图10-7　2004年秋林鹬在上海中转停留期间
胸肌和体重变化的线性回归图

回归公式:$y=0.1322x+0.207$;
$r=0.917$,$F=21.015$,$P=0.01$

Pinshow,1998)。我们假定骨骼在飞行中不会发生变化,因此骨骼肌连同骨一起的重量变化可以看作是骨骼肌的变化,胸肌重量的巨大变化清楚表明它们在飞行中还分解消耗了蛋白质,中转期则重新合成飞行中消耗的部分(Bauchinger & Biebach,2001;McWilliams & Karasov,2001)。

　　林鹬补充燃料时最大增重约相当于平均体重的34%,增重的主要原因是脂肪和胸肌,脂肪是最大增重部分,其次是胸肌。脂肪是鸟类迁徙时的主要燃料,一些鸟类迁徙前脂肪量可以超过通常体重的50%(Redfern et al.,2004),大量脂肪使体重明显增加,这要求飞翔肌提供更大的飞行能力,因此胸肌也必须增大(Lindstrom & Piersma,1993),显然准备飞行前胸肌和脂肪都应该增重。如果胸肌肥大是由于大量脂肪导致体重增加的结果,那么两者应该高度相关,但胸肌随体重直线增加,和脂肪量间有中度相关,因此胸肌肥大应该是对体重大大增加的适应,而不单纯是因为脂肪量的增加。胸肌的另一个作用是作为持续飞行时蛋白质的"贮存库"(Pennycuick & Battley,2003),当脂肪接近耗尽时分解释放能量(Bauchinger & Biebach,2001),飞行期间脂肪和胸肌蛋白质的消耗使体重持续下降,使鸟类可以减少胸肌组织,从而使能量支出减到最小(Biebach,1998;Schwilch et al.,2002)。

　　消化器官中,肠和肝均随体重增大,虽然无法确定林鹬到达和出发的时间,但肠和肝的增重说明它们至少在脂肪耗竭和体重下降时也萎缩了,在补充燃料时重新肥大,由于补充燃料要求快速的能量积累,消化器官的增大有利于能量摄取(Hume & Biebach,1996;Lee et al.,2002),但同属消化器官的砂囊却没有变化。从生理和进化的角度看,器官的大小、结构和机能特性会随着机能要求改变,机能容量和实际需要相适应,过量的浪费会在自然选择中被淘汰掉(Weibel et al.,1991;1996;Starck,1999;Starck & Beese,2001;Guglielmo et al.,2001;2003),迁徙期间的能量预算应该是用最少的花费飞行最长的距离。消化系统在长距离飞行中显然没有食物加工过程(Biebach,1998),并且由于代谢活跃耗能大(Hume & Biebach,1996;McWilliams & Karasov,2005;Battley & Piersma,2005),所以在飞行中可能更愿意舍弃。候鸟在准备迁徙前消化系统萎缩,以节省迁徙飞行的重量和能量(Hume & Biebach,1996;Biebach,1998),这个策略的代价是中途停歇期必须恢复和重建消化道花费的时间和资源(Biebach,1998;McWilliams & Karasov,2001),对飞跃大的生态障碍的jump候鸟来说这个策略可能是最佳的(Hume & Biebach,1996),但可能不太适用于short-hop种类(Lee et al.,2002)。对于林鹬来说,由于途中多次停歇,器官系统必须在短时间内多次改变强度和活动性,除了要在能量的花费和节约间有一个权衡外,还带来一系列生理问题(Biebach,1998),McWilliams和Karasov(2005)认为鸟在迁徙时消化道还保留明显但有限的空闲容量,以补偿飞行中的消耗,同时解决在变化的环境中维持消化系统生理机能的困难,推测林鹬保持砂囊大小稳定可能是为了保留一定的消化容量,适应随时降落觅食。

　　此外,腿肌、心和剩余骨骼也有增重趋势,腿肌增重可能是对觅食活动的适应,心的增重可能和飞行时对循环功能的要求有关,但这些器官在飞行中是否也作为蛋白质的来源仍然难以确定。脑、肺和肾不随体重或脂肪量增加而变化,说明这些器官在飞行和中转期间时同样重要(Piersma et al.,1999)。

实际上,我们不清楚所收集的样本的目的地和出发地,也不清楚到达中转站和停留的时间,林鹬迁徙通过的地区很复杂,这些都可能影响数据分析结果,林鹬机体结构的变化是否是对短距离飞行模式的适应还需要大量的样本和更多的研究。

二、泽鹬长江口越冬期间机体结构表型弹性变化

泽鹬是一种多点停歇(short-hop)迁徙涉禽。由于泽鹬在同一研究地区既有中转停歇种群,也有越冬种群,在分析比较不同时期个体体重和器官表型改变时,可以忽略栖息地地理纬度、食物结构和营养成分等方面的差异,重点评估季节差异的影响。本书在描述泽鹬多个器官及骨骼肌越冬期间变化的基础上,研究如下问题:① 检测中转停歇和越冬期泽鹬体重的差异;② 脂肪沉积和胸肌重量、个体大小的关系;③ 越冬期机体结构变化的范围和关键所在,以评估越冬泽鹬器官表型变化的趋势。

1. 材料和方法

中转停歇和越冬期的泽鹬环志数据分别采集于 2002～2004 年,其中 2002 年 9 月 18 日～29 日 30 只,2003 年 8 月 31 日～9 月 1 日 5 只,2004 年 10 月 14 日 17 只,12 只解剖样本则来自 2004 年的一组,系鸟类环志中意外死亡的个体。我们按时间将样本分为两个阶段:中转停歇期和越冬期,分析这两个阶段体重等项指标的差异。2002 年和 2003 年环志数据属于中转停歇期,2004 年的样本属于越冬期。

环志和解剖样本均在捕捉到后立即称重(精确到 1 g),测量翅长(±0.1 cm)、头喙长(±0.1 mm)、喙长(±0.1 mm)和跗跖长(±0.1 mm)。

涉禽的初级飞羽数目是 10,根据涉禽换羽方式,大多数成鸟在非繁殖地换羽(Barter,1987;1989;1991;1992;Barter et al.,1988;Barter & Davidson,1990),由于需要在短时间内完成繁殖活动,所以大多数成鸟在北极繁殖地不换羽(Barter,1989;Barter & Davidson,1990);而出生第一年的幼鸟不向北迁徙,不换初级飞羽。因此,4～5 月向北迁徙季节,在长江口区域停留的涉禽,如果初级飞羽是旧羽(羽式:O10),是第一年的幼鸟;如果是新羽(羽式:510),则为成鸟。相反,9 月到 11 月向南迁徙季节在长江河口停留的涉禽,新出生的幼鸟初级飞羽是新羽(羽式:510),成鸟的是旧羽(羽式:O10)。所有样本通过羽毛判断年龄均为第一次迁飞的幼鸟。

解剖样本在测量完各项体征数据后用双层塑料袋密封保存在 −20℃ 条件下,在之后的两个月内解剖完。样本解剖前在常温解冻,电子天平再次称重(精确到 0.001 g),解剖参照 Schwilch 等人(2002)描述的方法。

1) 先剥去皮肤,从跗间关节以下连同脚一起去掉;分离出皮下脂肪单独称重,再和内脏器官表面积累的脂肪一起称取总的可见脂肪重。

2) 脑分离出后直接称湿重;心、肺、砂囊(由于分界不易确定,胃只包括砂囊,不包括腺胃)、肝、肾等器官取出后先用 0.9% 生理盐水洗去表面附着的血污,瘀血多的样本舍弃,心壁剪开清洗心腔,砂囊剪开清洗内容物,成对的器官放在一起,之后用滤纸沾干表面水分后称湿重。

3) 骨骼肌部分,为了防止附着在骨骼上的肌肉分离不完整,我们将胸肌(胸大肌和胸小肌)、腿肌均连同所附着的骨一起分离,称湿重;运动系统的其余部分作为剩余骨骼(the

rest of skeletal muscles),称湿重。

各部分器官组织湿重精确到 0.001 g,之后在恒温 60℃条件下干燥至恒重,再称干重,干物质重也精确到 0.001 g。用统计软件 SPSS for windows 11.5 和 Excel 2000 分析数据,每组数据作描述统计,各组环志数据翅长、喙长、头喙长、跗跖长对体重作相关分析;各器官重量及脂肪重量和体重分别作偏相关、多元直线回归分析及相关检验。

2. 结果

(1) 泽鹬体重的阶段差异

和秋季中转停歇期相比,越冬期泽鹬的体重显著增加(ANOVA P<0.001)。越冬泽鹬样本平均体重 81.76±11.217 g(±SD)(n=17),最大增重约相当于越冬期样本平均体重的 50.17%;和中转停歇期相比体重平均增加了 14.57 g。考虑到个体结构大小对秋季和冬季样本体重差异的影响(图 10-8),我们首先比较了秋季和冬季样本的喙长、头喙长、翅长和跗跖长的差异,ANOVA 分析两组样本翅长(P<0.001)(图 10-10)和跗跖长(P<0.001)有显著差异(图 10-9),喙长(P=0.347)和头喙长(P=0.403)差异不显著,说明冬季和秋季的鸟相比个体较大;进一步分析翅长和跗跖长仅能解释约 24%～36% 的体重

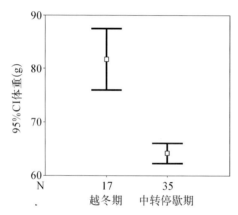

图 10-8 泽鹬越冬和中转停歇期体重误差条图

差异,因此,个体结构大小上的差异不是季节间体重改变的主要影响因子。

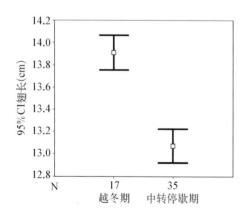

图 10-9 泽鹬越冬和中转停歇期
翅长误差条图

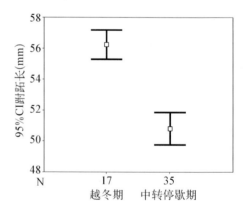

图 10-10 泽鹬越冬和中转停歇期
跗跖长误差条图

(2) 泽鹬越冬期间性别和个体大小差异对体重的影响

为了找到个体大小的最佳直线计量依据,将样本各项量衡度与体重做相关分析,只有翅长(Pearson 相关系数 $r=-0.739$,$P<0.01$,$n=52$)和体重有显著负相关,跗跖长($r=$

$0.428, P<0.01, n=52$)仅有弱的正相关,而喙长($r=0.090, P=0.524, n=52$)、头喙长($r=0.097, P=0.493, n=52$)和体重均不相关,所以用翅长作为个体大小的简单直线计量。由于解剖样本均是第一年的幼鸟,因此下面的数据分析不考虑年龄差异。

(3)泽鹬越冬期间体重和脂肪沉积量增加的关系

越冬期的样本脂肪沉积量从 1.361 2~30.863 g($n=12$),平均 21.007 4±8.531 2 g(±SD),平均增重相当于平均体重的 36.42%($n=12$),脂肪最高沉积量相当于该样本自身非脂肪体重的 50.76%。直线回归分析脂肪量和体重增加高度相关,呈近乎直线关系($r=0.853, F=26.765, P<0.001$)(图 10-11)。

(4)泽鹬越冬期间骨骼肌及内脏器官重量变化趋势

从各器官重量的统计结果看(表 10-7),变化最大的是胸肌部分,样本中胸肌最高增重了 30.83%,最高增重相当于平均体重的

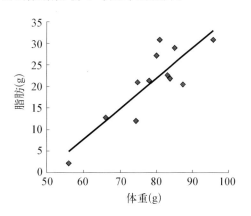

图 10-11 2004 年 10 月泽鹬在上海越冬期间体重和脂肪沉积量线性回归图

回归公式:$y=0.706\ 6x-34.632$;
$r=0.853, F=26.765, P<0.001$

7.14%;腿肌部分、脑、心、肝、肺、肾和砂囊等器官的湿重波动幅度均很小,此外"剩余骨骼"部分湿重有一定幅度的变化。统计分析各部分器官含水率基本保持恒定,和其湿重、干重均不相关;肾($r=0.875, P<0.001, n=12$)、砂囊($r=0.954, P<0.001, n=12$)、脑($r=0.867, P<0.001, n=12$)、心($r=0.899, P<0.001, n=11$)、肺($r=0.829, P=0.002, n=11$)、肝($r=0.956, P<0.001, n=12$)、胸肌($r=0.915, P=0.002, n=19$)、腿肌($r=0.894, P<0.001, n=19$)和剩余骨骼($r=0.835, P<0.001, n=19$)的湿重和干重均有显著正相关,因此可以判断各部分器官重量变化主要是干物质量而不是水分。

表 10-7 2004 年泽鹬在上海越冬期间各器官湿重、干重和含水率统计

器 官 组 织	n	湿 重(g)	干 重(g)	含水率(%)
皮下脂肪	12	18.144 9±7.099 7	—	—
脂肪总量	12	21.007 4±8.531 2	—	—
脑	12	0.846 6±.052 4	0.177 9±0.012 8	78.981 7±0.735 8
心	11	0.873 4±0.107 4	0.241 7±0.040 4	72.413 8±2.042 6
肝	12	1.597 9±0.400 5	0.504 5±0.116 0	68.276 9±1.929 4
肺	11	0.862 4±0.086 9	0.227 3±0.024 9	76.644 5±1.640 9
肾	12	0.614 9±0.084 1	0.160 7±0.023 4	73.844 6±1.743 8
砂囊	12	1.445 1±0.269 6	0.410 1±0.070 7	71.537 7±1.552 0
剩余骨骼	12	6.150 9±0.683 6	2.612 3±0.236 8	
胸肌部分	12	20.480 9±1.843 4	8.711 4±0.751 0	
腿肌部分	12	4.905 1±0.377 6	2.087 4±0.167 1	

为考察泽鹬补充燃料期间机体结构变化的范围,在控制翅长条件下对体重和各器官干重做偏相关分析(表 10-8),体重增加和心、肝、剩余骨骼、脑、肺、砂囊、肾不相关;和胸肌、腿肌部分有中度相关。进一步分析各器官在体重增加中所起的作用,脂肪总量增加占到72.26%(器官湿重增幅和体重增加量相比);其次是胸肌部分,为14.17%;腿肌部分占3.49%。

表 10-8　2004 年泽鹬在上海越冬期间体重和各器官干重偏相关(控制翅长)分析结果

器　　　官	n	r	P
心	12	0.619 5	0.075
肺	12	0.301 1	0.431
胸肌部分	12	0.746 3	0.008
腿肌部分	12	0.575 5	0.064
剩余骨骼	12	0.334 5	0.315
肝	12	0.246 3	0.523
肾	12	−0.097 1	0.804
砂囊	12	0.491 1	0.179
脑	12	−0.011 1	0.977

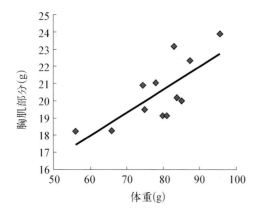

图 10-12　2004 年 10 月泽鹬在上海越冬期间
胸肌湿重和体重变化的线性回归图
回归公式:$y = 0.134x + 9.931\ 7$;
$r = 0.749,\ F = 12.758,\ P = 0.005$

从上述统计结果可以看出,除脂肪外,越冬期间泽鹬体重变化的主要因素是胸肌部分,胸肌和脂肪一起构成了体重增加的大部分,腿肌随体重仅略有增加,其余器官则不随体重增加变化。

最后通过线性回归分析胸肌重量和体重间的关系,二者间显著正相关($r=0.749,F=12.758,P=0.005$),见图 10-12。

3. 讨论

(1) 泽鹬中转停歇和越冬期间体重差异

理论上鸟的体重是饥饿-被捕食危险平衡的结果(Cresswell, 1998; Macleod et al., 2005),冬季日照长度缩短和气温降低会使体重增加(Macleod et al., 2005)。很多种属的鸟遵从冬季增肥策略(winter fattening strategy),体重在冬季 12 月至 1 月最高,主要是由于大量脂肪积聚在皮下和腹部(Michard-Picamelot et al., 2002; Macleod et al., 2005),从冬季到夏季体重快速下降(Brown & Bhagabati, 1998),7 月时体重最低。上海地区 8~10 月平均温度和平均日照长度均下降,因此可以预测越冬期体重应该增加。越冬泽鹬样本收集于 10 月,尚未达到理论上最大值,和最大可能相比,泽鹬越冬期体重显著高于中转停歇时期(ANOVA $P<0.001$),显然泽鹬迁徙时使体重保持在较低的水平,这与 Senar 等(2001)的研究结果一致:相比较候鸟的体重通常要比留鸟低。

（2）泽鹬越冬期的脂肪和骨骼肌的表型弹性变化

越冬期泽鹬体重变化的最大因素是脂肪，脂肪总量占到增重的 72.26%，脂肪量和体重增加显著正相关（$r=0.853$），二者平行变化。除脂肪外，胸肌部分是所有实验器官中变化最大的。

胸肌是鸟的飞行器官，同时也是飞行中最耗能的器官（Butler，1991），要维持一定水平的飞行能力，胸肌大小应该和体重平行改变（Pennycuick，1975；1998）；Lindström 等（2000）分析红腹滨鹬胸肌大小变化，认为胸肌可能也储备一定量的蛋白质以应对冬季的饥饿威胁。泽鹬随着脂肪储备和体重增加，胸肌大小和体重有直线显著相关（$r=0.749$），虽然实验样本属于越冬早期阶段，不能完全代表冬季食物缺乏时的变化，但可以确定的是胸肌的增大是对体重增加的适应，用以维持飞行能力；不能判断是否作为蛋白质储备。

和胸肌相比，腿肌的变化幅度要小得多，仅略有增重。对于靠快速奔跑逃脱捕食者的鸟来说需要强大的腿肌，在滩涂觅食的泽鹬依靠飞行，腿肌有所增大可能是适应体重的显著增加，提供觅食时相应的支撑。而剩余部分骨骼肌并不随体重变化，可以进一步说明胸肌和腿肌的表型变化是对生理需要改变的适应，因为躯体部分骨骼肌在这些情况下并没有生理需要变化。

（3）泽鹬越冬期其他器官的表型变化状况

随着体重增加，泽鹬其他器官，包括脑、心、肝、肾、砂囊等都没有实质性变化。进化生物学家推测器官的机能容量和实际要求相匹配，最优化的设计意味着结构和机能间几乎完美的匹配（Weibel et al.，1991；Weibel，1998），否则会降低个体适合度。

砂囊、肠、肝属于消化器官，研究显示消化器官的表型弹性相当可观，鸟类消化器官大小变化在 10%～100%；通常消化器官的大小和食物摄入、能量需求有关（Battley & Piersma，2005），迁徙、繁殖等活动都会导致胃、肠等器官的大小改变。例如戴胜百灵（Hoopoe larks Alaemon alaudipes）在 15℃ 条件下体重增加，和 36℃ 温度条件下相比，肝、肾、肠显著较大，从而增加食物摄入能力（Williams & Tieleman，2000）；长距离迁徙的红腹滨鹬中转停歇期间消化器官先在早期肥大，再次出发前又萎缩（Piersma et al.，1999）；斑尾塍鹬中转期间消化器官也有类似变化（Landys-Ciannell et al.，2003）；通过增大消化器官，个体可以迅速提高补充燃料效率（Piersma et al.，1999），快速储备燃料提高整体迁徙速度，因此强大的消化器官对迁徙期的生理需要是有益的。此外由于食物含能量不同，食物性质改变也是一个重要的影响因子，例如食物中纤维含量高时小肠长度增大（Battley & Piersma，2005）。

对越冬期的泽鹬来说，不需要像迁徙中转停歇期一样强烈进食，主要的影响因子是温度和食物，冬季温度下降代谢率升高，加之食物可利用性下降，必须积累足够脂肪应对寒冷和饥饿，食物摄入要求增加。但是在脂肪和体重变化巨大的情况下，泽鹬的消化器官（肝和砂囊）却基本保持稳定，不随体重变化，推测可能的原因有：① 越冬期不需要像迁徙增肥那样强烈进食，不需要快速改变消化器官大小，食物摄入没有改变；② 改变食谱，泽鹬可能选择含能量高的食物，满足能量需求。

其他器官包括心、脑、肺、肾等在越冬早期都保持稳定，不随体重增加变化，说明这些器官在不同时期的生理要求基本没有变化。

（4）泽鹬越冬期表型变化程度及范围分析

鸟类长距离迁徙过程中具有生理和形态上的广泛变化（Chris et al.，2004），通过对几种长途迁徙涉禽的数据初步比较，在长距离迁徙飞行前，运动器官（主要包括胸肌和心）趋向肥大，消化器官（胃、肠和肝）则趋向萎缩（Gaunt et al.，1990；Jehl，1997；Piersma & Lindstrom，1997；Piersma，1998；Piersma & Gill，1998；Piersma et al.，1999；Battley & Piersma，2005）；同属于 hop 迁徙的涉禽西滨鹬，中途停歇期增重 25%，大部分器官包括飞行肌增重在 10%～100%，变化最大的是消化系统器官（Guglielmo & Williams，2003）。

与迁徙阶段相比，泽鹬越冬期的器官表型变化主要集中在和运动有关的胸肌部分，消化器官基本没有变化。由于体重尚没有达到理论和实验的最大值（12 月），我们的研究结果仅代表泽鹬越冬初期的状况。和中转停歇期的资料比较，越冬早期泽鹬器官大小表型变化的范围和强度均较小。

三、细嘴滨鹬春季中转停歇期间机体结构表型弹性

细嘴滨鹬是"东亚—澳大利亚"路线上迁徙数量较大的涉禽，从澳大利亚西北部越冬地不停歇地向北迁飞到达黄海南部沿海和韩国南部，以及位于黄海北部的黄河三角洲地区（Barter & Wang，1990；Barter，1996），中转停歇的区域很大，细嘴滨鹬每年春季 3～5 月、秋季 8～9 月在此地区中转停歇（Battley et al.，2000；Ma et al.，2002a），春季中转停歇时间为 3～4 周，主要在四月通过，数量巨大（Wilson & Barter，1998），最后向北迁徙到位于俄罗斯和阿拉斯加的繁殖地。在上海中转停歇后下一步的迁徙策略不清楚，黄海地区很可能是它们到达繁殖地的最后的唯一的中转站，按照 Piersma（1987）的定义属于"jump"类型迁徙候鸟（Wilson & Barter，1998）。

细嘴滨鹬在澳大利亚繁殖地（Tulp & De Goeij，1994；Stinson et al.，1997；Battley et al.，2000；2001a；2001b；2004；Pennycuick & Battley，2003）、俄罗斯越冬地（Tomkovich，1997）和黄海地区中转站都有一定数量的相关研究（Barter & Tonkinson，1997；Barter et al.，1997a；1997b；2000a；2000b；2001；Ma et al.，2002a；2002b；Zhu et al.，2001），黄海地区基本上是迁徙物候学及种群数量动态、保护生物学资料（高明，2000；邹发生等，2001；赵延茂等，2001；宋晓军和林鹏，2002；刘伯锋，2003；伍玉明等，2004；张国钢等，2005）。Battley 等（2000）第一次详细研究了从澳大利亚出发前和到达上海后细嘴滨鹬机体结构表型可塑性变化，细嘴滨鹬在长距离飞行前胸肌和心增大，同时胃、肠、腿肌和肝缩小；在经过超过 5 000 km 不停歇飞行后，体重从平均 239.4 g 降至124.9 g，在脂肪消耗的同时，除了脑和肺保持稳定外，消化器官（包括胃、肠、肝）、运动器官（胸肌、腿肌、心）以及皮肤、肾、脾、盐腺等大小都有不同程度下降。储备物和器官大小或重量的这种个体内的表型可塑性现在也被称为"表型弹性"（Piersma & Drent，2003；Starck & Rahmaan，2003）。

器官大小或重量的表型弹性改变是长距离迁徙鸟类研究的一个重要现象，当前的研究焦点集中在理解动物如何利用组织器官大小和机能表型可塑性适应不同的生态内容和生理代谢需求上（Starck，1999）。典型的迁徙旅程是交替的飞行和停歇，飞行一段距离能量消耗后，在中转站停歇觅食补充下一段飞行的燃料后再继续飞行（Landys-Ciannell et al.，2003)。由于中转停歇和持续迁飞的生理要求变化巨大(Alerstam，1990；Butler & Woakes，1990；Landys-Ciannell et al.，2003)，持续飞行时要求很高的能量输出(Butler & Woakes，1990)，当到达一个中转站时，候鸟又非常需要一个达到完全消化容量的消化系统以尽快补充燃料(Lindström，1991)，消化器官要面对两种极端的食物摄入情况，一种机体构成显然不太可能同时达到对迁飞时高强度持久运动和停歇期食欲增强的最优化(Guglielmo et al.，2003)，因此迁徙这两阶段骨骼肌和内脏器官应该有不同的适应性变化(Jehl，1997；Piersma & Lindström，1997；Piersma，1998；Piersma et al.，1999；Landys-Ciannell et al.，2003)。然而目前关于涉禽补充燃料阶段机体结构的表型弹性变化研究仍然很少(Landys-Ciannell et al.，2003；Battley et al.，2004)，这一阶段资料的缺乏，影响对整个迁徙策略的理解，因此我们选择细嘴滨鹬，在描述细嘴滨鹬多个内脏器官及骨骼肌中转停歇期间表型变化的基础上，着重讨论如下问题：① 脂肪沉积量和胸肌重量、个体大小的关系；② 中转阶段机体结构表型变化的关键和范围。根据现有资料分析推测这种表型改变的生理机能作用和可能的原因，和细嘴滨鹬迁徙前后的资料相结合，希望有助于对迁徙涉禽表型弹性的完整理解。

1. 材料和方法

研究地点位于黄海地区上海长江河口滩涂区域，2003 年 4 月环志数据记录 414 只；解剖样本总共 31 只，收集于 2005 年 4 月。

涉禽的初级飞羽数目是 10，根据涉禽换羽方式，大多数成鸟在非繁殖地换羽(Barter，1987；1989；1991；1992；Barter et al.，1988；Barter & Davidson，1990)，由于需要在短时间内完成繁殖活动，所以大多数成鸟在北极繁殖地不换羽(Barter，1989；Barter & Davidson，1990)；而出生第一年的幼鸟不向北迁徙，不换初级飞羽。因此，4～5 月向北迁徙季节，在长江口区域停留的涉禽，如果初级飞羽是旧羽(羽式：O10)，是第一年的幼鸟；如果是新羽(羽式：510)，则为成鸟。相反，9 月到 11 月向南迁徙季节在长江河口停留的涉禽，新出生的幼鸟初级飞羽是新羽(羽式：510)，成鸟的是旧羽(羽式：O10)。所有样本通过羽毛判断年龄均为成鸟。

样本在新鲜状态时首次称重(精确到±1 g)，测量翅长(±0.1 cm)，游标卡尺测量头喙长、喙长和跗跖长(±0.1 mm)。

解剖样本在测量完各项体征数据后用双层塑料袋密封保存在−20℃条件下，在之后的两个月内解剖完。样本解剖前在常温解冻，电子天平再次称重(精确到 0.001 g)，解剖参照 Schwilch 等人(2002)描述的方法。

1) 先剥去皮肤，从跗间关节以下连同脚一起去掉；分离出皮下脂肪单独称重，再和内脏器官表面积聚的脂肪一起称取总的可见脂肪重。

2) 脑分离出后直接称湿重；心、肺、砂囊(由于分界不易确定，胃只包括砂囊，不包括腺胃)、肝、肠(包括小肠、大肠、盲肠)、肾等器官取出后先用 0.9% 生理盐水洗去表面附着的血污，瘀血多的样本舍弃，心壁剪开清洗心腔，砂囊剪开清洗内容物，成对的器官放在一起，之后用滤纸沾干表面水分后称湿重。由于有些器官样本难以测量，数据不可用，所以各器官的样本数和收集的标本数不同。

3) 骨骼肌部分，为了防止附着在骨骼上的肌肉分离不完整，我们将胸肌(胸大肌和胸小肌)、腿肌均连同所附着的骨一起分离,称湿重;运动系统的其余部分作为剩余骨骼(the rest of skeletal muscles),称湿重。

各部分器官组织湿重精确到 0.001 g,之后在恒温 60℃ 条件下干燥至恒重,再称干重,干物质重也精确到 0.001 g。用 Excel 2000 和统计软件 SPSS for windows 11.5 分析数据,每组数据作描述统计,用 2002～2005 年同时期环志数据的翅长、喙长、头喙长、跗跖长对体重作相关分析;各器官重量及脂肪重量和体重分别做相关、直线回归分析及相关检验。

2. 结果

(1) 细嘴滨鹬个体差异和体重变化关系

所有样本细嘴滨鹬(包括环志数据)均是成鸟,因为本书重点分析器官结构表型变化和体重、脂肪量间的关系,所以下面的数据分析不考虑年龄差异。所有样本总的平均体重为 126.55 g($n=445$),经 one-wayANOVA 检验 2003 年和 2005 年的平均体重没有显著差异($P>0.05$),下面所用没有特别指出均为总的样本平均体重。

中转补充燃料期间细嘴滨鹬体重差异显著,解剖样本平均体重 128.42±16.794 g($\pm SD$)($n=31$),最大增重约相当于平均体重的 52.15%;各项量衡度平均值分别为:翅长 188.84±7.090 mm($n=439$);喙长 42.937±1.960 7 mm($n=439$);头喙长 75.069±2.039 0 mm($n=439$);跗跖长 40.593±1.456 2 mm($n=25$);将体重与各项量衡度做相关分析,结果体重和翅长(Pearson 相关系数 $r=0.361,P<0.001,n=439$)、头喙长($r=0.250,P<0.001,n=439$)、喙长($r=0.173,P<0.001,n=439$)、跗跖长($r=0.244,P=0.045,n=25$)均不相关。可以认为细嘴滨鹬体重增加和个体大小差异关系不大。

(2) 细嘴滨鹬补充燃料期间现有脂肪沉积量和体重变化的关系

样本最高可见脂肪量(包括皮下脂肪和腹腔脏器周围的)达到 20.243 7 g,相当于平均体重的 16.00%。由于无法确定到达的日期和停留时间,所以不能按照收集的日期判断中转停歇的时间,相对来说,较肥的鸟应该是较接近出发的(Marks & Redmond 1994)。这里我们不考虑停歇时间差异,分析补充燃料期间,细嘴滨鹬现有脂肪沉积量和体重增加之间的关系。31 只细嘴滨鹬脂肪沉积量平均 5.457 3±5.342 9 g($\pm SD$),体重和脂肪重量呈近乎直线关系($r=0.815,F=57.490,P<0.001$)(图 10-13)。

(3) 细嘴滨鹬补充燃料期间各器官重量变化趋势

从各器官重量的统计结果看(表 10-9),脑、肺和肾的湿重变化很小,波动最大的是胸肌部分,样本中胸肌变化幅度超过 50%,最高增重相当于平均体重的 11.91%,此外腿肌、剩余骨骼、心、肺、肝、砂囊、肠等器官湿重均有一定幅度的变化。除眼外,各部分器官湿重和干

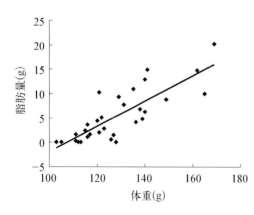

图 10-13　2005 年春细嘴滨鹬在上海中转停歇期间体重和脂肪沉积量线性回归图

回归公式:$y = 0.259\ 4x - 27.851$;

$r = 0.815,\ F = 57.490,\ P < 0.001$

重均显著正相关,湿重、干重均和其含水率不相关,说明各器官重量变化主要是干物质量而不是水分。

表 10-9　细嘴滨鹬中转停留期间各器官湿重、干重和含水率统计

器　官	n	湿　重(g)	干　重(g)	含水率(%)
胸肌	31	30.029 9±3.587 4	8.839 1±01.159 5	70.587 4±1.135 1
腿肌	29	5.280 5±0.627 7	1.557 7±0.180 7	70.547 2±2.179 5
剩余骨骼	25	29.417 5±2.376 6	13.444 24±1.393 5	54.318 8±2.716 4
心	30	1.774 9±0.254 1[a]	0.440 7±0.087 4	75.585 3±1.727 9
肺	31	1.185 1±0.155 7	0.277 3±0.045 9	76.685 2±1.627 8
砂囊	31	5.918 7±1.371 3	1.777 9±0.450 8	69.921 2±3.309 0
肠	31	4.144 1±0.849 4	0.997 5±0.211 1	75.839 3±2.877 6
肝	30	4.649 8±1.388 0	1.309 0±0.423 4	71.869 8±1.167 4
脑	31	1.433 4±0.105 8	0.291 9±0.053 4	79.772 2±3.421 7
肾	30	1.069 2±0.246 3	0.257 0±0.057 9	75.942 4±1.545 9
胰	31	0.534 9±0.243 6	0.151 2±0.074 2	72.250 7±3.357 7
脾	23	0.085 9±0.038 2	0.065 4±0.122 1	77.122 5±8.889 8
眼	17	0.630 9±0.030 6	0.083 6±0.008 1	86.738 4±1.181 4
盐腺	17	0.067 6±0.015 5	0.022 2±0.027 5	82.679 4±5.199 6

a 平均值±SD,Mean±SD。

为考察细嘴滨鹬补充燃料期间机体结构变化的范围,在控制个体大小差异条件下对体重和各器官干重做偏相关分析(表 10-10),体重增加和脑、肺、肾、脾、砂囊、肠、眼及盐腺不相关;和肝、胰有中度相关,和胸肌、腿肌、心及剩余骨骼高度相关。

表 10-10　细嘴滨鹬中转停留期间各器官湿重和干重相关统计

器　官	n	r	P
胸肌	31	0.957	<0.001
腿肌	29	0.825	<0.001
剩余骨骼	25	0.833	<0.001
脑	31	0.805	<0.001
心	30	0.965	<0.001
肺	31	0.924	<0.001
砂囊	31	0.899	<0.001
肠	31	0.804	<0.001
肝	30	0.991	<0.001
肾	30	0.967	<0.001
胰	31	0.975	<0.001
脾	23	0.850	<0.001
眼	17	0.405	=0.120
盐腺	17	0.628	=0.022

　　为了明确细嘴滨鹬中转停歇期间机体结构的关键性变化,进一步分析上述相关器官在体重增加中所起的作用,除脂肪外,体重增加的关键因素是胸肌部分(22.72%,器官湿重增幅和体重增加量相比),其次是剩余骨骼(12.60%)、肝(3.90%)、腿肌(3.29%)及心(1.93%);虽然胰与体重变化也显著相关,随体重增加也有增重趋势,但增幅仅占0.40%(表10-11)。

表 10-11　　细嘴滨鹬中转停留期间体重和各器官干重偏相关分析

器　官	n	r	P
心	30	0.761 0	<0.001
肺	31	0.066 4	0.769
胸肌	31	0.781 9	<0.001
腿肌	29	0.837 5	<0.001
剩余骨骼	25	0.831 6	<0.001
肝	30	0.693 1	<0.001
肾	30	0.644 7	0.167
肠	31	0.283 0	0.202
砂囊	31	0.196 7	0.380
脑	31	0.067 4	0.899
胰	31	0.521 0	0.013
脾	23	0.005 8	0.991
眼	17	0.673 4	0.143
盐腺	17	0.483 7	0.331

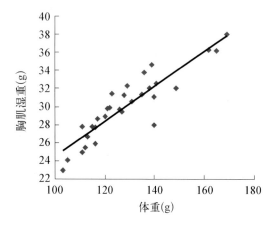

图 10-14　2005 年 4 月细嘴滨鹬在上海
中转停歇期间胸肌湿重和
体重变化的线性回归图

回归公式:$y = 0.193\,3x + 5.203\,7$;
$r = 0.905$,$F = 131.275$,$P < 0.001$

　　最后,我们分析了胸肌湿重和体重变化的关系(图10-13),二者在统计上高度正相关($r = 0.905$,$F = 131.275$,$P < 0.001$)。

3. 讨论

　　细嘴滨鹬春季中转停歇期间,体重显著增加,最大增重约相当于平均体重的52.15%。随着体重增加,和湿重及干重相比,各器官含水率变化很小,且与器官湿重变化无关,因此各器官重量变化主要是干物质量而不是水分,这与已有研究成果:鸟类各器官在迁徙不同阶段水分含量不变(Hume & Biebach,1996;Piersma et al.,1999;Landys et al.,2000;Bauchinger & Biebach,2001;Jenni-Eiermann et al.,2002)结论相同。

　　和 Battley 等(2000)的研究数据相比较,细嘴滨鹬从澳大利亚起飞前平均体重239.4 g,脂肪总量平均89.847 g,样本平均体重126.55 g($n=445$),平均脂肪量5.457 3 g,虽然无法确定细嘴滨鹬到达和停留的时间,但显然停歇期细嘴滨鹬体重和脂肪量远没有达到迁飞前的水平。细嘴滨鹬从澳大利亚不停歇地飞到上海的距离是 5 000 km;从鸭绿江口区域至韩国湾这一线,到大滨鹬繁殖地最远部分距离是 4 550 km,最近距离是 2 700 km,从黄海最北的站点到能量中转站摩洛河口的距离是 3 100 km(Woodrey & moore,1997),由于迁徙鸟类的脂肪储备量和飞行距离紧密相关,脂肪较少意味着下一步飞行距离较短,因此我们推测细嘴滨鹬在黄海地区的中转策略可能是多次停歇,下一步迁徙途中还有中转站觅食补充燃料,上海并非到达繁殖地的最后的唯一的中转站。

细嘴滨鹬中转期间脂肪量达到同期平均体重的 16%,增重占到体重增幅的 30.67%,体重和脂肪量呈近乎直线关系($r=0.815, P<0.001$),相比较显然脂肪是体重增加的最大因素,积累大量脂肪是鸟类对长距离迁徙的适应。除脂肪外,体重增加的关键因素是胸肌部分,其次是剩余骨骼、肝、腿肌及心,胰也有增重趋势;肝虽然绝对增重较大,超过腿肌和心,但在统计上肝、胰和体重变化仅中度相关($r=0.693 1, P<0.001$);从生理学角度看,胸肌和心属于运动器官,砂囊、肠、肝和胰属于消化器官,中转停歇期间细嘴滨鹬这两组器官表型变化模式可能有所不同。

胸肌重量的表型弹性代表飞行肌的适应性(Bauchinger & Biebach,2005)。细嘴滨鹬胸肌首先在准备迁飞前增重,持续飞行中随着脂肪的消耗体重大大下降,胸肌持续减重(Battley et al.,2000);中转站胸肌再次增重,和体重二者在统计上高度正相关($r=0.905, P<0.001$),胸肌的大小是随着体重平行改变的,因此推测这种表型弹性变化主要是一种调节力量大小的机制,改变胸肌力量,适应不断变化的体重,以保持最适的飞行能力(Lindström et al.,2000),同时尽可能节约飞行中的能量消耗。中转期心肌同时增重应该和飞行肌力量加大时对循环功能要求提高有关;腿肌并不直接参与飞行,增重可能是对停歇期觅食活动的适应。

目前多数研究发现候鸟出发前消化器官(包括胃、肠、肝等)萎缩(Gaunt et al.,1990;Piersma & Jukema,1990;Piersma et al.,1993;1999;Jehl,1997;Piersma & Lindstrom,1997;Piersma,1998;2002;Piersma & Gill,1998;Jenni-Eiermann et al.,2002;Battley & Piersma,2005),消化系统是一个维持昂贵的系统(Stevens & Hume 1995),长距离飞行中显然没有食物加工过程,所以可能更愿意被舍弃,节约飞行中维持的能量(Biebach 1998)。消化系统的可塑性被解释为飞行中使体重最小的策略,以节约飞行中维持这些器官的能量(Piersma,1998;Piersma et al.,1993;1999;Biebach,1998);按照营养限制假说(nutrient-limitation hypothesis 或 digestive limitation hypothesis),消化器官在迁徙中减重后,机能也下降,所以补充燃料速率在到达中转站的最初 1~2 天内较低(Alerstam & Lindström,1990;Carpenter et al.,1993;Klaassen & Biebach,1994;Hume & Biebach,1996;Karasov & Pinshow,2000),这将降低整体迁徙速度(McWilliams et al.,2004;Battley et al.,2000),中转停歇时就必须重建消化器官(Lee et al.,2002),达到完全消化容量以尽快补充燃料(Lindström,1991),这一策略的代价是重建器官的能量和时间花费,候鸟在消耗-获利间必然有一个权衡。

细嘴滨鹬从澳大利亚出发前几天,胃、肠和肝也缩小,在持续飞行中又有不同程度下降(Battley et al.,2000);然而我们的研究结果显示细嘴滨鹬的消化器官在这一阶段的变化分两种类型,消化腺(肝和胰)增重,但消化道(砂囊、肠)并没有随体重增加,Stark 和 Rahmaan(2003)认为有机体对环境条件改变的反应保持有一个安全尺度(safety margins),即有机体器官的形态和机能维持有一定的(暂时)备用容量(Woodrey & moore,1997;Starck,1999;McWilliams & Karasov,2005),鸟迁徙时消化道保留明显但有限的备用容量,以补偿飞行中的消耗,同时解决在变化的环境中维持消化系统生理机能的困难(McWilliams & Karasov,2005),推测细嘴滨鹬消化道没有大的变化可能是保留有一定的备用容量,这样仅通过消化腺的增大就能快速提高消化吸收营养能力,适应停歇期的觅食;同时避免重建消化器官的能量和时间花费,提高整体迁徙速度。

脑和肺不随体重增加而变化,与 Battley 等(2000)的结果相比较,这些器官在飞行和中转期间都没有变化(Piersma et al.,1999),说明对迁徙不同阶段的生理要求来说同样重要。

细嘴滨鹬的肾、脾、盐腺等大小迁飞后都下降,但在本项研究中肾、脾、眼及盐腺等器官并没有随体重变化,一个可能的解释是,候鸟能够快速调节器官的结构机能适应体重变化,这些器官的机能容量和这一阶段的代谢需求是相适应的,这一推论还需要更多更全面的数据支持。

四、小结

涉禽迁徙往往需要横越海洋持续飞行 100 h 以上(Piersma & Baker,2000;Battley et al.,2000),期间没有食物和水,多数涉禽需要在中转站临时停歇,Piersma(1987)按照飞行段长度和停歇次数把鸟类长距离迁徙模式分为“hop、skip 和 jump”三种:“hop”候鸟每段飞行距离较短,可能 150～200 miles,整个旅途中有多次停留;“skip”候鸟途中需要越过大的生态障碍(如海洋、沙漠、群山等),这些生态障碍迫使它们每段飞行很长的距离——可能一次几百至数千公里;“jump”候鸟中转站点间距离最长,须不停歇的飞行 48 h 以上,途中可能仅停歇一次甚至不停歇。

很多的研究者为了方便,只简单地将长距离迁徙候鸟分成多次停歇的“short-hop”和只停歇一到两次的“long-jump”(Wilson & Barter,1998)两类,前者称“hopper”,后者称“jumping”。由于飞行段距离不同,持续飞行时间相差较大,直接影响了两者的生理、生态要求和迁徙时间限制。显而易见的是,长距离比短距离的飞行需要消耗更多的能量,由于迁徙鸟类的脂肪储备量和飞行距离紧密相关,因此和 jumping 相比,一只 hopper 可能只需积累相对较少的脂肪(Davis et al.,2005)。按照最优化迁徙模型分析,Weber 和 Hedenström(2001)认为,中转站相隔很远的、时间最小化策略的候鸟机体结构可塑性应该最大,如果迁徙路线上可以随时中转停歇,这种结构可塑性就会小得多,即 jumping 的可塑性应该比 hopper 大。

三种涉禽中,林鹬的迁徙方式属于 skip,但也可能采用 hop 方式,泽鹬属于 hop,细嘴滨鹬属于 jump。和细嘴滨鹬相比,林鹬和泽鹬的飞行段长度要短得多,因此我们可以将林鹬和泽鹬归为 hopper,细嘴滨鹬归为 jumping,来比较三种涉禽器官表型变化状况(表 10 - 12),发现无论是中转停歇还是越冬期,样本个体体重都显著增加,增重的最主要原因都是脂肪,其次是胸肌,它们占了体重增加的绝大部分,虽然也有其他器官增重,但和胸肌相比,其表型变化幅度要小得多,可以说脂肪和胸肌是不同阶段机体结构适应性表型变化的关键因素。

表 10 - 12　三种涉禽器官表型弹性概况

种　　类	林 鹬	细嘴滨鹬	泽 鹬
迁徙阶段	中转停歇期(8 月)	中转停歇期(4 月)	越冬期(10 月)
体重	增重 34%	增重 52.15%	增重 36.42%
脂肪	增重	增重	增重
胸肌	增重	增重	增重
腿肌	增重趋势	增重趋势	增重趋势
剩余骨骼	增重趋势	增重趋势	稳定
心	增重趋势	增重趋势	稳定
砂囊	稳定	稳定	稳定
肝	增重趋势	增重	稳定
脑	稳定	稳定	稳定
肾	稳定	稳定	稳定

综合已有的研究结果,鸟类的胸肌在繁殖、换羽、迁徙、越冬等情况下都能跟踪体重的变化,适应不同阶段的生理需要(Lindström et al. ,2000),是鸟类表型可塑性最大的器官,这可能是鸟类胸肌一种常规的变化模式,当体重变化时调节功率以保持最适的飞行能力。

从我们的研究结果看,腿肌在不同阶段随着体重增加也都呈现增重趋势,因此腿肌的表型弹性应该也是和体重相适应的,但是否是鸟类常规的表型变化模式仍需要更多的研究支持。

鸟类胃肠道形态结构首先和食性相适应,具有可观的弹性。胃的大小主要和食物摄入量有关,任何因子改变了食物量的多少都会导致胃大小的变化,研究证明长距离迁徙的候鸟迁徙出发前消化器官(胃、肠和肝)萎缩,中转停歇期则先增大,后萎缩。

对于长距离迁徙鸟类来说,器官大小的适应性表型弹性变化是一个非常重要的迁徙策略。迁徙飞行中消化器官的萎缩解释为使体重最小的策略,消化系统在长距离飞行中显然没有食物加工过程,却相当耗能,所以可能更愿意被舍弃,节约飞行中维持这些器官的能量,并且提供飞行所需燃料;另一方面,当到达一个中转站时,候鸟又非常需要一个达到完全消化容量的消化系统以尽快补充燃料,于是再重建这些器官。这一策略的利益是提高补充燃料速度和降低飞行消耗,代价是消化器官肥大和萎缩的时间、能量花费。代价和利益间的权衡,对 jumping 候鸟来说可能是有益的,至少在一些迁徙涉禽增肥时遵循这一模式。然而事实上,飞行前显著降低消化器官重量的例子大多来自 jumping 种类,迁徙途中无法停歇觅食,例如红腹滨鹬、斑尾塍鹬。对于 hopper 来说,途中可以多次降落觅食,如果消化器官采用同样的"肥大和萎缩"策略,不仅要面对能量花费,而且在时间上难以应对不确定的觅食机会,因此可能选择避免消化器官的剧烈变化。虽然 hopper 在迁徙过程中消化系统是否萎缩和肥大仍然不甚清楚,但我们的研究显示:消化器官中,细嘴滨鹬的肝增重明显,林鹬的肝仅有增重趋势,泽鹬的没有变化;而三种涉禽的砂囊大小都没有变化,基本保持稳定。从三种涉禽器官弹性变化的程度和范围来看,上述消化器官表型弹性的变化模式可能只适用于长距离不停歇迁徙的"jump"候鸟,对多次停歇迁徙的"hop"候鸟并不适用。

在生活史不同阶段、不同生理状态下,涉禽的脑和肾重量都没有变化。神经系统的调节作用和泌尿系统的排泄功能在不同生理状态下都是必须的,因此这两个器官需要保持稳定,鸟类器官表型弹性变化并不涉及这两个系统。

和越冬期泽鹬的研究结果相比,林鹬、细嘴滨鹬迁徙中转期间机体结构表型弹性程度和范围要大得多。

总而言之,长江口滨海湿地是长途迁徙水禽途中的中转站,不会做长期的停留,其能量策略是一个即发事件,并不是鸟类能量恢复的主要区域。在九段沙湿地所在的长江口滨海滩涂区域,通过对迁徙至此的长途迁徙候鸟脂肪积累量、内脏器官重量、肌肉组织增量等能量生理学研究发现,迁徙水禽补充燃料时主要增重脂肪和胸肌,脂肪是最大增重部分,其次是胸肌,它们和体重增加显著线性相关;除脑、肺、砂囊和肾重量无变化外,腿肌、心、肠、肝和骨骼肌其余部分均随体重有增重趋势。腿肌、心、肠、肝和骨骼肌其余部分均随体重有增重趋势。

第十一章 水禽生境选择模式

长江口杭州湾滩涂位于亚太地区候鸟南北迁徙必经的路径上,是过境候鸟停歇、补充能量的驿站和良好的越冬地(Wilson & Barter,1998;Barter & Wang,1989),涉禽在每年此地栖息过境的候鸟中占绝大多数。20世纪50年代后,国内外学者做了较多研究(李致勋等,1959;钱国桢等,1985;钱国桢和崔志兴,1988;王天厚和钱国桢,1988;黄正一等,1993;唐仕华和虞快,1998;陆健健等,1988),澳大利亚、日本与中国政府均签有候鸟保护协定,其中涉禽占了相当的比例,这些具有国际保护意义的迁徙候鸟每年在长江口地区驻留停歇。

随着鸟类生态学的发展,作为湿地生态系统中重要组成部分的涉禽种群数量的消长和分布,对维持生态系统的稳定性以及监测湿地生态系统的变化,均起着重要作用,是湿地生态环境的重要指标之一(Howes & Backwell,1989)。

水鸟是一类特殊的群体,它们的迁徙性以及对湿地的依赖性,导致对生境质量结构的敏感性(Haig et al.,1998;Farmer & Parent,1997)。干扰影响了鸟类对栖息地的利用,打乱了鸟类与栖息地原有的关系。本研究拟通过对长江口南岸杭州湾北岸湿地水鸟及其环境因子的调查分析,确定探讨主其要环境影响因子。

第一节 滨海滩涂实验样地涉禽生境选择特征

将长江口南岸杭州湾滨海滩涂作为实验样养地,研究涉禽生境选择模式,研究目的是:① 了解滩涂湿地的利用现状趋势和现存涉禽资源;② 分析鸟类群落变化的栖息地关键影响因子;③ 为降低滩涂工程对涉禽群落的负面效应的管理措施提供科学依据,并积极探讨沿海经济发达城市湿地中已破坏生境的恢复和重建技术,最大限度的实现自然保护和生态开发的协调。

一、研究地点

长江口南岸杭州湾北岸位于上海市滨海(30°~32°E,120°~122°N),年平均气温在16~17℃之间,年平均降雨量为1 100 mm。属于正规半日潮区,平均潮差2.5~3.4 m,最大潮差达7.5 m(Ge et al.,1999)。本研究从250余公里的海岸带上选取10个调查点(图11-1),长江口南岸(SYRE)5个,分别为五好闸(WHZ)、朝阳农场(CYF)、东海农场(DHF)、庙港(MGH)、芦潮港(LCH);杭州湾(NHB)5个,分别为星海农场(XHF)、柘林

(ZLC)、漕径(CJC)、金山嘴(JSZC)、金山卫(JSWC)。这些区域生境差异明显,均为上海市野生动植物资源普查以及水鸟栖息地优劣评价工作的重点区域(上海市农林局,2004)。该区域由于经济发展和土地需要等原因,近年来进行了不同程度的围垦,围垦区内土地利用包括农田、城市化建设、工业建设等,也有部分属于鱼、蟹塘和待开发的荒滩等人工次生湿地,受堤外潮汐环境影响较弱。样点的面积、植被类型、堤外滩宽与堤内人工湿地宽度,以及堤内滩涂的使用状况见表 11-1。

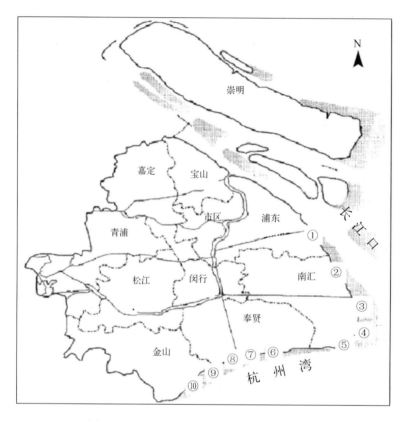

图 11-1　长江口南杭州湾北部以及所取样点

1. 五好闸;2. 朝阳农场;3. 东海农场;4. 庙港;5. 芦潮港;
6. 星海农场;7. 柘林;8. 漕径;9. 金山嘴;10. 金山卫

表 11-1　样点的调查面积、植被类型和堤内滩涂的使用状况

样点	堤　　外			堤　　内			
	面积 (hm²)	滩宽 (m)	植被类型	面积 (hm²)	滩宽 (m)	植被类型	使用情况
1. WHZ	15	150	海三棱藨草	20	50	海三棱藨草、芦苇	滞留*
2. CYF	25	100	海三棱藨草,芦苇	10	400	杂草	鱼塘
3. DHF	25	30	芦苇	25	800	海三棱藨草、芦苇、 互花米草、碱蓬	滞留
4. MG	25	20	芦苇	25	500	芦苇、互花米草、碱蓬	滞留

样点	堤　外			堤　内			
	面积 (hm²)	滩宽 (m)	植被类型	面积 (hm²)	滩宽 (m)	植被类型	使用情况
5. LCG	25	20	无	15	200	海三棱藨草、芦苇	滞留
6. XHF	25	50	芦苇	25	0	无	民房
7. ZL	25	600	海三棱藨草, 芦苇, 互花米草	25	80	杂草	鱼塘
8. CJ	25	20	芦苇	25	0	无	石化工厂
9. JSZ	25	80	无	25	0	杂草	民房
10. JSW	25	100	海三棱藨草、芦苇	25	0	无	石化工厂

样点说明见图 11-1。

＊ 指围垦后还未开发的荒地。

二、研究方法

1. 鸟类调查

各个样点分别在沿海大堤外部的自然滩涂和内部人工次生湿地两部分,堤外和堤内调查面积基本控制在较合理的 25 hm² 左右(Cogswell,1977),根据实际情况,有些样点实际面积小于 25 hm² 的,按实际面积调查,按照涉禽迁徙方式,以 3~5 月为春季,6~8 为夏季,9~11 月为秋季,12~1 月为冬季。春秋季是涉禽迁徙高峰期(王天厚和钱国桢,1988;黄正一等,1993),种类数量变化幅度大,所以每月调查一次,而夏冬季涉禽丰富度较小且较稳定(赵平等,2003;Wang & Tang,1989;1990),所以每季调查一次。器械为双筒望远镜(8 倍)两台、单筒望远镜(16~52 倍)一台、GPS 一台、测距仪一台和鸟类野外鉴定手册等。调查在低潮期开始(根据国家海洋局潮位表),平均调查约 4 h,调查时充分考虑堤内、外鸟类可利用滩地的优劣(初步以表 11-1 所示滩宽为标准)进行时间分配。统计在样方内堤外和堤内栖息或下落的水鸟数量,高空飞过的鸟类不计算在内,同时对各个样方的环境参数进行记录。采用最大值保留法(Howes & Bakewell,1989),即从数次调查的同种鸟类统计数值中保留最大值代表该鸟类的数量。

2. 生境环境参数

由于围垦堤坝内外环境有很大差异,堤外滩涂受潮汐运动影响,堤内不受潮汐影响,而且土地利用方式不一,生境类型多样,根据现有工作基础(Mark et al.,1988;Warnock & Takeawa,1995;陈水华等,2000),对堤内和堤外分别选择潜在环境因子进行测算和评估,所考察的生境参数见表 11-2。

3. 生境选择模式分析

运用典范相关分析(canonical correspondence analysis,CCA)对长江口南岸杭州湾北岸的涉禽种类和密度与所处生境环境因子进行排序及多元回归分析,得出涉禽在区域内的生境选择模式(Melles et al. ,2003;Gittins,1979;Ter,1987),以找出影响鸟类栖息的关键环境因子。统计分析工作在 SPSS12.0 和 PCORD4.0 软件包上完成。

表 11 - 2　生 境 参 数

	代　号	生 境 参 数	说　　　明
堤外	TW	滩宽（m）	低潮时整个滩涂宽度
	MW	光滩宽（m）	低潮时光滩的宽度
	PB	海三棱藨草覆盖比例（%）	海三棱藨草等低矮植被面积占滩涂比例
	PRS	芦苇/互花米草覆盖比例（%）	芦苇、互花米草、碱蓬等高植被比例
	SMW	潮上坪宽（m）	高潮时水位以上的滩涂宽度
	HN	人数（ind.）	滩涂上的人员数量,5 人为一个单位
堤内	PM	裸地比例（%）	无植被裸地面积占样地的比例
	PMSW	浅水塘比例（%）	<5 cm 的水塘面积占样地的比例
	PMDW	深水塘比例（%）	>5 cm 的水塘面积占样地的比例
	PB	海三棱藨草覆盖比例（%）	海三棱藨草等低矮植被面积占样地比例
	PRS	芦苇/互花米草覆盖比例（%）	芦苇、互花米草、碱蓬等高植被比例
	HN	人数（ind.）	样地内的人员数量,5 人为一个单位

三、结果与分析

1. 涉禽群落季节变化

2004 年 3 月至 2005 年 1 月,在长江口南岸杭州湾北岸堤内外近 500 hm² 的调查区域共观察到涉禽 25 种,数量见表 11 - 3。其中春季 14 种,夏季 9 种,秋季 17 种,冬季 6 种。环颈鸻(*Charadrius alexanadrinus*)、红颈滨鹬(*Calidris ruficollis*)、尖尾滨鹬(*Calidris acuminate*)、黑腹滨鹬(*Calidris alpina*)、细嘴滨鹬(*Calidris tenuirostris*)、青脚鹬(*Tringa nebularia*)和泽鹬(*Tringa stagnatilis*)等 7 种为优势种,占总体数量的90.65%,春季优势种为红颈滨鹬(*Calidris ruficollis*)、尖尾滨鹬(*Calidris acuminate*) 和细嘴滨鹬(*Calidris tenuirostris*);夏季为环颈鸻(*Charadrius alexanadrinus*)、青脚鹬(*Tringa nebularia*)和蒙古沙鸻(*Charadrius mongolus*);秋季为环颈鸻(*Charadrius alexanadrinus*)、红颈滨鹬(*Calidris ruficollis*)和青脚鹬(*Tringa nebularia*);冬季为环颈鸻(*Charadrius alexanadrinus*)、黑腹滨鹬(*Calidris alpina*)和泽鹬(*Tringa stagnatilis*),其数量均超过各季节总数的 80%。四季鸟类群落数量比为 8:1:5:3,春秋季为迁徙高峰期,数量最多;夏季为繁殖期,在中转站能观察到的数量最少;冬季有一定量的越冬鸟类。

表 11-3 2004/2005 年涉禽数量调查结果(春秋季以平均数±标准差表示)

种 类	春 季	夏 季	秋 季	冬 季	年比例
环颈鸻 Charadrius alexanadrinus	—	**60**	377.67±311.50	134	22.30%
红颈滨鹬 Calidris ruficollis	**310.33±125.50** *	15	221.33±121.50	—	21.29%
尖尾滨鹬 Calidris acuminate	**478.33±332.50**				18.64%
黑腹滨鹬 Calidris alpina	45.67±33.48		2.33±4.04	203	9.75%
细嘴滨鹬 Calidris tenuirostris	**244.67±151.46**				9.55%
青脚鹬 Tringa nebularia	7.33±7.51	**25**	84.0±24.0	33	5.81%
泽鹬 Tringa stagnatilis	25.33±14.50	—	4.33±5.13	**56**	3.31%
黑尾塍鹬 Limosa limosa	47.33±16.74	—	12.67±3.51		2.34%
蒙古沙鸻 Charadrius mongolus	3.0±3.0	**40**	7.33±2.52		1.95%
鹤鹬 Tringa erythropus	1.0±1.73			26	1.05%
中杓鹬 Numenius phaeopus	25.33±14.50				0.97%
红腰杓鹬 Numenius madagascariensis	3.0±3.0	2	13.33±13.50		0.70%
金眶鸻 Charadrius dubius	—	5	12.0±12.0		0.66%
弯嘴滨鹬 Calidris ferruginea	—		8.33±14.33		0.31%
翘嘴鹬 Xenus cinerea	6.33±6.51		1.33±1.53		0.27%
黑翅长脚鹬 Himantopus himantopus	—	4	2.0±3.46		0.23%
红脚鹬 Tringa totanus	2.0±1.0	3			0.19%
矶鹬 Tringa livpoleucos	—			4	0.16%
灰斑鸻 Pluvialis squatarola	—		3.0±5.19		0.12%
灰头麦鸡 Vanellus cinereus	—	2			0.08%
剑鸻 Charadrius hiaticula	—		2.33±0.58		0.08%
斑尾塍鹬 Limosa lapponica	1.67±2.89				0.08%
扇尾沙椎 Gallinago gallinago	—		2.33±4.04		0.08%
灰鹬 Tringa incana	—		1.0±1.73		0.04%
金斑鸻 Pluvialis dominica	—		0.67±1.15		0.04%
鸟类总数	1 199.33±266.24	156	754.67±91.1	456	

＊ 黑体字表示的为各季节的优势种,其数量之和占 80% 以上;— 表示样点内没有观察到此鸟类。

2. 堤内外鸟类比例季节差异

长江口杭州湾的涉禽在围垦堤外滩涂和堤内可利用的区域都有分布。由图 11-2a 可知,堤内外鸟类物种数量大致相等,差异不明显($F=0.38$,$p=0.58$)。但各季节鸟类平均密度差异显著($F=6.80$,$p=0.04$)(图11-2b),春夏季大部分涉禽分布在堤内,而秋冬季节堤内鸟类减少,堤外数量大幅增加。

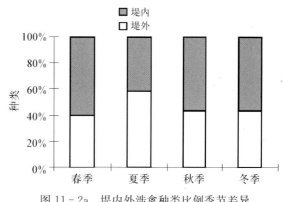

图 11-2a 堤内外涉禽种类比例季节差异

3. 生境选择模式分析

由于春秋季是涉禽的迁徙高峰期,数量种类较丰富,因此以堤外生境参数结合春

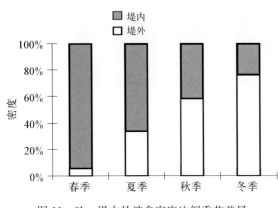

图 11 - 2b　堤内外涉禽密度比例季节差异

秋季生境中的鸟类群落特征参数排序整合成 CCA 散点图(图11-3),箭头线段表示涉禽群落矢量化特征,生境参数分布点对线段的投影距离和方向代表了环境变量和鸟类群落的相对关系。由表 11 - 4、图11-3a,因子信息量 Axis 1=39.4%,Axis 2=33.7%可知,堤外滩宽(TW)和光滩宽(MW)在矢量线段上的投影距离相对较短,而且落在正方向,说明对丰富鸟类种类和密度的增加起关键作用。海三棱藨草覆盖比例(PB)对鸟类密度影响较大,潮上坪宽度(SMW)对鸟类种类数的增加有一定作用。滩上人数(HN)的投影点落在矢量线段的负方向。芦苇(*Phragmites communis*)/互花米草(*Spartina alterni flora*)覆盖比例(PRS)对涉禽群落作用不大。

部分围垦堤内样点类型为民居或工厂(表 11 - 1),四季皆没有观察到涉禽,分析时为避免干扰总体模型而归为无效样点,以分析有效样点内鸟类群落的生境选择为主。由表 11 - 4(图 11 - 3b,因子信息量 Axis 1=59.3%,Axis 2=16.8%)可知,堤内浅水塘比例(PMSW)和裸地比例(PM)在矢量线段上的投影距离较短,而且落在正方向,对丰富鸟类种类和密度的增加起关键性作用。海三棱藨草覆盖比例(PB)也对鸟类群落有利,影响稍弱,对鸟类密度影响较大。芦苇/互花米草覆盖比例(PRS)、滩上人数(HN)和深水塘比例(PMDW)投影点落在矢量线段的负方向,不利于鸟类栖息。

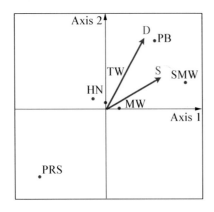

图 11 - 3a　调查点涉禽生境选择模式
(围垦堤外)

S——种类;D——密度,生境参数参见表 11 - 2

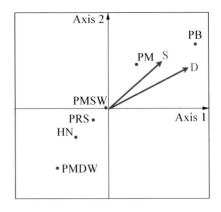

图 11 - 3b　调查点涉禽生境选择模式
(围垦堤内)

S——种类;D——密度,生境参数参见表 11 - 2

表 11 - 4 主成分分析总方差分解表

主成分	堤　外			堤　内		
	特征根	贡献率（%）	累积贡献率（%）	特征根	贡献率（%）	累积贡献率（%）
1	2.360	39.338	39.338	3.557	59.277	59.277
2	2.021	33.681	73.019	1.004	16.740	76.017

四、讨论

1. 涉禽群落季节变化

长江口杭州湾是涉禽在迁徙路线上的中转站，由本次调查的结果可知，春秋季为主要迁徙期，鸟类数量比例较大，细嘴滨鹬、尖尾滨鹬及红颈滨鹬等为优势种，这与澳大利亚统计到的迁飞鸟类群落数量比例相近（Barter，2000；Skewes，2003；Gosbell et al.，2002；Minton et al.，2005）。由于春季北迁高峰期在 5 月底结束，因此，夏季鸟类组成较为简单，大多为短途间歇迁徙型群落和零散个体，数量最少。涉禽夏季在北半球繁殖结束后，秋季向南半球的越冬地迁飞，故可以在长江口杭州湾观察到。但有研究表明，与春季不同，部分长距离迁徙水禽可以越过本研究区域直接到达目的地（Battley et al.，2004；Battley & Piersma，2005；Ma et al.，2002a），这可能是造成调查中鸟类群落组成变化以及数量上减少的原因。相关研究结果表明冬季有一定数量的涉禽在长江口杭州湾滩涂越冬（黄正一等，1993；赵平等，2003），本次调查中也得出相同的结论，鸟类数量较夏季多，但种类丰富度不高，可能是由于鸟类本身受冬季环境气候条件限制，种类数较少。

2. 堤内外涉禽分布与生境选择

由相关滨海滩涂调查可知，湿地的变化主要是由围垦造成的，过大的围垦强度使沿海滩涂大幅度萎缩，堤外自然滩涂不断变窄，使得高潮水期潮水将淹没滩涂和潮上坪（谢一民等，2004；上海市农林局，2004），而行为形态学研究发现由于涉禽形态特征和生活习性决定了其不能在过深的水域取食和栖息（Hervey，1970），所以在高潮水期将被迫迁至附近堤内次生湿地，如鱼塘、农田和部分滞留未使用滩地，有些鸟类迁至较近的可利用滩涂（胡伟等，2000；唐承佳等，2002），此次调查中也可以发现部分样点堤外滩涂虽然较窄，但如具备堤内有效滩地生境，则仍可支持一定种类数量的涉禽觅食和栖息。

围垦堤外滩涂生境的滩地性质、植被群落和潮水等环境参数变化较有规律，是涉禽典型的利用生境，由图 9 - 3a 可知，在低潮期鸟类偏向选择滩宽和光滩较宽，低矮植被如海三棱藨草等植被较丰富的滩涂活动。而高植被如芦苇、互花米草等植被区域，涉禽一般不利用。潮上坪宽度在早期的研究中对鸟类群落起决定性作用（王天厚和钱国桢，1988）。但由于地貌的改变，由表 11 - 1 可知，调查中没有堤内外均为有效滩地（即较宽滩涂）的样点，部分样点由于深水围垦几乎没有潮上坪，故鸟类一般在堤内有效生境活动，这与相关研究结果一致（胡伟等，2000；唐承佳等，2002），所以此因子在堤外生境选择模型中没有决定性作用。

在围垦堤内次生湿地区域,人类活动较多样化,滩地性质、植被群落格局和水文性质受人为控制,规律性低。生境选择模型可以总结出,堤内浅水滩塘和裸地比例对涉禽群落起决定性作用,一些样地具有大面积的薄水层(2～5 cm 的水膜)和一定面积的裸地,比如在春季东海农场堤内的滞留滩地和冬季的朝阳农场鱼塘,鸟类比例可以达到 10 只/hm² 以上的程度。但调查中发现,秋季东海农场堤内水床干涸,底栖动物匮乏,栖息于此的鸟类也开始减少。春季因渔业需要,朝阳农场和柽林等地鱼塘内水位被人为放高,由于涉禽不能在过深的水域取食和栖息(Hervey,1970),导致鸟类数量大大减少,甚至没有观察到。低矮植被可以起到隐蔽作用,所以也有利于鸟类利用。但堤内人类活动干扰性较堤外大,为经济目朝阳农场内密植了大面积的芦苇,因此涉禽的有效栖息地面积有所下降,并受惊扰的现象时有发生。

长江口杭州湾区域社会经济特点决定了强度较大的人类活动,对沿海滩涂的围垦开发利用、旅游、捕获海产品和猎杀鸟类等因素都可能干扰涉禽的取食和栖息(Barter et al.,1997;马鸣等,1998),影响了鸟类对栖息地的利用,所以寻得一个自然与经济和谐可持续发展的平衡点是重中之重。

第二节　人工湿地水禽生境选择特征

从全球范围来看,自然湿地正面临人为干扰和环境变化的巨大压力(Turner et al.,2000;Froneman et al.,2001)。近几十年来,天然湿地面积不断萎缩、恶化或变质,因此人工湿地开始出现,成为保护和维持湿地生态系统及生物多样性的一个手段(Lu,1990;Kennish,2001;Tourenq et al.;2001)。一些研究比较了天然湿地和人工湿地对于鸟类的不同作用(Ogden,1991;Streever et al.;1996;Duncan et al.;1999;West et al.,2000)。从而提出人工湿地能够提供适宜的生境来维持水鸟的越冬、迁徙停留,甚至繁殖等活动。但鸟类作为湿地生态系统中的重要组成部分,生境的异质性是影响群落的重要因子,水鸟的迁徙性及对湿地的依赖性,决定了它们对环境的敏感程度(Farmer et al,1997;Haig et al,1998),自然湿地对鸟类有着特殊的功能,如可以支持丰富的鸟类物种和巨大的数量,所以其也难以为人工湿地所取代(Ma et al.,1999;Tourenq et al.,2001)。

保护生物学的首要工作就是鉴别不同地区的生物丰富度来判断不同地区的相对重要性,从而确定优先实施物种保护的区域和建立物种保护的各项措施(Sutherland,2000)。崇明东滩国家级鸟类自然保护区由于地处长江入海口,位于"东亚—澳大利亚"候鸟迁徙路线的中部(Minton,1982;Wilson & Barter,1998),其良好的生态环境及丰富的食物资源吸引了大量的迁徙水禽在此停息、越冬,其中转站作用对于鸟类完成生活史有着重要意义。近年来,随着围垦的加重,迁徙水鸟在崇明东滩的栖息、逗留和越冬面临着栖息地缩小的困境(谢一民等,2004)。

崇明东滩湿地堤内主要开发为鱼、蟹养殖塘等人工次生湿地,但作为保护区的缓冲部分,应对鸟类的栖息仍起着重要作用,但由于围垦初期这些鱼、蟹塘没有得到很好的管理,没有成为水鸟合适的栖息地,故鸟类种类和数量较堤外自然湿地要低(Ma et al.，2004）。

但此人工湿地也有发现一些重要物种，尤其是世界种群数量极少的白头鹤（*Grus monacha*）和黑脸琵鹭（*Platalea minor*）（上海农林局，2002；2004）。基于上海市政府从湿地保护和土地合理利用的意向，人工次生湿地生态系统的恢复和重建将是湿地管理的重中之重，而了解不同生境的物种分布及规律是首要工作。故在1998年围垦的大堤内开展鸟类分布与栖息状况的研究，其研究结果可为湿地恢复工程提供鸟类栖息地选择的基础资料，进而为湿地恢复和重建工程中人与自然协调发展提供理论依据。

一、研究地点

春秋两季是涉禽（主要是涉禽类）迁徙季节，而春季迁徙候鸟的数量和种类要远大于秋季（王天厚和钱国桢，1988；Ma et al，2002a），同时，冬季鸟类群落结构较稳定，数量和种类较多（黄正一等，1993；赵平等，2003），所以在2004年12月至2005年1月（冬季）和2005年3月至5月（春季）进行鸟类调查，每月调查10天左右。研究地点选择在靠近保护区核心区附近的东滩98海堤内次生人工湿地，该区域均为鱼塘—芦苇区，总面积为10.7 km²（上海农林局，2004）。在最邻近核心区的人工湿地内选择4个样方，每个样方面积为1000 m×500 m，具体方位为（A）31°28′53.0″N，121°55′28.8″E；（B）31°29′65.2″N，121°55′50.7″E；（C）31°30′23.7″N，121°56′16.6″E；（D）31°30′94.1″N，121°56′38.1″E（图11-4）。选样时充分考虑水位、水面积、植被盖度、鱼类捕捞和人类干扰因素的典型性，以便对鸟类群落分布进行有效分析。

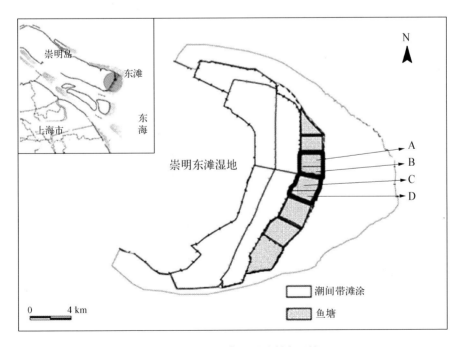

图11-4　人工次生湿地研究区域

A、B、C、D样点为1998年的大堤内鱼塘

二、研究方法

1. 鸟类调查

采用样点法,在每个样方上定点定时(调查时间为清晨至上午,约 4 h)调查鸟类数量,统计在该样方栖息或下落的水鸟数量,飞过的鸟类不计算在内。同时对各个样方的环境指标进行记录。器械为双筒望远镜(8 倍)两台、单筒望远镜(16～52 倍)一台、GPS 一台、测距仪一台;《鸟类野外鉴定手册》(Mackinnon et al. ,2000)等。数量较大的群体采取"集团统计法"(Howes & Bakewell,1989),即将水禽分成不同的小集团,每个集团可以为 10 个、100 个、1 000 个水禽(根据群数大小而定),根据对集团数的统计推算鸟类的总数以及群体中各种类所占的百分比。针对调查中有重复的鸟类数据,采用最大值保留法(Howes & Bakewell,1989;Ge et al. ,2005),即从数次调查的同种鸟类统计数值中保留最大值代表该鸟类的数量。根据常规的鸟类群落优势度划分的方法,将种群数量超过鸟类群落总数 10% 的种群定为优势种。

鸟类群落特征共统计种类、数量、Shannon-Weiner(H′)多样性指数(马克平,1994)、Pielou(E′)均匀度指数(Pielou,1975)和 G－F(科-属多样性)指数(蒋志刚和纪力强,1999)。同时使用 Shannon-Weiner 指数和 G－F 指数,可更为全面地反映群落生态特征多样性(张淑萍等,2002)。

2. 栖息地环境因子调查

在调查样方内对塘内水位高度、水面积比例、植被盖度、底栖动物密度、鱼类捕捞、人类干扰性 6 个环境因子进行评估。其中,水位高度——样方内各鱼塘水位平均高度;水面积比例——调查样方内水体面积占样方总面积的比例;植被盖度——芦苇的相对盖度;底栖动物密度——在每个样方设 15 个采样点,每个采样点设置 50 cm×50 cm 样方一块,用铁铲挖取土样,用 40 目筛子分离底栖动物,统计大致数量;鱼类捕捞——根据调查的鱼塘捕捞情况,分为 3 个等级:① 尚未捕捞,还剩有较多的鱼类;② 经过捕捞,只留有较少的鱼类;③ 已经捕捞完毕,基本无鱼类。等级越高,说明所调查区域鱼类的丰富度越高。人类干扰性——根据调查的鱼塘开放性,分为 3 个等级:① 封闭性鱼塘,鱼塘被铁丝网围住,外人不可进入;② 半开放性鱼塘,人类活动较少;③ 开放性鱼塘,人员可以随意进出。等级越高,则人类干扰性越小。

3. 数据统计

在堤内人工湿地区,将鸟类调查与相应环境结合,进行多元回归分析,使用 Stepwise(梯度分析)法,无法建立梯度模型的就使用 Enter(强进入)法(卢纹岱,2000)。依此进行鸟类群落特征与环境影响因子进行分析,建立适合鸟类栖息的最佳生境模型。统计工作在 SPSS11.0 软件包上完成。

三、结果与分析

1. 鸟类群落结构

冬季调查共计鸟类 8 目 15 科 56 种,8 226 只,其中白鹭(*Egretta garzetta*)、环颈鸻(*Charadrius alexandrinus*)、黑腹滨鹬(*Calidris alpina*)、斑嘴鸭(*Anas poecilorhyncha*)

和绿翅鸭(*Anas crecca*)等为优势种,游、涉禽占总数量的99.42%。鸥科鸟类也占有一定数量。雀形目等陆生鸟类较少。

春季调查共计鸟类10目19科55种,4 270只,雁鸭类等游禽和鸥科鸟类数量下降,而涉禽数量增加,占总数量的90.40%(表11-5)。鹤鹬(*Tringa erythropus*)、泽鹬(*Tringa stagnatilis*)、白腰草鹬(*Tringa ochropus*)、林鹬(*Tringa glareola*)、环颈鸻(*Charadrius alexandrinus*)、黑翅长脚鹬(*Himantopus himantopus*)数量占优势,赤颈鸭(*Anas penelope*)和绿翅鸭(*Anas crecca*)次之。雀形目等陆生鸟类数量也叫冬季升高。

表11-5　2004~2005年冬、春季崇明东滩堤内鱼塘—芦苇区鸟类调查结果

种　　类	居留类型	数　　量	
		冬　季	春　季
一、䴙䴘目			
(一)䴙䴘科			
1. 小䴙䴘 *Podicips ruficollis*	留	77	1
二、鹈形目			
(二)鸬鹚科			
2. 普通鸬鹚 *Phalacrocorax carbo*	旅	22	4
三、鹳形目			
(三)鹭科			
3. 牛背鹭 *Bubulcus ibis*	夏		16
4. 苍鹭 *Ardea. cinerea*	留	18	3
5. 池鹭 *Ardeola bacchus*	夏		2
6. 大白鹭 *Egretta alba*	冬	24	6
7. 中白鹭 *E. intermedia*	旅		1
8. 白鹭 *E. garzetta*	夏	1 266	8
9. 黑鸦 *Dupetor flavicollis*	夏		1
10. 大麻鸦 *Botaurus stellaris*	冬	1	
11. 黄苇鸦 *Ixobrychus sinensis*	夏		1
(四)鹮科			
12. 黑脸琵鹭 *Platalea. minor*	旅	1	12
四、雁形目			
(五)鸭科			
13. 鸿雁 *Anser cygnoides*	冬	124	
14. 豆雁 *A. fabalis*	旅	1	
15. 小天鹅 *Cygnus. columbianus*	冬	3	
16. 翘鼻麻鸭 *Trdorna tadorna*	冬	11	
17. 针尾鸭 *Ansa acuta*	冬	66	
18. 绿翅鸭 *A. crecca*	冬	140	57
19. 罗纹鸭 *A. falcata*	冬	103	
20. 绿头鸭 *A. platyrhynchos*	冬	222	
21. 斑嘴鸭 *A. poecilorhyncha*	冬	3 782	35
22. 赤颈鸭 *A. penelope*	冬	113	134
23. 白眉鸭 *A. querquedula*	冬	3	47
24. 琵嘴鸭 *A. clypeata*	冬	50	8

种　　类	居留类型	数　　量	
		冬　季	春　季
25. 斑背潜鸭 *A. marila*	冬	1	
26. 鸳鸯 *Aix galericulata*	旅	3	
27. 普通秋沙鸭 *Mergus merganser*	冬	20	
28. 红胸秋沙鸭 *M. serrator*	旅	1	
五、鸡形目			
（六）雉科			
29. 鹌鹑 *Coturnix coturnix*	冬		1
六、鹤形目			
（七）鹤科			
30. 灰鹤 *Grus grus*	旅	1	
31. 白头鹤 *G. monacha*	冬	25	
（八）秧鸡科			
32. 白胸苦恶鸟 *Amaurornis phoenicurus*	夏	1	
33. 黑水鸡 *Gallinula chloropus*	留	41	2
34. 骨顶鸡 *Fulica atra*	冬	116	
七、鸻形目			
（九）鸻科			
35. 凤头麦鸡 *Vanellus vanellus*	冬	126	
36. 灰斑鸻 *Pluvialis squatarola*	旅	20	18
37. 金鸻 *P. dominica*	旅		1
38. 环颈鸻 *Charadrius alexandrinus*	旅	566	196
39. 蒙古沙鸻 *C. mongolus*	旅		2
（十）鹬科			
40. 中杓鹬 *Numenius phaeopus*	旅		268
41. 红腰杓鹬 *Numenius madagascariensis*	旅	24	1
42. 黑尾塍鹬 *Limosa limosa*	旅	32	
43. 鹤鹬 *Tringa erythropus*	旅	66	271
44. 红脚鹬 *T. totanus*	旅	6	3
45. 泽鹬 *T. stagnatilis*	旅	6	233
46. 白腰草鹬 *T. ochropus*	冬	1	49
47. 青脚鹬 *T. nebularis*	冬	75	102
48. 林鹬 *T. glareola*	旅	2	46
49. 矶鹬 *T. hypoleucos*	留	6	5
50. 针尾沙锥 *Gallinago stenura*	旅		11
51. 扇尾沙锥 *G. gallinago*	冬	18	23
52. 红颈滨鹬 *Calidris ruficollis*	旅		5
53. 细嘴滨鹬 *C. tenuirostris*	旅		2 435
54. 尖尾滨鹬 *C. acuminata*	旅		2
55. 黑腹滨鹬 *Calidris alpina*	冬	261	21
（十一）反嘴鹬科			
56. 黑翅长脚鹬 *Himantopus himantopus*	旅	5	168

种　　类	居留类型	数　　量	
		冬　季	春　季
八、鸥形目			
(十二) 鸥科			
57. 黑尾鸥 *Larus crassirostris*	冬	266	
58. 海鸥 *L. canus*	冬	16	
59. 银鸥 *L. argentatus*	冬	370	2
60. 红嘴鸥 *L. ridibundus*	冬	2	
61. 黑嘴鸥 *L. saundersi*	冬	24	
62. 白翅浮鸥 *Childonias leucoptera*	旅		1
63. 普通燕鸥 *Sterna hirundo*	旅	50	
九、佛法僧目			
(十三) 翠鸟科			
64. 普通翠鸟 *Alcedo atthis*	留		1
十、雀形目			
(十四) 百灵科			
65. 云雀 *Alauda arvensis*	冬		10
(十五) 燕科			
66. 家燕 *Hirundo rustica*	夏		5
(十六) 鹡鸰科			
67. 白鹡鸰 *Motacilla alba*	旅		2
68. 黄鹡鸰 *M. flava*	旅		1
69. 水鹨 *Anthus spinoletta*	冬		1
(十七) 伯劳科			
70. 棕背伯劳 *Lanius schach*	留	3	
(十八) 椋鸟科			
71. 灰椋鸟 *Sturnus cineraceus*	冬		23
72. 丝光椋鸟 *Sturnus sericeus*	留		2
73. 八哥 *Acridotheres cristatellus*	留		1
(十九) 鹟科鸫亚科			
74. 北红尾鸲 *Phoenicurus auroreus*	冬	2	
75. 红胁蓝尾鸲 *Tarsoger cuamiris*	冬	5	
(二十) 鹟科画眉亚科			
76. 震旦鸦雀 *Paradoxornis heudei*	留	2	1
77. 灰头鸦雀 *P. gularis*	留		2
(二十一) 鹟科莺亚科			
78. 东方大苇莺 *Acrocephalus. orientalis*	旅	3	
(二十二) 鹟科鹟亚科			
79. 鸲(姬)鹟 *Ficedula mugimaki*	旅		1
(二十三) 文鸟科			
80. 麻雀 *Passer montanus*	留	17	1
(二十四) 雀科			
81. 芦鹀 *Emberiza schoeniclus*	冬	16	11
82. 田鹀 *E. rustica*	冬		6

2. 鸟类群落特征季节差异

冬季样方 A 鸟类数量最少,优势种类为白鹭(*Egretta garzetta*)、环颈鸻(*Charadrius alexandrinus*)和黑腹滨鹬(*Calidris alpina*),物种多样性(H′)较高,但科属多样性(G-F 指数)最低,说明鸟类只分布在少数几个科里;样方 B 的鸟类数量最多,优势种为斑嘴鸭(*Anas poecilorhyncha*)和绿翅鸭(*Anas crecca*)等游禽为主,物种多样性和 G-F 指数较高;样方 C 和样方 D 的鸟类种类最多,数量、物种多样性和 G-F 指数也较高,样方 C 的优势种为白鹭(*Egretta garzetta*)和斑嘴鸭(*Anas poecilorhyncha*),样方 D 的优势种为白鹭(*Egretta garzetta*)和黑腹滨鹬(*Calidris alpina*)。样方鸟类数量差异为 B,C>D>A,均匀性指数(E′)梯度为 D,A>B,C(表 11 - 6)。

表 11 - 6　2004～2005 年冬春季堤内鱼塘—芦苇区鸟类群落的样方调查统计

群　落　特　征		样　方			
		A	B	C	D
冬　季	种类	15	27	33	33
	数量	731	3 302	2 738	1 455
	多样性指数 H'	2.967 2	2.762 9	2.800 5	3.652 7
	均匀度 E'	0.759 5	0.581 1	0.555 2	0.724 1
	$G - F$ Index	0.051 8	0.525 6	0.523 5	0.499 9
春　季	种类	22	20	26	27
	数量	733	297	1 537	1 703
	多样性指数 H'	3.578 1	3.480 2	2.921 3	3.270 0
	均匀度 E'	0.761 2	0.731 9	0.655 1	0.756 6
	$G - F$ Index	0.341 3	0.300 7	0.080 1	0.694 4

春季样方 A 鸟类种类和数量较少,优势种为鹤鹬(*Tringa erythropus*)、泽鹬(*Tringa stagnatilis*)、白腰草鹬(*Tringa ochropus*),物种多样性最高,G-F 指数一般;样方 B 内种类和数量最少,优势种为林鹬(*Tringa glareola*)和环颈鸻(*Charadrius alexandrinus*),其 G-F 指数较低;样方 C 的鸟类种数和数量较多,优势种为环颈鸻(*Charadrius alexandrinus*)、鹤鹬(*Tringa erythropus*)、泽鹬(*Tringa stagnatilis*)和黑翅长脚鹬(*Himantopus himantopus*),但物种多样性和 G-F 指数最低,说明数量较多的鸟类只分布在少数几个科里;样方 D 的鸟类种类数最多,优势种为黑翅长脚鹬(*Himantopus himantopus*)、青脚鹬(*Tringa nebularis*)、泽鹬(*Tringa stagnatilis*)、赤颈鸭(*Anas penelope*)和绿翅鸭(*Anas crecca*),其物种多样性和 G-F 指数较高。各样方鸟类数量差异为 D、C>A>B,均匀性指数较为平均(表 11 - 6)。

3. 人工次生湿地环境因子

在鸟类调查同时,对 4 个样方的环境特征进行了测算和评估,有关样方在冬、春两季不同的环境特征见表 11 - 7。

表 11 - 7 冬、春季 4 个样方的相关环境因子

环 境 因 子		样 方			
		A	B	C	D
冬 季	水位(cm)	15	100	50	20
	水面积比例(%)	10	70	40	10
	植被盖度(%)	10	40	40	50
	底栖动物密度(ind. /m²)	5	15	15	10
	鱼类捕捞	1	3	2	1
	人类干扰性	2	3	2	2
春 季	水位(cm)	30	50	5	10
	水面积比例(%)	20	10	30	70
	植被盖度(%)	20	10	25	50
	底栖动物密度(ind. /m²)	100	50	20	200
	鱼类捕捞	1	1	2	2
	人类干扰性	2	3	3	2

4. 鸟类生境选择模型

2004 年冬季崇明东滩人工次生湿地内鸟类种类、数量和均匀性指数(E')与环境因子可以建立 Stepwise(梯度分析)多元回归模型,物种多样性指数(H')和科-属多样性($G-F$ 指数)与环境因子建立 Enter(强进入)模型。2005 年春季鸟类种类、数量和科属多样性与环境因子可以建立 Stepwise 多元回归模型,物种多样性指数(H')和均匀性指数(E')与环境因子建立 Enter 模型。模型相关性系数(r)均大于 0.9,具有统计学意义,其关键因子显著性结果见表 11 - 8。

冬季调查区域鸟类种类数与植被盖度呈显著正相关,水位、水面积比例和鱼类捕捞显著影响鸟类数量、鸟类多样性与科-属多样性。冬季塘内主要为雁鸭类(表 11 - 5),对水位及水面积有一定要求,植被作为人与鸟类的屏障也是比较重要的因子,底栖动物密度在样方内差异不大,但也与鸟类数量和群落均匀度相关。塘内人类干扰不大,故对鸟类影响不明显。

春季堤内鱼塘的水位与鸟类种类和数量呈显著负相关($t_{种类} = -5.036$,$t_{数量} = -5.676$),水面积与鸟类数量呈正相关,鸟类多样性和均匀性明显受水位、水面积和植被盖度影响,鸟类科-属多样性与底栖动物密度显著相关。春季鸟类主要为涉禽类(表 11 - 5),其主要食物不是鱼类,所以捕捞状况对整体鸟类群落影响不大。

表 11-8　冬、春季鸟类群落与环境影响因子的相关显著性

群落特征		环境因子					
		水位	水面积比例	植被盖度	底栖动物密度	鱼类捕捞	人类干扰性
冬季	种类			0.047*			
	数量	0.014*	0.002**		0.035*		
	多样性指数 H′a	<0.001	<0.001			<0.001	
	均匀度 E′				0.049*		
	G-F Index a	<0.001	<0.001			<0.001	
春季	种类	0.037*					
	数量	0.030*	0.048*				
	多样性指数 H′a	<0.001	<0.001	<0.001			
	均匀度 E′a	<0.001	<0.001	<0.001			
	G-F Index				0.026*		

　　* $P < 0.05$，** $P < 0.01$；a 强进入法(Enter method)，$P < 0.001$，相关性极显著；空格：无显著性。

四、讨论

1. 鸟类群落及其环境影响因子

　　长江口滨海滩涂湿地变化主要是由围垦造成的：过快的围垦速度使沿海滩涂大幅度萎缩，宽度不断变窄，使得高潮水期潮水将淹没滩涂和原有的潮上坪。由于崇明东滩围垦后，海堤内围垦的区域被开发成鱼塘、蟹塘和农田等次生湿地，食物资源仍然比较丰富，具有一定的隐蔽性与抗干扰性，可以记录到白头鹤、小天鹅、黑脸琵鹭、震旦鸦雀（*Paradoxornis heudei*）和黑翅长脚鹬等珍稀鸟类。相关研究表明，鹤类对湿地表现出不同程度的依赖，某些种类已适应于人工湿地（Harris，1994）。雁形目中的鸿雁、豆雁（*Anser fabalis*）、小天鹅等以及鹤类白天在堤外取食，晚上回到堤内鱼蟹塘歇息。对涉禽类的行为学研究发现，涉禽类的形态特征和生活习性决定其不能在过深的水域取食和栖息（Hervey，1970），所以在高潮水期将被迫迁至附近堤内可利用滩涂（胡伟等，2000）。

　　滨岸潮滩生态系统中，各种群落的生存和数量与其周围环境因子存在相互依赖、相互制约的关系，即保持一种动态平衡状态。分析研究区域的鸟类群落的物种多样性和相关环境因子的关系表明，堤内鱼蟹塘的生境质量不尽相同，不同塘中所栖息的水鸟种类、数目、多样性等指标均有显著差别。冬季的样方 D、B、C 在鸟类群落的物种多样性和科属多样性都大于样方 A。这是由于冬季其他鱼塘的鱼类已被捕捞，水位放到最低点，而样方 D、B、C 因为鱼塘没有收获鱼类，食物资源水位保持着一定高度和面积，鱼类和底栖动物变化不大，而且塘中有成片的芦苇分布，为水禽的隐蔽提供了条件，加之鱼塘用铁丝网包围，因此样方中可见斑嘴鸭、针尾鸭（*Ansa acuta*）、绿翅鸭，多达千余只。

春季样方 D 的鸟类多样性和 G-F 指数最高,样方 A 为较高,其次为样方 B 和样方 C。经过一个冬季的修整,所有的鱼蟹塘内已积累了约 2～10 cm 不同深度的水,在一些废弃的潮沟内也积聚了一定深度的水,这又为雁鸭类、涉禽类和黑脸琵鹭的栖息提供了非常好的条件。与冬季一样,调查区域春季的水位、水面积比例、植被盖度、食物丰富度和人类干扰仍是影响鸟类多样性和科属多样性的重要环境指标。但由于 4 月下旬鱼蟹塘内的人工注水收鱼,以抬高鱼蟹塘的水位至平均 60～80 cm。所以很难观察到涉禽类、黑脸琵鹭等需要较低水位和一定光滩面积的鸟类。

2. 水禽栖息地最适模型及相关建议

崇明东滩既是春秋季迁徙水鸟的停歇地和中转站,又是越冬鸟类的栖息地,实际调查发现鱼蟹塘的人为排放水是导致水鸟数量差异的主要因素。冬季是养殖户收获的季节,为了更加方便地收获鱼蟹,养殖户将鱼蟹塘内的水全部排出,使整个养殖塘的底部全部裸露,并一直晒塘至第二年春季,同时,收获时人为干扰较为严重;春季为了鱼蟹养殖的需要又会升高水位,因此冬季优势群落雁鸭类和春季优势群落涉禽类均无法有效利用。所以,不同的季节水位与水面积应进行不同调整。雁鸭类栖息所需水位在 100 cm 以上,所以冬季在示范区内应该保持一定深度的水位,以便雁鸭类栖息和觅食。同时保留一定比例的浅水区域和光滩给部分涉禽,以增加鸟类多样性。而春季在示范区内应设置足够的浅水区(2～5 cm 的浅水层),以便涉禽的栖息和觅食(王天厚等,2003)。

鱼塘周围高大的芦苇阻挡了人类活动的干扰,呈斑块分布的芦苇为水鸟的栖息和觅食提供了安静的环境条件,同时也为一些以芦苇群落为唯一栖息地的鸟类提供了栖息场所。但是植被盖度过大不利于水鸟的水面净空间的需要,只有适宜的植被盖度才能为水鸟提供良好的栖息环境。在相对自然的大面积湿地中,食物是影响水鸟分布的最重要因子(Erwin,1993),但这不一定适用于异质的片断化区域,而且鱼塘内资源较丰富,所以底栖动物尚未成为关键限制因子。调查中的鱼塘多采用半开放管理,没有发现较大的人类活动,较少外来人员对鸟类的直接干扰。但每年统计的非法猎鸟现象仍较严重,应该加以重视。针对以上结果分析,在崇明东滩人工湿地可以提出兼顾开发和水禽保护的利用模式。

第十二章　涉禽环境容纳量

　　动物迁徙是某一特定地区种群密度周期性变化的一种主要原因。影响种群数量变动的基本因素包括内部与外部因素。内部因素主要指决定种群繁殖特性的因素,外部因素包括影响种群动态的食物、天敌、气候等(孙儒泳,2001)。动物在迁徙过程中的数量变化主要以外部因素所主导,而且最为依赖的是途径栖息地的质量。

　　衡量栖息地被物种所利用的价值,首先要研究栖息地资源对物种的环境容纳量,环境容纳量是指某一特定生境所能容纳种群的最大数量。这里的"容纳"就是为种群提供的如食物、空间等生存条件。这一术语近来被广泛运用于评价某一栖息地对迁徙水禽的价值,栖息地对于鸟类的环境容纳量被定义为整年或整个季节所能支持的鸟类最大数量(Goss-Custard et al.,2002)。环境容纳量的预测对于科学评估和管理自然保护区资源(尤其是食物)管理政策,以及维持、增加其保护价值是必不可少的。但此关键性工作在国内较少开展。

　　九段沙湿地成陆仅50余年,是继崇明岛、长兴岛/横沙岛之后,长江口形成的第三代泥沙冲击型沙洲,具有较典型的河口湿地地形地貌和生态系统特征,常年无人居住且人为干扰较小,物种资源丰富,2005年被列为国家级湿地自然保护区。九段沙湿地位于"东亚—澳大利亚"涉禽迁徙路线的中部,迁徙期有大量涉禽经过。根据九段沙新生干扰低,以及春秋迁徙季节涉禽时空分布和食性生态位与其他水禽有较大分离的特性(王天厚和钱国桢,1988;周慧等,2005),九段沙湿是开展涉禽环境容纳量研究较为理想的研究地点。而且,环境容纳量的预测对于重要的鸟类迁徙驿站的科学评估和选择对该区域资源(尤其是食物)管理政策,以及维持、增加其栖息地的保护价值是必不可少的(Sutherland & Allport,1994),而相关工作在国内开展较少。由此,于2005年3~10月选址于九段沙湿地开展迁徙涉禽的环境容纳量的研究,以力图从食物角度阐述该区域的对迁徙涉禽维持能力,并为进一步判别限制该区域的迁徙涉禽种群数量的关键因子提供科学依据。九段沙地理位置见图12-1。

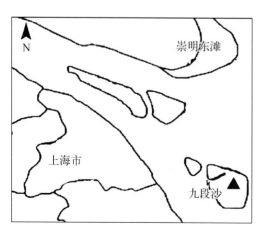

图 12-1　九段沙地理位置

第一节 九段沙湿地涉禽环境容纳量分析

一、研究方法

1. 生境面积计算

将现有 2004 年 5 月九段沙湿地卫星遥感照片作为数据源,导入 GIS 软件 Arcview3. 2 后通过波段调整结合控制点现场踏勘,对影像要素进行分类,进行图形矢量转制绘制滩涂和植被类型图,以 2004 年版长江口南部海事图为准,划定吴淞基面标高 1 m 以上区域的边界(上海市海平面以吴淞零米为基准),并使用 Arcview3. 2 计算各植被带和光滩的面积。

2. 底栖动物采集及生物量计算

2005 年春季(3~4 月)和秋季(9~10 月),分别在九段沙湿地按不同生境设置采样点 54 个,其中光滩 21 个、海三棱藨草/藨草带 14 个、芦苇带 11 个、互花米草带 8 个,同时进行 GPS 定位。底泥采集使用内径 10 cm 的 PVC 管,取表面 20 cm 表层土,每个样点重复 4 次,累计取样面积 0.031 4 m²,共处理 432 份样品,样品用孔径 0.5 mm 的网筛进行筛洗,再用 10% 甲醛固定以研究底栖动物的群落结构,判断九段沙湿地涉禽可利用的食物比例。标本处理和分析均按《全国海岸带和海涂资源综合调查简明规程》第七篇"海岸带生物调查方法"。由预研究可知,九段沙湿地底栖动物以软体动物和甲壳动物数量居多,故鸟类可利用的底栖动物生物量(资源量)以去灰分干重(AFDW-Ash Free Dry Weight)计算(Howes & Bakewell,1989;Bessie & Sekaran,1995)。具体方法是将样品置于 60 ℃ 烘箱烘至恒重后称其干重,然后在 600 ℃ 下煅烧 12 h 后得到灰分重量,最后得到 AFDW 重量。

3. 环境容纳量计算

根据 Patrick 等(1994)年测算涉禽消耗潮间带滩涂无脊椎底栖动物的方法(Patrick et al. ,1994),进行模型转换来计算迁徙期(春季:3~5 月;秋季:9~11 月),九段沙湿地吴淞 1 m 线以上底栖动物总生物量和涉禽有效栖息生境(光滩和海三棱藨草/藨草带)内资源量可维持的鸟类最大数量(王天厚和钱国桢,1988;葛振鸣等,2006)。

具体公式如下:

$$C = C_1(光滩) + C_2(海三棱藨草 / 藨草) + C_3(芦苇) + C_4(互花米草) \quad (12.1)$$

$$C_i = \frac{AFDW_i \times A_i}{\pi r^2} \times 10^8 \quad (12.2)$$

$$C = \frac{D \times N \times 3 \times BMR}{Q \times F \times 10^3} \Leftrightarrow N = \frac{C \times Q \times F}{D \times 3 \times BMR} \times 10^3 \quad (12.3)$$

根据涉禽去脂净体重(LW-Lean Weight)和体长(BL-Body Length)的差异,人为将群落划分为大型($LW>0.4,BL>40$)、中型($0.4>LW>0.1,40>BL>24$)和小型($LW<0.1,BL<24$)3类,并计算各类型鸟类的平均基础代谢率(BMR-Basic Metabolic Rate)。根据邻近湿地如崇明东滩鸟类保护区和上海郊县滨海滩涂湿地的水鸟调查结果(王天厚和钱国桢,1988;葛振鸣等,2006;Ma et al.,2002a),估算出九段沙迁徙期涉禽群落结构,从而推算出鸟类群落综合基础代谢率。

具体公式如下:

$$BMR = BMR_1 \times P(大型) + BMR_2 \times P(中型) + BMR_3 \times P(小型) \qquad (12.4)$$

$$P(大型) + P(中型) + P(小型) = 1 \qquad (12.5)$$

式中,C 为总生物量 AFDW,g;C_i 为各生境下生物量 AFDW,g;$AFDW_i$ 为各生境采样点生物量,g;A_i 为各生境采样面积,hm²;r 为采样器半径,5 cm;D 为迁徙期天数,春秋季各计 90 d;BMR 为综合基础代谢率,kJ/d(Kersten & Piersma,1987);BMR_i 为各类型涉禽平均基础代谢率,kJ/d;P 为各类型涉禽的比例;N 为可支持鸟类最大量;Q 为同化率,0.85(Kersten & Piersma,1987;Zwarts & Blomert,1990);F 为热值,22 kJ/g(Myron,1977;Howes & Bakewell,1989;Zwarts & Blomert,1990)。

二、结果

1. 九段沙底栖动物资源量

由图 12-2 和表 12-1 可知,九段沙湿地吴淞 1 m 线以上光滩面积 3 878.01 hm²,海三棱藨草/藨草带 2 619.36 hm²,芦苇带 1 345.71 hm²,互花米草 799.54 hm²。通过密度统计,春秋季九段沙底栖动物 96%以上为软体动物、甲壳动物和环节动物(图 12-3)(周

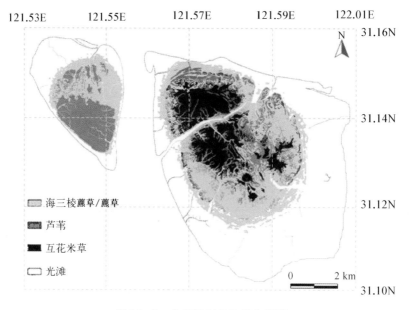

图 12-2　九段沙湿地生境分类图

晓等,2006),为涉禽可利用的食物来源(Piersma et al. ,1993;Louise &. Haig,1997)。根据公式 12.1、12.2 和 12.3,底栖动物总资源量春季为 4 541.20 kg,秋季为 2 279.64 kg,按涉禽可利用生境(光滩和海三棱藨草/藨草带)计算,鸟类可利用底栖动物资源量春季为 3 429.03 kg,秋季为 1 700.92 kg(表 12 - 1)。

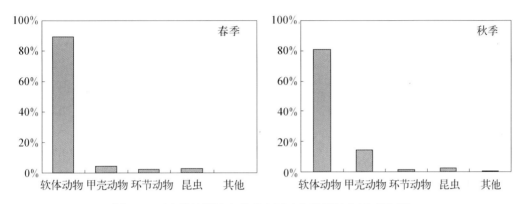

图 12 - 3　九段沙湿地春秋季底栖动物群落组成(密度比例)

表 12 - 1　九段沙各生境类型面积和春秋季底栖动物资源量

生境类型	面 积 (hm²)	春 季		秋 季	
		$AFDW_i$(g/m²)	C_i(g)	$AFDW_i$(g/m²)	C_i(g)
光滩	3 878.01	64.37±60.86	2 496 275.04	20.72±13.10	803 523.67
海三棱藨草/藨草	2 619.36	35.61±26.15	932 754.10	34.26±20.52	897 392.74
芦苇	1 345.71	23.13±22.26	311 262.72	14.73±8.87	198 223.08
互花米草	799.54	100.17±55.49	800 899.22	47.59±34.81	380 501.09
有效生境*	6 497.37	—	3 429 029.14	—	1 700 916.41
合计	8 642.42	—	4 541 191.08	—	2 279 640.58

* 有效生境——光滩和海三棱藨草/藨草带。
$AFDW_i$——各生境采样点生物量;C_i——各生境下生物量。

2. 涉禽群落分类和综合基础代谢率

根据涉禽去脂净体重(Lean Weight)、基础代谢率(BMR)和体长(body length)的差异,将其分为大、中和小型三类(表 12 - 2)。长江口区域涉禽群落春季由 10%大型鸟类、20%中型鸟类和 70%小型鸟类组成,秋季由 5%大型鸟类、35%中型鸟类和 60%小型鸟类组成(表 12 - 3),通过公式 12.4 将九段沙湿地涉禽综合基础代谢率折算为 90.50 kJ/d(春季)和 90.25 kJ/d(秋季)。

表 12-2　涉禽体型分类

种　　类	去脂净体重 (kg)	基础代谢率 BMR (kJ/d)	体　长 (cm)	体型分类
环颈鸻 *Charadrius alexanadrinus*	0.05	49	15	
黑腹滨鹬 *Calidris alpina*	0.05	49	19	
剑鸻 *Charadrius hiaticula*	0.05	49	19	小型
三趾鹬 *Calidris alba*	0.05	49	20	
翻石鹬 *Arenaria interpres*	0.08	69	23	
红腹滨鹬 *Calidris canutus*	0.14	104	24	
青脚鹬 *Tringa nebularia*	0.18	125	32	
红脚鹬 *Tringa totanus*	0.14	104	28	
鹤鹬 *Tringa erythropus*	0.14	104	30	中型
斑尾塍鹬 *Limosa lapponica*	0.27	168	40	
灰斑鸻 *Pluvialis squatarola*	0.19	130	28	
反嘴鹬 *Recurvirostra avosetta*	0.24	154	43	
红腰杓鹬 *Numenius madagascariensis*	0.70	337	63	
蛎鹬 *Haematopus ostralegus*	0.53	275	44	大型
中杓鹬 *Numenius phaeopus*	0.41	228	43	

数据来源为 Patrick 等(1994)的总结(Patrick et al.，1994);表中所述为可获得到的同时具备去脂净重和基础代谢率数据的鸟种,而非九段沙湿地观察到的全部鸟种数。

表 12-4　九段沙春秋季涉禽群落结构和综合基础代谢率折算

体型分类群落	平均基础代谢率 BMR_i(kJ/d)	春季比例	秋季比例
大　　型	280	10%	5%
中　　型	127	20%	35%
小　　型	53	70%	60%
综合基础代谢率 BMR		90.50	90.25

3. 涉禽环境容纳量

由公式 12.3 得出,九段沙湿地吴淞 1 m 线以上区域底栖动物总资源量春季能支持的最大涉禽数量为 3 475 353.93 只,秋季为 1 749 431.78 只。若根据可利用生境面积计算,春季可容纳 2 624 221.20 只,秋季可容纳 1 305 309.81 只鸟类。

按总资源量:

春季:$N = \dfrac{4\ 541\ 191.08 \times 0.85 \times 22}{90 \times 3 \times 90.50} \times 1\ 000 = 3\ 475\ 353.93(只)$

秋季:$N = \dfrac{2\ 279\ 640.58 \times 0.85 \times 22}{90 \times 3 \times 90.25} \times 1\ 000 = 1\ 749\ 431.78(只)$

按可利用生境：

春季：$N = \dfrac{3\,429\,029.14 \times 0.85 \times 22}{90 \times 3 \times 90.50} \times 1\,000 = 2\,624\,221.20$（只）

秋季：$N = \dfrac{1\,700\,916.41 \times 0.85 \times 22}{90 \times 3 \times 90.25} \times 1\,000 = 1\,305\,309.81$（只）

三、影响环境容纳量的因素

从食物资源量角度衡量栖息地对于物种的利用价值是较为直接的,特别是能比较直观的体现资源可维持的种群或群落最大量,九段沙湿地迁徙季节总食物量理论上可维持175万～350万只涉禽,即使仅按涉禽适宜生境计算,也可容纳130万～260万只左右鸟类。在实际中这只是一种理论上的测算,影响物种环境容纳量的因素有很多,迁徙水禽在湿地滩涂的环境容纳量涉及摄食率(intake rate)、取食模式、摄食时间、气候变化,食性生态位重叠和密度制约产生的种间、种内竞争,以及人类捕捞对食物量的影响等(Goss-Custard et al.,2003),这些因素都会影响到鸟类的总取食量。根据相关研究,小型涉禽在较适应的生境里摄食率为 8.60 g AFDM/d 左右(Patrick et al.,1994),红腹滨鹬(*Calidris canutus*)的摄食率约为 0.433 mg AFDM/s(Patricia,1996),蛎鹬(*Haematopus ostralegus*)为 0.67～0.87 mg AFDM/s(Richard et al.,2004),红腰杓鹬(*Numenius madagascariensis*)为 0.15～0.22 g AFDM/min(Yuri & Skilleter,2000)。中大型鸟类的摄食率约在 20.57～45.00 g AFDM/d 的范围里(Patrick et al.,1994)。根据摄食率研究的总结,涉禽在繁殖地取食量大约占总资源量的13%～23%(Patrick et al.,1994),在越冬地大约为12%左右(Goss-Custard et al.,2003)。

由长江口水鸟研究可以得知,涉禽分布较不均匀,密度也相对不高,且与其他常见水禽(如鹭科、鸭科)的时空分布和食性有较大区别(王天厚和钱国桢,1988;周慧等,2005),所以在九段沙湿地涉禽的环境容纳量研究中主要考虑摄食率的影响。由于鸟类在繁殖地和越冬地的食物消耗率一般大于中途停歇地,所以推测涉禽在九段沙中转站的摄食率约为10%,按适宜生境计算,涉禽容纳量约为13万～26万只。

第二节　限制九段沙湿地涉禽数量的主要因素

一、研究方法

1. 水鸟调查

2005 年秋季(8～10 月)和 2006 年春季(3～5 月)对九段沙湿地水禽进行了调查,分别每个月调查一次,表格中的数据是 3 次调查的数据的总和。调查样线长度为:芦苇 2.66 km,海三棱藨草 3.96 km,互花米草 2.28 km,光滩 3.10 km。芦苇和互花米草样线宽度(两侧共计)为 60 m,海三棱藨草为 200 m,光滩为 300 m。

2. 九段沙湿地涉禽总量估算

根据鸟类调查区域面积和九段沙湿地零米线上各生境的面积,推算岛内涉禽的大致数量。

二、结果

1. 九段沙湿地水鸟群落组成

由表 12-4 和 12-5 可知,九段沙湿地水鸟调查过程中,涉禽鸟类仅在光滩和海三棱藨草/藨草带区域出现,芦苇带和互花米草带中几乎没有记录到。

2. 涉禽总量估算

九段沙湿地春秋季各生境涉禽数量调查面积为芦苇带 15.96 hm²、互花米草带 13.68 hm²、海三棱藨草带 79.2 hm²、光滩 93 hm²。根据九段沙湿地各生境零米线上的总面积,推算出的岛内涉禽总量见表 12-6,春季数量大约为 75 497.49 只,秋季为 31 582 只。

表 12-4　2005 年九段沙秋季水禽调查结果

种　　　名	光滩	藨草滩	潮沟间水域	芦苇	互花米草	飞行中
白腰杓鹬 *Numenius arquata*	30	—	—	—	—	—
红腰杓鹬 *Rostratula benghalensis*	1	—	—	—	—	—
中杓鹬 *Numenius phaeopus*	166	5	—	—	—	—
白腰草鹬 *Tringa ochropus*	2	—	—	—	—	—
斑尾塍鹬 *Limosa lapponica*	16	2	—	—	—	—
细嘴滨鹬 *Calidris tenuirostris*	1	—	—	—	—	—
翻石鹬 *Arenaria interpres*	4	—	—	—	—	—
鹤鹬 *Tringa erythropus*	18	—	—	—	—	—
黑腹滨鹬 *Calidris alpina*	133	12	—	—	—	—
黑尾塍鹬 *Limosa Limosa*	7	—	—	—	—	—
红腹滨鹬 *Calidris canutus*	51	—	—	—	—	—
红脚鹬 *Tringa totanus*	2	—	—	—	—	—
红颈滨鹬 *Calidris ruficollis*	79	6	—	—	—	—
灰尾漂鹬 *Heteroscelus brevipes*	—	3	—	—	—	—
矶鹬 *Tringa hypoleucos*	9	—	—	—	—	—
尖尾滨鹬 *Calidris acuminata*	11	2	—	—	—	—
阔嘴鹬 *Limicola falcinellus*	3	—	—	—	—	—
林鹬 *Tringa glareola*	—	37	—	—	—	—
翘嘴鹬 *Xenus cinerea*	160	5	—	—	—	—
青脚鹬 *Tringa nebularia*	158	1	—	—	—	—
弯嘴滨鹬 *Calidris melanotos*	1	—	—	—	—	—
蒙古沙鸻 *Charadrius mongolus*	12	—	—	—	—	—
铁嘴沙鸻 *Charadrius leschenaultii*	43	5	—	—	—	—
环颈鸻 *Charadrius alexandrinus*	484	—	—	—	—	—
银鸥 *Larus argentatus*	2	—	—	—	—	6
红嘴鸥 *Larus ridibundus*	3	—	—	—	—	—

种　　名	光滩	藨草滩	潮沟间水域	芦苇	互花米草	飞行中
黑嘴鸥 Larus saundersi	1	—	—	—	—	—
须浮鸥 Chlidonias hybrida	7	—	—	—	—	—
普通燕鸥 Sterna hirundo	13	—	—	—	—	—
白翅浮鸥 Chlidonias leucoptera	78	—	—	—	—	5
小䴙䴘 Tacbybaptus ruficollis	—	1	—	—	—	—
黄嘴白鹭 Egretta eulophotes	1	—	—	—	—	—
小白鹭 Egretta garzetta	187	24	—	—	—	—
中白鹭 Egretta intermedia	47	16	—	—	—	14
牛背鹭 Bubulcus ibis	24	—	—	—	—	—
苍鹭 Ardea cinerea	42	22	—	—	—	—
绿鹭 Butorides striatus	3	—	—	—	—	—
绿头鸭 Anas platyrhynchos	—	—	1	—	—	—
罗纹鸭 Anas falcate	—	3	2	—	—	—
斑嘴鸭 Anas clypeata	8	157	—	—	—	—
绿翅鸭 Anas crecca	—	2	—	—	—	—
赤膀鸭 Anas strepera	—	38	215	—	—	29

"—"表示无记录。

表 12 - 5　2006 年九段沙春季水禽调查结果

种　　名	光滩	藨草滩	潮沟间水域	芦苇	互花米草	飞行中
白腰杓鹬 Numenius arquata	—	—	—	—	—	—
红腰杓鹬 Rostratula benghalensis	2	—	—	—	—	—
中杓鹬 Numenius phaeopus	386	12	—	—	—	—
白腰草鹬 Tringa ochropus	—	—	—	—	—	—
斑尾塍鹬 Limosa lapponica	10	2	—	—	—	—
细嘴滨鹬 Calidris tenuirostris	201	—	—	—	—	—
翻石鹬 Arenaria interpres	4	—	—	—	—	—
鹤鹬 Tringa erythropus	8	—	—	—	—	—
黑腹滨鹬 Calidris alpina	323	292	—	—	—	—
黑尾塍鹬 Limosa Limosa	10	—	—	—	—	—
红腹滨鹬 Calidris canutus	9	—	—	—	—	—
红脚鹬 Tringa totanus	2	—	—	—	—	—
红颈滨鹬 Calidris ruficollis	529	41	—	—	—	—
灰尾漂鹬 Heteroscelus brevipes	—	36	—	—	—	—
矶鹬 Tringa hypoleucos	2	—	—	—	—	—
尖尾滨鹬 Calidris acuminata	23	5	—	—	—	—
阔嘴鹬 Limicola falcinellus	4	—	—	—	—	—
林鹬 Tringa glareola	—	—	—	—	—	—
翘嘴鹬 Xenus cinerea	564	18	—	—	—	—
青脚鹬 Tringa nebularia	291	2	—	—	—	—
弯嘴滨鹬 Calidris melanotos	45	—	—	—	—	—

续　表

种　　名	光滩	薦草滩	潮沟间水域	芦苇	互花米草	飞行中
蒙古沙鸻 *Charadrius mongolus*	93	—	—	—	—	—
铁嘴沙鸻 *Charadrius leschenaultii*	73	9	—	—	—	—
环颈鸻 *Charadrius alexandrinus*	299	—	—	—	—	—
三趾鹬 *Calidris alba*	34	—	—	—	—	—
灰瓣鸻 *Pluvialis squatarola*	—	30	—	—	—	—
小白鹭 *Egretta garzetta*	187	24	—	—	—	—
中白鹭 *Egretta intermedia*	47	16	—	—	—	14
牛背鹭 *Bubulcus ibis*	24	—	—	—	—	—
夜鹭 *Nyctiorax nycitcorax*	2	—	—	—	—	—

"—"表示无记录。

表 12-6　九段沙湿地涉禽总量估算

生　境　类　型	面积 (hm²)	调查面积 (hm²)	涉禽数量	
			春　季	秋　季
光滩 Bare mudflat	1 939.00	15.96	60 715.20	29 002.35
海三棱薦草/薦草 Bulrush	2 619.36	13.68	14 782.29	2 579.46
芦苇 Reed	1 345.71	79.20	0	0
互花米草 *Spartina sp.*	799.54	93.00	0	0
合　计	—	—	75 497.49	31 581.81

三、讨论

　　保护生物学的首要工作就是鉴别不同地区的生物丰富度来判断不同地区的相对重要性,从而确定优先实施物种保护的区域和建立物种保护的各项措施(Sutherland,2000)。九段沙湿地的食物资源丰富,迁徙季节大约可支持 13 万～26 万只左右涉禽,已经达到国际重要湿地标准(能维持 2 万只以上水鸟度过其生活史重要阶段的湿地,或者一种或一亚种水鸟总数的 1‰ 终生或生活史的某一阶段栖息的湿地——《Ramsar 湿地公约》)。因此,如何能使九段沙湿地栖息的鸟类达到这样的数量是保护区和相关研究人员所要解决的问题。

　　根据迁徙季节涉禽的环境容纳量分析,九段沙湿地春季可容纳约 35 万只涉禽,秋季17.5 万只(葛振鸣等,2007)。而实地调查结果表明其数量远低于岛内的容纳量,这说明食物可能不是限制鸟类栖息的关键因子。由于九段沙湿地海拔较低,高潮位时部分光滩和海三棱薦草/薦草带将被浸没,使得涉禽可栖息面积减少,这可能是限制涉禽对九段沙湿地利用的原因。因此,根据鸟类活动规律,可对现存岛屿生境结构做相应地调整,从而增加鸟类可利用的有效生境面积。

　　九段沙湿地成陆历史仅有 50 年,1997 年为促淤而种植了大量芦苇和互花米草(陈吉余等,2001),由 2004 年九段沙湿地生境分类图可知,湿地高程区域现覆盖了大面积芦苇和互花米草群落(图 9-1),其中的底栖动物量也比较丰富(表 9-1),但由于涉禽在高大密集的植被丛(如芦苇和互花米草)出现的几率甚少,仅在外围的光滩和薹草带区域活动(葛振鸣等,2006)。互花米草作为外来引入种,对滩涂促淤有较大作用,但由此也会大面积侵入外围光滩和其他区域,使水禽实际栖息地面积萎缩(Chen et al.,2004)。另外,九段沙湿地海拔最高在 3.5 m 左右,中高潮水期时水面覆盖大部分光滩和薹草区域,相关的研究表明,由于高潮水位覆盖了中低潮滩的薹草和光滩区域,低潮期在此觅食的涉禽被迫飞至高潮带和潮上坪栖息(Hervey,1970;王天厚等,2003),而稠密的芦苇和互花米草大幅度地消减了涉禽在高潮期时有效栖息地的面积,这可能会影响鸟类对九段沙湿地的利用,从而导致涉禽目前的实际数量无法达到本研究推算出的数量上限。

因此,根据迁徙鸟类的活动规律,可在较高程植被区做一定管理和调整,在不影响外围植被消浪促淤作用和防御风暴潮等自然灾害的前提下,通过人工干预开辟一些隐蔽性强的裸地和浅水塘,以增加有效生境面积供鸟类利用,使九段沙湿地更好地为鸟类栖息提供食物和空间资源保障。

第十三章 九段沙鸟类保育对策

为实施《中国湿地保护行动计划》,各相关部门在湿地自然保护区开展了一系列湿地恢复和重建示范工程,在长江口开展研究的有"上海九段沙湿地生态系统保护和修复技术及其效应"和"上海崇明东滩湿地修复与重建技术研究"等,项目目标着眼于受损退化潮滩湿地的结构重建,结合现有的土地利用方式和景观格局,设置受控的微型实验区,运用湿地生态恢复的原则和相关理论知识,科学评估公众服务设施规划布局对迁徙水禽及其栖息地的影响,进一步修正保护区生态系统设计参数,建立一系列的生物、基质和水文等调整和管理技术指标,以指导示范区工程的科学建设,为迁徙涉禽类、鹤类、雁鸭类和鹭类等水禽创造更多的可以调控的多样化栖息地;提高可调控栖息地生态系统的生产力和自我维持能力,增加物种组成、景观异质性和湿地生物多样性,逐步协调区内自然资源合理利用和可持续发展的要求。

第一节 九段沙鸟类保育示范规划

一、本研究的启示

通过长江口迁徙水禽的群落结构特征和生境选择模式的研究结果,可针对滩涂湿地保护、鸟类生境调整和科学管理等方面提出初步建议。

1) 春秋季为涉禽迁徙高峰期,研究区域调查到的数量较多;夏季数量较少,以雀形目鸟类为主;冬季鸟类群落主体为越冬游禽。

2) 滩涂宽度和潮上坪宽度是影响涉禽分布的关键因子;人类干扰大、芦苇/互花米草密植和高水位的区域不利于涉禽栖息。

3) 人工湿地水位高低、水面积比例、植被密度对不同鸟类类群的影响机制和效果不同。

4) 建议迁徙季节在不危害保护区生态安全的前提下,在高大植被密植区开辟一些隐蔽性强的裸地滩涂和浅水塘,以提高涉禽对湿地资源的可利用性。

5) 根据迁徙季节(春秋季)和冬季优势鸟类群落的不同,可对湿地生境要素进行人为干预调整,合理利用自然资源。

二、具体实施建议

九段沙湿地是继崇明岛、长兴岛/横沙岛之后,长江口形成的第三代泥沙冲击型沙洲,具有较典型的河口湿地地形地貌和生态系统特征,常年无人居住且人为干扰较小,物种资源丰富,2005 年被列为国家级湿地自然保护区。我们选择九段沙湿地作为湿地结构重建与功能修复的规划对象。

通过环境容纳量分析可知,食物可能不是限制鸟类栖息的关键因子。由于九段沙湿地海拔较低,高潮位时部分光滩和海三棱藨草/藨草带将被浸没,而过密和盖度过大的植被群落减少了水禽可栖息地面积,有效栖息地的缺乏可能是限制鸟类目前的实际数量远无法达到所推算所得数量上限的主要原因。因此,根据鸟类活动规律,可对现存岛屿生境结构做相应地调整,从而增加鸟类可利用的有效生境面积。

图 13-1 所示为九段沙生境调整规划示意图,具体措施包括:

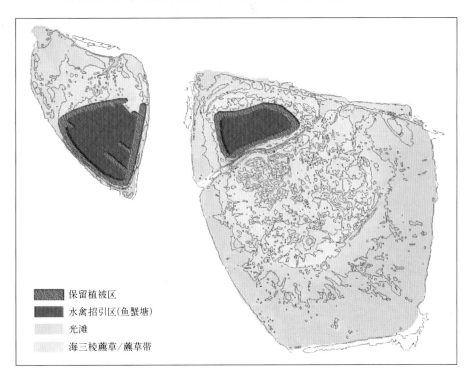

图 13-1　九段沙生境调整规划示意图

1) 建议迁徙季节在不危害保护区生态安全的前提下,在高大植被密植区开辟一些隐蔽性强的裸地滩涂和浅水塘,以提高涉禽对湿地资源的可利用性。

2) 可在九段沙上沙和中沙高程,对芦苇/互花米草密度较高和呈小片破碎化分布的区域进行收割,岛屿与水域交接区保留 50~100 m 左右的高大植被用于促淤消浪;对于植被丛在内部收割,外围保留 20 m 左右的缓冲带和自然隔离屏障,以作为其他鸟类栖息地的需要。

3) 由于九段沙下沙的光滩、海三棱藨草/藨草覆盖面积大,水禽数量较丰富,建议保留原状。

4) 开辟出的区域可作为鱼蟹生态养殖塘运作,既满足了迁徙涉禽栖息需要,也增加了土地附加值。

　　5）春秋季控制鱼蟹塘内植被覆盖度（20％左右），调低水位，并保留一定底栖生物数量，为迁徙涉禽提供足够的栖息面积。

　　6）冬季塘内可调高水位，适当较少浅水区域面积，以便雁鸭类水禽栖息和觅食，以增加鸟类多样性。

第二节　鸟类招引技术

一、恢复区中招引的主要水鸟目标体系（种类、数量和出现季节）

湿地水鸟招引示范区目标体系见表 13－1。

表 13－1　湿地水鸟招引示范区目标体系

目标鸟类	代表物种	目标数量	出现季节	主要生境
雁鸭类 （溅水鸭）	斑嘴鸭、绿翅鸭等6～7种	2 000～4 000	冬季	浅水，觅食地
（潜水鸭）	青头潜鸭等2～3种	50～100	冬季	深水，觅食地
（大　雁）	灰雁、豆雁种3种	1～50	冬季	开阔草甸，栖息地
鸊鷉类	凤头鸊鷉和小鸊鷉2种	10～50	冬季	深水，觅食地和栖息地
鸬鹚类	普通鸬鹚主要1种	>1 000	冬季	岛中乔木，栖息地
鹭科鸟类	大白鹭、小白鹭等4种	20～200	整年	芦苇浅滩，草丛
	夜鹭等两种	>1 000	主要越冬	岛中乔木，栖息地
	黄斑苇鳽、栗苇鳽等3种	>10	夏天繁殖鸟	芦苇塘
鹮科鸟类	黑脸琵鹭（指示物种）	2～10	迁徙鸟类	浅滩，鱼塘
鸻鹬类	沙锥类和麦鸡类3～4种	50～100	越冬和迁徙鸟类	芦苇和草地
	鸻类、环颈鸻和剑鸻等3～4种	30～100	越冬和迁徙鸟类	光滩
	鹬类、黑翅长脚鹬、 泽鹬等20种左右	200～2 000	越冬和迁徙鸟类	光滩和浅水沼泽区
鹤　类	白头鹤	5～100	越冬	光滩，沼泽和草甸
鸥　类	红嘴鸥、黑尾鸥等	500～2 000	越冬	开阔水域或光滩

二、自然湿地植被的要求

在湿地中的种植植被的要求应满足招引水鸟的要求：

1）管理成本应该下降。

2）吸引更多的野生生物物种。

3）为水鸟和其他物种提供食物资源。

4）尽可能地在边缘区域形成植被。

5）尽可能地让植被不受季节气候的影响。

三、植被配置原则

1）鼓励种植本地植物。

2）鼓励采用多种本地原生植物，可以考虑引入适当地观赏性植物。

3）鼓励具有富含淀粉的块茎、坚果和浆果的植物引入，其代表植物是蘑草。

4）不鼓励在湖面中央部位，包括岛屿，种植过多的植物，特别是乔木。

5）鼓励种植常绿植物。

因此，推荐种植禾本科、莎草科和菊科的植物，并通过水位的控制和自然繁殖的方法，对植被进行管理；并通过水位的缓慢下降和上升（一般以 2～4 星期的周期）来调节植被的生长和被鸟类利用的范围。

四、其他重要生境指标

考虑到示范区将为众多不同的水鸟提供多样的环境，所考虑的环境因子为水位，与水位相关的是水域和光滩面积；食物资源和人为的干扰性等（表 13－2，表 13－3）。

示范区湿地由开阔水域和开阔光滩等生境所组成，而水域和光滩的比例应该由水位的调节来控制；我们建议下列水位控制的模式。

1）以游禽（溅水鸭）为主体的冬季（11～2 月），水域面积应该多一些，光滩面积相应减少。

表 13－2　各种水鸟的食物和水环境指标

种　类	食　　　　物					水位深度（cm）	开阔水域	开阔泥滩
	中型鱼类	小型鱼虾蟹	底栖动物	植物种子	植物草和茎			
雁鸭类								
溅水鸭		＋	＋	＋		5～25	＋	＋
潜水鸭		＋	＋	＋		＞25	＋	
大　雁		＋	＋		＋	0～50	＋	＋
鸊鹈类	＋	＋				＞25	＋	
鹭科鸟类	＋	＋	＋			7～12	＋	＋
鸻鹬类			＋	＋		0～7	＋	＋
秧鸡类			＋	＋	＋	5～33	＋	＋
鸥类		＋				＞0		＋
鹤类	＋	＋	＋			0～25	＋	＋
指标物种：黑脸琵鹭	＋	＋	＋			0～25	＋	

表 13－3 水禽栖息地的综合指引

水禽分类	招引目标数	主要逗留季节	主要生境要求	主要植被要求	重要食物来源	隐蔽要求	招引的辅助措施
雁鸭类（重要出现在恢复工程中的水禽种类）	主要集中于招引整个雁鸭群落占90%的数量的浅水鸭类；目标数为2 000~4 000只；最大数量可以1 000只左右；目标种类数为8~10种	本底越冬重要种群数量；高峰期为：11月中旬~2月中旬；在本地的迁徒期为：9月中旬~11月底；月中旬~3月底	水位：0.5~1.5 m；水面要求：十分开阔；与隐蔽性相关；因起飞所需；周边要能有高大的障碍物（包括高度乔木）	建议引种本地的扁杆藨草（其种子和球状块茎是这类鸟的食物）；同时可以试种海三棱藨草以招引更多考虑种；加强对芦苇的管理；一定要考虑种植区间和地点	地栖动物；注意人工蟹苗的投入问题；鱼类：注意鱼类养殖中出现的种类和大小的问题；天然植物：藨草类，或水草的选择和控制；人工投料：注意人工投料的方式、地点、数量和种类	与人类直接距离为100 m左右；沿岸江芦和芦苇的种植的调配；对观鸟塔和观鸟屋的设计要求；人工障碍物的设计要求	如何产生一个让雁鸭类自认为安全舒适的环境；如何有效的隔离人类的干扰鸭类活动对雁鸭类活动的干扰；如何安排其栖息地和栖息地；要求控制冬季觅食地和栖息地；要求控制冬季水位
迁徒鸻鹬类（本地主要迁徒类和本地拉姆萨尔指标评估种）	重要的迁徒期和越冬期的保护种，并能到达观鸟类的数量和种类；目标数为：500~2 000只；目标种类数10~20种	越冬期：11月~3月；种类在15种，但适应招引的在8种左右；数量可以在50~250只；迁徒期（秋季）8月下旬~10月中旬；（春季）3月底~5月中旬，种类在45种以上，适应招引物种在10~20种；数量在500~2 000只	水位：0.25 m~水上1 m；要求为光滩，芦苇类仅适应沙锥类；藨草类适应麦鸡类；强调水线和浅水层；水面（0.1 m）面积的形成	建议除了建立湖中岛的岛屿之外，小的独立的盐田类栖息地；建议提供藨草类栖息地（重要考虑物源考虑）	地栖动物（见上）；藨草类种植的方式要兼顾食物和栖息地的需求；注意：本地区主要为栖息地，而不是觅食地	与人类直接距离在50~200 m左右；其他见上	注意在迁徒期间，正好为雁鸭类离开的时候，可以通过调节水位，为鸻鹬类腾出大面积的栖息场所

续　表

水禽分类	招引目标数	主要逗留季节	主要生境要求	主要植被要求	重要食物来源	隐蔽要求	招引的辅助措施
鹭科鹳科鸟类（本工程的主要大型观赏鸟类，特别是黑脸琵鹭是生态恢复是招引指标鸟类）	鹭类可以招引的常见种类为10种左右；数量可以控制在稳定的100～200只左右。在3年后稳定期后，可以增至1000只以上；黑脸琵鹭数量估计在2～10只，但数量暂时不稳定	常年可以招引：中小白鹭、夜鹭苍鹭等；50～100只；夏季：中小白鹭、夜鹭、苍鹭、苇鳽鸟等，100～200只；迁徙期：10月～12月；黑脸琵鹭，月.3～4月；黑脸琵鹭，2～10只	栖息地：蘆草处、茅草的田埂处；觅食地：在捕捞成鱼后的水位下降时的水沟和鱼塘。黑脸琵鹭（和其他鹭科动物相似）愿意在有坡度的水滩处（水深在0.35～0.1 m处觅食和休息）	不高于一米的蘆草和茅草；蘆苇作为三种夏天的苇鳽鸟（数量较多）栖息地。同时又是其他鹭鸟的隐蔽物；建议在大湖的某一岛屿种植稠密的乔木，以招引大量的鹭科类	浅水滩的小型鱼类；建议在某些人工水系中，有目的的放水，留有小鱼以招引鹭鸟	于人类直接接触距离为50 m左右。蘆苇作为该鸟类的隐蔽场所，是最理想的	建立栖息繁殖地（最好在岛屿）。建立一定种类、高度、密度的乔木植被
鹤类（本地主要是越冬白头鹤）	东滩的白头鹤数量在100只左右；但在白天，白头鹤主要在海提外浅滩区觅食，能在白天恢复区招引的数量估计不会超过10只。但在晚上，该恢复区可能是这100只白头鹤的夜宿之地	主要在11月～2月的冬季；白天：10只以内；晚上：可能是整个种群	类似鹭科动物；但更多的时间在浅滩上。同时对人的抗干扰能力比鹭科鸟类更差	与白头鹤鹭类类似。但白头鹤所要求的栖息地和觅食地面积远比鹭科类大得多	鱼虾蟹和两栖类动物	于人类直接接触距离为200 m左右；正是因为这个警戒距离的存在，在白天人类活动的恢复区内，很难找到一个离人的距离200 m的净空大的区域，在白天难以招引白头鹤	尚无

水禽分类	招引目标数	主要逗留季节	主要生境要求	主要植被要求	重要食物来源	隐蔽要求	人工招引的辅助措施
总结	冬季 游禽 鹭科鸟类 鸻形目 鹤类 迁徙季节 鸻形目鸟类以及鹳科鸟类(包括黑脸琵鹭) 夏季 鹭科鸟类	冬季 500~5 000 100~200 50~150 白天少量,但在夜间,数量增多 迁徙季节 500~2 000 大概在200左右 夏季 物种增加到10种,数量可以稳定在200~300	水位和水面控制原则 在1.5 m以上的浅水区域应占大湿地,恢复区的主要面积; 水深2~2.5 m的属于湖周围的水系(鱼和周围边的水沟(鱼类的养殖问题; 不建议产生2.5 m以上的水系,除建议出水闸处理。 冬季水位控制到一定的高度;迁徙季节水位控制到一定的低度。 生境 增加生境的多样性,建议建立小型盐田类湿地,以满足涉禽的栖息; 建议:进水和出水口和径流量的控制在至少5天内可以换水一次规模; 少量至多不同栖息地类型的岛屿; 有乔木类型的鹭林岛; 光滩类型有鸻鹬栖息点和有芦草或芦苇综合栖息点	芦苇 减少目前芦苇的规模,扩大水面; 芦苇应该出现在水面的周边而不是在水面中间,除了一个小岛以外。 藨草 考虑到实际进水变化不大情况,考虑水性质和水位为淡水性湿地; 考虑到藨草在湿地系统中生产力的作用; 藨草的种和植,并试验三棱藨草,建议引进扁杆藨草,增加水生植物的可能性	考虑人工投料: 注意人工投料的方式,地点,数量种种类; 减少人工蟹苗的投入,增加适合鱼种的投入; 引入合适的底栖动物源 主要藨草类和其他水草在雁鸭类食物组成中的作用	请考虑人与水禽的最少直接距离不得少于50 m。 尽量用天然植物,如作为隐蔽的"江州"; 建议在湖的周边尽量不要种植高大的乔木树种(考虑到游览和观鸟的净空间和湿地特征); 观鸟屋和观鸟塔的建造尽量与环境吻合,具体设计图可以参见本报告	人工招引的两大要素 水基地的坡度控制问题; 水循环的时间; 水生化指标的控制稳(具体见本报告)

2）控制芦苇的扩展期（3月），将水位提高的最高点，使湖中的植被（特别是芦苇）浸泡在水中2～3星期，以控制其数量和分布面积。

3）在以涉禽为主体的春季迁徙期（3月底～5月中），水位应该下降，露出大批浅水光滩，以招引大量的迁徙鸻鹬类。

4）在夏季（6～8月），主要有繁殖鹭科鸟类出现在芦苇和乔灌木丛中，这与湖面水位关系不大；但此时，由于日照光强和温度上升的因素，导致湖中鱼类需要在一定深水区域躲避阳光暴晒，因此建议将湖中水位升高。

5）秋季（8月底～11月初）为迁徙涉禽逗留期，水位的控制应该采用春季迁徙期的模式。

考虑到底栖动物和鱼类是涉禽和游禽的主要食物来源，建议作为鸟类觅食地的光滩和水域中的底栖动物的密度应控制在100个/m^2 以上；而小鱼的密度为每立方一尾。

1）涉禽最佳的觅食地为覆盖3～5 cm水膜的开阔泥滩。

2）植物十分稀少。

3）水禽和涉禽与人的最小直接距离在50～100 m（视不同种类而定），换言之，没有自然屏障，50～100 m开外的水鸟将被行走的人所惊飞；建议沿岸建立自然屏障和观鸟设施。

参 考 文 献

白军红,欧阳华,邓伟等.2005.湿地氮素传输过程研究进展.生态学报,25(2):326~333.

陈翠玲,蒋爱凤,介元芬等.2003.土壤微团聚体与土壤有机质及有效氮、磷、钾的关系研究.河南职业技术师范学院学报,31(4):7~9.

陈吉余,李道季,金文华.2001.浦东国际机场东移与九段沙生态工程.中国工程科学,3(4):1~8.

陈吉余.1988.上海市海岸带和海涂资源综合调查报告.上海:上海科学技术出版社.

陈加宽.2003.上海九段沙湿地自然保护区科学考察集.北京:科学出版社.

陈沈良,谷国传,虞志英.2002.长江口南汇东滩淤涨演变分析.长江流域资源与环境,11(3):239~244.

陈水华,丁平,郑光美.2000.城市化对杭州市湿地水鸟群落的影响研究.动物学研究,21(4):279~285.

陈中义,李博,陈家宽.2004.米草属植物入侵的生态后果及管理对策.生物多样性,12(2):280~289.

崔保山,杨志峰.2001.湿地生态系统健康研究进展.生态学杂志,20(3):31~36.

崔保山,杨志峰.2002.湿地生态系统健康评价指标体系Ⅰ理论.生态学报,22(7):1005~1011.

崔保山,杨志峰.2002.湿地生态系统健康评价指标体系Ⅱ方法与案例.生态学报,22(8):1231~1239.

崔凤俊.1997.潮土有机质分布特征及其相关性.土壤肥料,3:26~28.

丁建丽,塔西甫拉提·特依拜,刘传胜.2003.策勒绿洲植被覆盖动态变化遥感研究.中国沙漠,23(1):79~83.

段宝利,吕艳伟,尹春英.2005.等高光和低光下木本植物形态和生理可塑性响应.应用与环境生物学报,11(2):238~245.

高明.2000.鸭绿江河口水鸟调查报告.动物学杂志,35(3):26~30.

高纬.1990.鸟类生态学.哈尔滨:东北师范大学出版社.

戈峰.2002.现代生态学.北京:科学出版社.

葛振鸣,王天厚,施文彧等.2005.崇明东滩围垦堤内植被快速次生演替特征.应用生态学报,16(9):1677~1681.

葛振鸣,王天厚,施文彧等.2006.长江口杭州湾鸻形目鸟类群落季节变化和生境选择.生态学报,26(1):40~47.

葛振鸣,王天厚,周晓等.2006.上海崇明东滩堤内次生人工湿地鸟类冬春季生境选择的因子分析.动物学研究,27(2):144~150.

葛振鸣,周晓,施文彧等.2007.九段沙湿地鸻形目鸟类迁徙季节环境容纳量分析.生态学报,27(1):90~96.

郭旭东,邱扬,连纲等.2003.基于PSR框架的土地质量指标体系研究进展与展望.地理科学进展,22(5):479~489.

耿宇鹏,张文驹,李博.2004.表型可塑性与外来植物入侵能力.生物多样性,12(4):447~455.

关保华,葛滢,樊梅英.2003.华芥菜响应不同土壤水分的表型可塑性.生态学报,23(2):259~263.

何念鹏,吴泠,周道玮.2005.松嫩草地羊草克隆构型特征在不同种群密度下的可塑性.应用与环境生物学报,11(2):152~155.

贺宝根,左本荣.2000.九段沙微地貌演变与芦苇的生长.上海师范大学学报(自然科学版),29(4):86~90.

贺宝根,袁峻峰,陈家治.2000.长江口九段沙湿地自然保护的探讨.上海环境科学,19(9):412~417.

胡敏,侯立军,许世远.2003.底栖穴居动物对潮滩沉积物中营养盐早期成岩作用的影响.上海环境科学,22(3):180~184.

胡伟,陆健健.2000.三甲港地区鸻形目鸟类春季群落结构研究.华东师范大学学报(自然科学版),4:106~109.

胡芝华,钦佩,蔡鸣等.1998.互花米草总黄酮局部用药的抗炎作用.植物资源与环境,7(2):6~11.

黄正一,孙振华,虞快.1993.上海鸟类资源及其生境.上海:复旦大学出版社.

贾少波,贾鲁,陈建秀.2003.山东聊城水鸟组成及其生态分布.动物学杂志,38(5):91~94.

蒋卫国,李京.2005.辽河三角洲湿地生态系统健康评价.生态学报,25(3):408~414.

蒋卫国.2003.基于RS和GIS的湿地生态系统健康评价.南京:南京师范大学出版社.

蒋志刚,纪力强.1999.鸟兽物种多样性测度的G-F指数方法.生物多样性,7(3):220~225.

金静,钟章成,刘锦春.2005.石灰岩地区土壤水分对木豆表型可塑性的影响.西南农业大学学报(自然科学版),27(1):89~92.

李博,徐炳声,陈家宽.2001.从上海外来杂草区系剖析植物入侵的一般特征.生物多样性,9(4):446~457.

李红,杨允菲,卢欣石.2004.松嫩平原野大麦种群可塑性生长及密度调节.草地学报,12(2):87~90.

李博.2000.生态学.北京:高等教育出版社.

李东风,鲍佩华,范海燕.2003.鸣禽鸟脑的季节可塑性.华南师范大学学报(自然科学版),3:140~144.

李加林.2004.互花米草海滩生态系统及其综合效益——以江浙沿海为例.宁波大学学报(理工版),17(1):38~42.

梁余.2004.大连地区鸟类迁徙规律探讨.辽宁林业科技,(2):14~16.

刘发,黄族豪,文陇英.2004.西部荒漠地区的湿地和水禽多样性.湿地科学,2(2):259~266.

刘昊,石红艳,张利权.2004.四川绵阳地区水鸟的多样性分析.动物学杂志,39(4):85~89.

刘伯锋.2003.福建沿海湿地鸻鹬类资源调查.动物学杂志,38(6):72~75.

刘建康.1995.东湖生态学研究.北京:科学出版社.

刘军普,田志坤,翟金双.2002.互花米草净化污水的研究.河北环境科学,2:45~48.

卢纹岱.2000.SPSS for Windows统计分析.北京:电子工业出版社.

陆健健,孙宪坤,何文珊.1998.上海地区湿地的研究.见:郎惠卿,林鹏,陆健健.中国湿地研究和保护.上海:华东师范大学出版社.

欧冬妮.2004.长江口潮滩"干湿交替"模式下磷的迁移过程与机制.上海:华东师范大学资源与环境科学学院.

马克平.1994.生物多样性的测度方法.见:钱迎倩,马克平.生物多样性研究的原理与方法.北京:中国科学技术出版社,141~165.

马鸣,陆建建,崔志兴等.1998.上海地区民间捕鸟现状.见:第三届海峡两岸学术研讨会论文集.349~356.

马鸣,Clive M.,Ken K.,Rosalind J.2001.中澳之间迁徙鸻鹬类的环志介绍.动物学研究,22(2):89~92.

马小明,张立勋.基于压力~状态~响应模型的环境保护投资分析.环境保护,2002,11:31~33.

麦少芝,徐颂军,潘颖君.2005.PSR模型在湿地生态系统健康评价中的应用.热带地理,22(4):317~321.

孟玮,李东风.2003.鸟鸣及其鸣唱控制系统发育可塑性研究进展.生命科学研究,7(3):203~207.

钱国桢,崔志兴,王天厚.1985.长江口杭州湾北部的鸻形目鸟类群落.动物学报,31(1):96~97.

钱国桢,崔志兴.1988.长江口鸻形目鸟类的生态研究.考察与研究,8:59~67.

钦佩,谢民,仲崇信.1989.福建罗源湾海滩互花米草盐沼中18种金属元素的分布.海洋科学,6:23~27.

钦佩,谢民,周爱堂.1991.互花米草的初级生产与类黄酮的生成.生态学报,11(4):293~298.

冉江洪,刘少英,林强.2000.四川辖曼自然保护区的鸟类资源调查.四川动物,19(5):9~11.

上海市农林局.2002.上海市崇明东滩鸟类自然保护区科学考察集.上海:华东师范大学出版社.

上海市农林局.2004.上海陆生野生动植物资源.上海:上海科学技术出版社.

申晶,段丽,袁华.2005.低渗刺激后大鼠视上核内星形胶质细胞和神经元的可塑性改变及其相互关系.神经解剖学杂志,21(1):39~44.

沈永明.2001.江苏沿海互花米草盐沼湿地的经济、生态功能.生态经济,9:72~74.

史刚荣.2005.木槿叶片结构的发育可塑性研究.广西植物,25(1):48~52.

宋国元,袁峻峰,左本荣.2001.九段沙植被分布及其环境因子研究.上海师范大学学报(自然科学版),30(1):69~73.

宋连清.1997.互花米草及其对海岸的防护作用.东海海洋,15(1):11~19.

宋晓军,林鹏.2002.福建红树林湿地鸟类区系研究.生态学杂志,21(6):5~10.

孙忻,王丽.2001.北京小龙门森林鸟类群落划分与生态分析.生态学杂志,20(5):25~31.

孙儒泳.2001.动物生态学原理.北京:北京师范大学出版社.

唐承佳,陆健健.2002.长江口九段沙湿地原生植被的保护及开发利用.上海环境科学,21(4):210~212.

唐承佳,陆健健.2003.长江口九段沙植物群落研究.生态学报,23(2):399~403.

唐承佳,陆健健.2002.围垦堤内迁徙鸻鹬群落的生态学特性.动物学杂志,37(2):27~33.

仝川.2000.环境指标研究与分析.环境科学研究,13(4):3~55.

田迅,杨允菲.2004.西辽河平原不同生境草芦种群分株生长的可塑性.草地学报,2(1):17~20.

田应兵,宋光煜,艾天成.2002.湿地土壤及其生态功能.生态学杂志,21(6):36~39.

汪松年.2003.上海湿地利用和保护.上海:上海科学技术出版社.

王立国.2005.生态环境安全研究(博士论文).华中师范大学.

王天厚,葛振鸣,袁晓.2005.涉禽类在"东亚—澳大利亚"的南北方向迁徙路线是否一致.中国鹤类通讯,9(2):31~32.

王天厚,钱国桢.1988.长江口杭州湾鸻形目鸟类.上海:华东师范大学出版社.

王天厚,文贤继,石静韵等.2003.汇丰湿地管理培训手册.香港:世界自然基金会(香港).86~89.

王孝安,王志高,肖娅萍.2005.秦岭山地太白红杉种群种实性状的生态可塑性研究.应用生态学报,16(1):29~32.

王艳红,王珂,邢福.2005.匍匐茎草本植物形态可塑性、整合作用与觅食行为研究进展.生态学杂志,24(1):70~74.

王遵亲,祝寿泉,俞仁培等.1993.中国盐渍土.北京:科学出版社,387~399.

吴国清.1995.崇明岛土壤资源评价初探.水土保持研究,2(1):9~14.

伍玉明,庄琰,徐延恭.2004.长江流域鸟类的初步分析.动物学杂志,39(4):81~84.

谢小平,付碧宏,王兆印等.2006.基于数字化海图与多时相卫星遥感的长江口九段沙形成演化研究.第四纪研究,26(3):391~396.

谢一民,杜德昌,孙振兴等.2004.上海湿地.上海:上海科学技术出版社.

徐承远,张文驹,卢宝荣.2001.生物入侵机制研究进展.生物多样性,9(4):430~438.

许凯扬,叶万辉,李静.2005.入侵种喜旱莲子草对土壤水分的表型可塑性反应.华中师范大学学报(自然科学版),39(1):100~103.

杨万喜,陈永寿.1996.嵊泗列岛潮间带群落生态学研究Ⅰ.岩相潮间带底栖生物群落组成及季节变化.应用生态学报,7(3):305~309.

杨万喜,陈永寿.1998.嵊泗列岛潮间带群落生态学研究Ⅱ.岩相潮间带底栖生物群落组成及季节变化.应用生态学报,9(1):75~78.

袁兴中,何文珊,孙平跃等.1999.长江口九段沙湿地生物资源及其变化趋势研究.环境与开发,14(2):1~4.

袁兴中,刘红.2001.生态系统健康评价——概念构架与指标选择.应用生态学报,12(4):628~629.

袁兴中,刘红,陆健健.2002.长江口新生沙洲底栖动物群落组成及多样性特征.海洋学报,24(2):133~139.

袁兴中,陆健健,刘红.2002.河口盐沼植物对大型底栖动物群落的影响.生态学报,22(3):326~333.

袁兴中,陆健健,刘红.2002.长江口底栖动物功能群分布格局及其变化.生态学报,22(12):2054~2062.

袁兴中,陆健健.2001.长江口潮沟大型底栖动物群落的初步研究.动物学研究,22(3):211~216.

袁兴中,陆健健.2002.长江口潮滩湿地大型底栖动物群落的生态学特征.长江流域资源与环境,11(5):414~420.

袁兴中,陆健健.2003.潮滩微地貌元素~"生物结构"与小型底栖动物的空间分布.生态学杂志,22(6):124~126.

袁兴中,何文珊,孙平跃等.1999.长江口九段沙湿地生物资源及其变化趋势研究.环境与开发,14(2):1~3.

袁兴中,陆健健.2002.长江口潮滩湿地大型底栖动物群落的生态学特征.长江流域资源与环境,11(5):414~420.

约翰·马敬能,卡伦·菲利普斯,何芬奇.2000.中国鸟类野外手册.长沙:湖南教育出版社.

张国钢,梁伟,刘冬平.2005.海南岛越冬水鸟资源状况调查.动物学杂志,40(2):80~85.

张锦平,徐兆礼,汪琴,陈亚瞿.2005.长江口九段沙附近水域浮游动物生态特征.上海水产大学学报,14(4):383~389.

张世挺,杜国祯,陈家宽等.2003.不同营养条件下24种高寒草甸菊科植物种子重量对幼苗生长的影响.生态学报,23(9):1737~1744.

张世挺,杜国祯,陈家宽.2003.种子大小变异的进化生态学研究现状与展望.生态学报,23(2):353~364.

张淑敏,陈玉福,董鸣.2000.匍匐茎草本绢毛匍匐委陵菜对局部遮荫的克隆可塑性.植物学报,42(1):89~94.

张淑萍,张正旺,徐基良等.2002.天津地区水鸟区系组成及多样性分析.生物多样性,10(3):280~285.

张淑萍,张正旺.2001.水鸟迁徙的种间互利性分析.中央民族大学学报,10(2):133~137.

张晓爱,赵亮,康玲.2001.鸟类能量学的学科结构及其发展.动物学研究,22(2):89~92.

张晓爱,赵亮,胥志清.2001.鸟类生态能量学的几个基本问题.动物学研究,22(3):231~238.

张瑜斌,邓爱英,庄铁诚.2003.潮间带土壤盐度与电导率的关系.生态环境,12(2):164~165.

赵辉,尹志勇,王正国.2004.视觉发育可塑性的电生理及分子生物学研究进展.国际眼科杂志,4(6):1064~1068.

赵平,葛振鸣,王天厚等.2005.上海崇明东滩芦苇的生态特征及其演替过程的分析.华东师范大学学报(自然科学版),3:98~102.

赵平,夏冬平,王天厚.2005.上海市崇明东滩湿地生态恢复与重建工程中社会经济价值分析.生态学杂志,24(1)：75～78.

赵平,袁晓,唐思贤等.2003.崇明东滩冬季水鸟的种群和生境偏好.动物学研究,24(5)：387～391.

赵小贞,王玮,康仲涵等.2005.黄精口服液对血管性痴呆大鼠学习记忆与海马突触可塑性的影响.神经解剖学杂志,21(2)：147～153.

赵延茂,吕卷章,朱书玉.2001.黄河三角洲自然保护区鸻形目鸟类研究.动物学报,47(专刊)：157～161.

张峥,张建文.1999.湿地生态评价指标体系.农业环境保护,18(6)：283～285.

张志诚,欧阳华,肖风劲.2004.生态系统健康研究现状及其定量化研究初探.中国生态农业学报,12(3)：184～187.

郑作新.1976.中国鸟类分布名录.北京：科学出版社.

周慧,仲阳康,赵平等.2005.崇明东滩冬季水鸟生态位分析.动物学杂志,40(1)：59～65.

周时强,郭丰,吴荔生等.2001.福建海岛潮间带底栖生物群落生态的研究.海洋学报,23(5)：104～109.

周晓,葛振鸣,施文彧等.2007.长江口新生湿地大型底栖动物群落时空变化格局.生态学杂志,26(3)：372～377.

周晓,葛振鸣,施文彧等.2006.长江口九段沙湿地大型底栖动物群落结构的季节变化规律.应用生态学报,17(11)：2079～2083.

周晓,王天厚,葛振鸣等.2006.长江口九段沙湿地不同生境中大型底栖动物群落结构特征分析.生物多样性,14(2)：165～171.

朱晓佳,钦佩.2003.外来种互花米草及米草生态工程.海洋科学,27(12)：14～19.

朱晓君,陆健健.2003.长江口九段沙潮间带底栖动物的功能群.动物学研究,24(5)：355～361.

邹发生,宋晓军,陈康等.2001.海南东寨港红树林湿地鸟类多样性研究.生态学杂志,20(3)：21～23.

Alerstam T，Hedenstrm A．1998．The development of bird migration theory．J．A vian．Biol．，29；343～369.

Alerstam T．1990．Optimal bird migration：the relative importance of time，energy，and safety．In：Gwinner E (Eds)，Bird migration：physiology and ecophysiology，Berlin：Springer Verlag，331～351.

Alerstam T．1990．Bird migration．Cambridge Univ．；Cambridge Press.

Alerstam T，Hedenström A，Åkesson S．2003．Long-distance migration：evolution and determinants．Oikos.，103；247～260.

Alessandra G，Fernando S，Lukas J．2002．Protein loss during long-distance migratory flight in passerine birds：adaptation and constraint．J．Exp．Biol.，205；687～695.

Anne D，Maurine W，Dietz A K，et al．2001．Time course and reversibility of changes in the gizzards of Red Knots alternately eating hard and soft food．J．Exp．Biol.，204；2167～2173.

Anthes N，Harry I，Mantel K，et al．2002．Notes on migration dynamics and biometry of the wood sandpiper (tringa glareola) at the sewage farm of münster (nw germany)．The Ring，24(1)；41～56.

Bacigalupe L D，Bozinovic F．2002．Design，limitations and sustained metabolic rate：lessons from small mammals．J．Exp．Biol.，205；2963～2970.

Baduini C L，Lovvorn J R，Hunt G L．2001．Determining the body condition of short-tailed shearwaters：implications for migratory flight ranges and starvation events．Marine ecology progress series．Mar Ecol Prog.，222；265～277.

Baduini C L，Lovvorn J R，Hunt Jr G L．2001．Determining the body condition of short-tailed shearwaters：implications for migratory flight ranges and starvation events．Mar Ecol Prog.，222；265～277.

Bairlein F．1986．Spontaneous，approximately semimonthly rhythmic variations of body weight in the migratory garden warbler (*Sylviaborin boddaert*)．J．Comp．Physiol．B，156；859～865.

Barter M D，Tonkinson S X，Tang X et al．1997．Wader number on Chongmin Dao，Yangtze estuary during northward migration and the conservation implications．Stilt，30；3～3.

Barter M D，Tonkinson S X，Tang X．1997．Staging of great knot (Calidris tenuirostris)，red knot (C. *canutus*) and Bar-tailed godwit (*Limosa lapponica*) at Chonngmings Dao，Shanghai；jumpers to hoppers？Stilt，31；2～11.

Barter M D，Tonkinson S X．1994．Shorebird number in the Changjiang estuary during the 1997 northward migration.

Shorebird survey in china, wetlands international-China program and wetlands international Oceania. Tulp l. s. mcchesney. Migratory departure of waders from north-western Australia: behavior, timeing and possible migration routes. Ardea, 82: 201~221.

Barter M, Fawen Q, Tang S X, et al. 1997. Hunting of migratory waders on Chongming Dao: A declining occupation. Stilt, 32: 18~22.

Barter M. 2002. Shorebirds of the Yellow Sea: Importance, threats and conservation status. Australia: Wetlands International Global Series 9, International Wader Studies 12, Canberra, Australia.

Barter M. 2000. The migration strategies of the Great Knot *Calidris tenuirostris*. Stilt, 37: 49.

Barter M, Wang T H. 1990. Can waders fly non-stop from Australia to China? Stilt, 20: 43.

Barter M. 1987. Morphometrics of Victorian Great Knot (*Calidrist enuirostris*) V. ictorian. Wader Study Group Bull. , 11: 13~26.

Barter M. 1991. Biometrics and moult of Mongolian Plovers *Charadrius mongolus* spending the non-breeding season in Australia. Stilt, 18: 15~20.

Barter M. 1992. Distribution, abundance, migration and moult of the Red Knot *Calidris canutus rogersi*. Wader Study Group Bull. Suppl. , 64: 64~70.

Barter M, Davidson S. 1990. Ageing Palearctic waders in the hand in Australia. Stilt, 16: 43~51.

Barter M A, Li Z W, Xu J L. 2001. Shorebird numbers on the Tianjin municipality coast in may 2000. Stilt, 39: 2~9.

Barter M A, Wilson J R, Li Z W et al. 2000. Yalu jiang national nature reserve, north-eastern China — a newly discovered internationally important Yellow sea site for northward migrating shorebirds. Stilt, 37: 13~20.

Barter M A, Wilson J R, Li Z W, et al. 2000. Northward migration of shorebirds in the shuangtaizihekoum National nature reserve, LiaoNing province, China in 1998 and 1999. Stilt, 37: 2~9.

Barter M. 1989. Bar-tailed Godwits *Limosa lapponica* in Australia. Part 2: Weight, moult and breeding success. Stilt, 14: 49~53.

Barter M A, Jessopa A, Minton C. 1988. Red Knot *Calidris canutus rogersi* in Australia. Part 2: Biometrics and moult in Victoria and northwestern Australia. Stilt, 13: 20~27.

Barter M A 1996. Ready! Steady! Go? A crucial decision for the long-distance migrant: an interesting challenge for the investigator. Stilt, 28: 32~42.

Battley P F, Piersma T, Rogers D I et al. 2004. Do body condition and plumage during fuelling predict northward departure dates of Great Knots Calidris tenuirostris from north-west Australia? Ibis, 146: 46~60.

Battley P F, Piersma T. 2005. Body composition and flight ranges of Ba-tailed Godwits (*Limosa Lapponica Baueri*) from New Zealand. Auk, 122(3): 922~937.

Battley P F, Dekinga A, Dietz M W, et al. 2001. Basal metabolic rate declines during long distance migratory flight in Great Knots. Ibis, 103: 838~845.

Battley P F, Piersma T, Dietz M W et al. 2000. Empirical evidence for differential organ reduction during trans-oceanic bird flight. The Royal Society, 103~106.

Battley P. 2002. Behavioural ecophysiology of migrating Great Knots. Australia: Griffith University Press.

Battley P F, Dietz M W, Piersma T et al. 2001. Is long-distance bird flight equivalent to a high-energy fast? Body Composition Changes in Freely Migrating and Captive Fasting Great Knots. Physiol. Biochem. Zool. , 74: 435~449.

Battley P F, Dekinga A, Dietz M W et al. 2001. Basal metabolic rate declines during long-distance migratory flight in great knots. Condor, 103: 838~845.

Battley P F, Piersma T, Rogers D I et al. 2004. Do body condition and plumage during fuelling predict northwards departure dates of Great Knots Calidris tenuirostris from north-west Australia? Ibis, 146: 46~60.

Bauchinge U, Biebach H. 2001. Differential catabolism of muscle protein in Garden. Warblers (*Syllvia borin*) flight and leg muscle act as a protein source during long-distance migration. J. Comp. Physiol., 171: 293～301.

Bauchinger U, Biebach H. 2001. Differential catabolism of muscle protein in Garden Warblers (*Sylvia borin*): flight and leg muscle act as a protein source during long-distance migration. J. Comp. Physiol. B., 171: 293～301.

Bauchinger U, Biebach H. 2005. Phenotypic Flexibility of Skeletal Muscles during Long-Distance Migration of Garden Warblers: Muscle Changes Are Differentially Related to Body Mass. Ann NY Acad. Sci., 1046: 271～281.

Bender O, Boehmer H J, Jens D, et al. 2005. Analysis of land-use change in a sector of Upper Franconia (Bavaria, Germany) since 1850 using land register records. Landscape Ecology, 20: 149～163.

Bessie O, Sekaran K. 1995. Changes in the Macrobenthos Community of a Sand Flat After Erosion. Coastal and Shelf Science, Estuarine, 40: 21～33.

Biebach H. 1998. Phenotypic organ flexibility in garden warblers Sylvia borin during long-distance migration. J. Avian Biol., 29: 529～535.

Bowden W B. 1986. Gaseous nitrogen emissions from undisturbed terrestrial ecosystems: an assessment of their impacts on local and global nitrogen budgets. Biogeochemstry, 2: 249～279.

Brackbil H. 1970. Shorebirds leaving the water to defecate. Auk, 87(1): 160～161.

Brown J L, Bhagabati N. 1998. Variation in mass, wing and culmen with age, sex and season in the Mexican Jay (*Aphelocoma ultramarina*). Journal of Field Ornithology, 69: 18～29.

Butler P J, Woakes A J. 2001. Seasonal hypothermia in a large migrating bird: saving energy for fat deposition? J. Exp. Biol., 204: 1361～1367.

Butler P J. 1991. Exercise in birds. J. Exp. Biol., 160: 233～262.

Capehart A A., Hacknty C. 1989. The potential role of roots and rhizomes in structuring salt marsh benthic communities. Esturaies, 12: 119～122.

Carpenter F L, Hixon M A, Beuchat C A et al. 1993. Biphasicmass gain in migrant humming birds: Body composition changes, torpor, and ecological significance. Ecology, 74: 1173～1182.

Carpenter F L, Hixon M A. 1988. A new function for torpor: fat conservation in a wild migrant humming bird. Condor, 90: 373～378.

Carpenter F L, Paton D C, Hixon M A. 1983. Weight gain and adjustments of feeding territory size in migrant humming birds. Proc. Natl. A Cad. Sci., 80: 7259～7263.

Carpenter F L, Hixon Ma, Beuchat C A, et al. 1993. Biphasic mass gain in migrant Humningbirds: body composition changes, torpor, and ecological significance. Ecology, 74: 1173～1182.

Casimir V B., Victor N B., Andrey M et al. 2003. Body mass and fat reserves of Sedge Warblers during vernal nocturnal migration: departure versus arrival. Field Ornithol, 74(1): 81～89.

Caviedes-Vidal E, Karasov W H. 1996. Glucose and amino acid absorption in house sparrow intestine and its dietary modulation. American Journal of Physiology, 40: R561～R568.

Chappell M A, Bech C, Buttemer W A. 1999. The relationship of central and peripheral organ masses to aerobic performance variation in house sparrows. J. Exp. Biol., 202: 2269～2279.

Charles P F, Mark J, Kasprzyk T M, et al. 1998. Body-fat levels and annual return in migrating Semipalmated Sandpipers. The Auk, 115(4): 904～915.

Chen Z Y, Li B, Zhong Y, et al. 2004. Local competitive effects of introduced *Spartina alterniflora* on *Scirpus mariqueter* at Dongtan of Chongming Island, the Yangtze River estuary and their potential ecological consequences. Hydrobiologia, 528: 99～106.

Chris P F, Redfern V J, Phil J. 2004. Fat and pectoral muscle in migrating Sedge Warblers (*Acrocephalus schoenobaenus*). Ringing & Migration, 22: 24～34.

Christopher G G, Theunis P, Tony D W. 2003. A sport-physiological perspective on bird migration: evidence for flight-induced muscle damage. J. Exp. Biol., 204: 2683～2690.

Christopher G G, Tony D W. 2003. Phenotypic flexibility of body Composition in relation to migratory state, age, and sex in the Western Sandpiper (*Calidris mauri*). Physiological and Biochemical Zoology, 76(1): 84~98.

Clarkson B D. 1998. Vegetation succession (1967~1989) on five recent montane lava flows, Mauna Loa, Hawaii. New Zealand Journal of Ecology, 22(1): 1~9.

Cogswell H L. 1977. Water birds of California. Berkley and Los Angeles California: Univ. of California Press.

Collins C T, Bradley R A. 1971. Analysis of bodyweights of spring migrants in southern California Part. Western Bird Bander, 46: 48~51.

Cresswell W. 1998. Diurnal and seasonal mass variation in blackbirds *Turdus merula*: consequences for madd-dependent predation risk. Journal of Animal Ecology, 67: 78~90.

Daehler C C, Strong D R. 1996. Status, prediction and prevention of introduced cordgrass *Spartina spp.* invasions in Pacific estuaries, USA. Biological Conservation, 78: 51~58.

Dänhardt J, Lindström Å. 2001. Optimal departure decisions of songbirds from an experimental stopover site and the significance of weather. Anim. Behav. , 62: 235~243.

Danks H V. 1999. Life cycles in polar arthropods-flexible or programmed? Eur. J. Entomol. , 96: 83~103.

Davidson N, Evans P. 1988. Prebreeding accumulation of fat and muscle protein by Arctic nesting shorebirds. Proc. Int. Ornithol. Conf. , 19: 342~352.

Davis C A, Smith L M, Conway W C. 2005. Lipid reserves of migrant shorebirds during spring in playas of the southern great plains. Condor, 107: 457~462.

DeBerry D A, Perry J E. 2004. Primary succession in a created freshwater wetland. Castanea, 69(3): 185~193.

Dekinga A, Dietz M, W. Koolhaas A et al. 2001. Time course and reversibility of changes in the gizzards of Red Knots alternately eating hard and soft food. J. Exp. Biol. 204: 2167~2173.

Delingat J, Dierschke V. 2000. Habitat utilization by Northern Wheatears (*Oenanthe oenanthe*) stopping over on an off shore island during spring migration. Vogelw arte, 40: 271~278.

DeWitt T J, Scheiner S M. 2004. Phenotypic variation from single genotypes. In Phenotypic Plasticity: Functional and Conceptual Approaches (ed. T. J. DeWitt and S. M. Scheiner), pp. 1~9. New York: Oxford University Press.

Dierschke V, Delingat J, Schmaljohann H. 2003. Time allocation in migrating Northern Wheatears (*Oenanthe oenanthe*) during stopover: Is refueling limited by food availability ormetabolically? Journal of Ornithology, 144: 33~44.

Dietz M W, Piersma T, Dekinga A. 1999. Body-building without power training: endogenously regulated pectoral muscle hypertrophy in confined shorebirds. J. Exp. Biol. , 202: 2831~2837.

Dingle H. 1996. Migration: The Biology of Life on the Move. New York: Oxford University Press.

Dnhardt J, Lindstr M. 2001. Optimal departure decisions of songbirds from an experimental stopover site and the significance of weather. Anim. Behav. , 62: 235~243.

Driscoll P. 2000. Mueta satellite tracking eastern curlews (Numenius madgascariensis) on northward migration from moreton bay and westernport. Techniques, fligh perfomernce, migration routes and strategies. Report for the queenland environment protection agency: on behalf of the queenland wader study group and the queenland ornit-hological society.

Dunn E H. 2000. Temporal and Spatial patterns in daily mass gain of magnolia warblers during migratory stopover. Auk, 117: 12~21.

Ebbinge B S, Spaans B. 1995. The importance of body reserves accumulated in spring staging areas in the temperate zone for breeding in Dark bellied Brent Geese Branta b. bernicla in the high Arctic. J. A vian Biol. , 26: 105~113.

Engel V D, Summers J K. 1999. Latitudinal gradients in benthic community composition in western Atlantic estuaries. Journal of Biogeography, 26: 1007~1023.

Erni B, Liechti F, Bruderer B. 2002. Stopover strategies in passerine bird migration: A simulation study. J. Theor.

Boil., 219: 479~493.

Erwin R M. 1983. Feeding habitats of nesting wading birds: spatial use and social influences. Auk, 100: 960~970.

Farmer A H, Parent A H. 1997. Effects of the landscape on shorebird movements at spring migration stopovers. Condor, 99: 698~707.

Farmer A H., Wiens J A. 1990. Models and reality: time-energy trade-offs in pectoral sandpiper Calidris melanotos migration. Ecology, 80: 2566~2580.

Farmer A H, Wiens J A. 1998. Optimal migration schedules depend on the landscape and the physical environment: a dynamic modeling view. J. Avian. Biol., 29: 405~415.

Francis C M, Cooke F. 1986. Differential timing of spring migration in wood warblers (Parulinae). Auk, 103: 548~556.

Fransson T, Weber T P. 1997. Migratory fuelling in blackcaps (Sylvia atricapilla) under perceived risk of predation. Behav. Ecol. Socio Biol., 41: 75~80.

Fransson T. 1998. A feeding experiment on migratory fuelling in white throats, Sylvia communis. Anim. Behav., 55: 153~162.

Gaunt A S, Hikida R S, Jehl Jr J R, et al. Rapid atrophy and hypertrophy of an avian flight muscle. Auk, 107: 649~659.

Gittins R. 1979. Ecological application of canonical analysis. In L Orloci. C. R. Rao and W. M. Stiteler (eds.). Multivariate Methods in Ecological Work. International Cooperative. Burtonsville, MD., 309~535.

Gosbell K, Collins P, Christie M. 2002. Wader surveys in the Coorong and coastal lakes of southeastern South Australia during February. Stilt, 42: 10~29.

Goss-Custard J D, Stillman R A, West A D, et al. 2002. Carrying capacity in overwintering migratory birds. Biological Conservation, 105: 27~41.

Goss-Custard J D, Stillman R A, Caldow R. W G, et al. 2003. Carrying capacity in overwintering bird: when are spatial models needed? Journal of Applied Ecology, 40: 176~187.

Gotthard K, Nylin S. 1995. Adaptive plasticity and plasticity as an adaptation: A selective review of plasticity in animal morphology and life history. Oikos, 74: 3~17.

Gudmundsson G A, Lindstr M, Alerstam T. 1991. Optimal fat loads and long distance flights by migrating knots Calidris canutus sanderlings C. Alba and turnstones Arenaria interpres. Ibis, 133: 140~152.

Gudmundsson G A, Lindström Å, Alerstam T. 1991. Optimal fat loads and long-distance flights by migrating Knots Calidris canutus, Sanderlings C. alba and Turnstones Arenaria interpres. Ibis, 133: 140~152.

Guglielmo C G, Williams T D. 2003. Phenotypic Flexibility of Body composition in Relation to Migratory State, Age, and Sex in the Western Sandpiper (Calidris mauri). Physiol. Biochem. Zool., 76(1): 84~98.

Guglielmo C G, Piersma T, Williams T D. 2001. A sport-physiological perspective on bird migration: evidence for flight-induced muscle damage. J. Exp. Biol., 204: 2683~2690.

Haig S M, Mehlman D W, Oring L W. 1998. Avian movement and wetland connectivity in landscape conservation. Conversation Biol., 12(4): 749~758.

Hands H M. 1988. Ecology of migrant shorebirds in Northeastern Missouri. M. S. thesis, Univ. Missouri Columbia, MO.

Harris J. 1994. Cranes, population and Nature: Preserving the balance. In: Higuchi H., Minton J. The Future of Cranes and Wetlands. Tokyo: Wild Bird Society of Japan, 1~14.

Hedenström A, Alerstam T. 1997. Optimum fuel loads in migratory birds distinguishing between time and energy minimization. J. Theor. Biol., 189: 227~234.

Hervey B. 1970. Shorebirds leaving the water to defecate. Auk, 87(1): 160~161.

Houston A I. 1998. Models of optimal avian migration: state, time and predation. J. Avian Biol., 29: 395~404.

Howes J, Bakewell D. 1989. Shorebird Studies Manual. Kuala Lumpur: AWB Publication, 55: 143~147.

Hume I D, Biebach H. 1996. Digestive tract function in the long-distance migratory garden warbler Sylvia borin. J. Comp. Physiol. , 166(B): 388~395.

Hussell D J T, Ralph C J. 1996. Recommended methods for monitoring bird populations by counting and capture of migrants. North American Migration Monitoring Council. Canadian Wildl. Serv. Ottawa and U. S. Geological Survey, Laurel, MD.

Iverson G C, Warnock S E, Butler R W, et al. 1996. Spring migration of western sandpipers along the Pacific coast of North America: a telemetry study. Condor, 98: 10~21.

J. Matthias Starck, Gamal Hasan Abdel Rahmaanl. 2003. Phenotypic flexibility of structure and function of the digestive system of Japanese quail. J. Exp. Biol. 206: 1887~1897.

James G B, Ronald C Y. 2002. The effects of wing loading and gender on the escape flights of least sandpipers (*Calidris minutilla*) and western sandpipers (*Calidris mauri*). Behave Ecol Sociobiology, 52: 128~136.

Jehl J R Jr. 1997. Cyclical changes in body composition in the annual cycle and migration of the eared grebe Podiceps nigricollis. J. Avian Biol. 28: 132~142.

Jenni L, Jenni-Eiermann S. 1998. Fuel supply and metabolic constraints in migrating birds. J. Avian Biol. , 29: 521~528.

Karasov W H, Pinshow B. 2000. Test for physiological limitation to nutrient assimilation in a long-distance passerine migrant at a spring time stopover site. Physiological and Biochemical Zoology, 73: 335~343.

Karasov W H. 1996. Digestive plasticity in avian energetics and feeding ecology. In: Carey C ed. Avian energetics and nutritional ecology. New York: Chapman and Hall, 61~84.

Karasov W H. , Pinshow. B. 1998. Changes in lean mass and in organs of nutrient assimilation in a long-distance migrant at a springtime stopover site. Physiol Zool. , 71: 435~448.

Karasov W H. , Pinshow B. 2000. Test for physiological limitation to nutrient assimilation in a long-distance passerine migrant at a springtime stopover site. Physiol Zool. , 73: 335~343.

Karen B. 2000. Report prepared for Taranaki Regional Council. Review of State of the Environment Reporting.

Karina N. 2005. Relationship between body size and migratory fat stores in Catharus thrushes. Eukaryon, 1: 85~87.

Katti M, Price T. 1999. Annual variation in fat storage by a migrant warbler overwintering in the Indian tropics. Journal of Animal Ecology, 68: 815~823.

Keiter R B. 1998. Ecosystems and the law: toward an integrated approach. Ecological Applications, 8 (2): 332~341.

Kersten M, Piersma T. 1987. High levels of energy expenditure in shorebirds: metabolic adaptations to an expensive way of life. Ardea, 75: 175~187.

Kimberly A, Hammond Deborah M, Kristan. 2000. Responses to lactation and cold exposure by deer mice (Peromyscus maniculatus). Physiol. Biochem. Zool. 73,547~556.

King R. 1976. Daily weight changes in migrant Yellow-rumped Warblers. North American Bird Bander, 4: 172~173.

Kirkwood J K. 1983. A limit to metabolisable energy intake in mammals and birds. Comparative Biochemistry and Physiology, 75A: 1~3.

Klaassen M, Lindstr M. 1996. Departure fuel loads in time minimizing migrating birds can be explained by the energy costs of being heavy. J. Theor. Boil. , 183: 29~34.

Klaassen M &. Biebach H. 1994. Energetics of fattening and starvation in the long-distance migratory Garden Warbler, Sylvia borin, during the migratory phase. J. Comp. Physiol. 64 (B): 362~371.

Klaassen M, Kvist A, Lindström Å. 2000. Flight costs and fuel composition of a bird migrating in a wind tunnel. Condor, 102: 444~451.

Klaassen M. 1996. Metabolic constraints on long-distance migration in birds. J. Exp. Biol. , 199: 57~64.

Landres P B. 1992. Ecological indicators: panacea or liability. In: Daninel H, M ckenzie D, Hyatt E, et al. Ltd. Ecological indicators, Barking: Elsevier Science Publisher, 1295~1318.

Landys M M, Piersma T, Visser G H, et al. 2000. Water balance during real and simulated longdistance migratory flight in the Bar-tailed Godwit. Condor, 102: 645~652.

Landys-Ciannell M M, Piersma, T, Jukema J. 2003. Strategic size changes of internal organs and muscle tissue in the Bar-tailed Godwit during fat storage on a spring stopover site. Functional Ecology, 17: 151~159.

Landys-Ciannelli M M, Jukema J, Piersma T. 2002. Blood parameter changes during stopover in a long~distance migratory shorebird, the Bar-tailed godwit Limosa lapponica taymyrensis. Journal of Avian Biology, 33: 451~455.

Lee J A, Mcneill S, Rorison I H. 1981. Nitrogen as an ecological factor. London: Blackwell scientific publication, 98~100.

Lee K A, Karasov W H, Caviedes V E. 2002. Digestive response to restricted feeding in migratory Yellow-Rumped Warblers. Physiol. Biochem. Zool., 75(3): 314~323.

Liechti F, Bruderer B. 1998. The relevance of wind for optimalmigration theory. J. Avian Biol., 29: 561~568.

Lind J, Jakobsson S. 2001. Body building and concurrent mass loss: flight adaptations in Tree Sparrows. Proc. R. Soc. London. B 268, 1915~1919.

Lindstr M, Alerstam T. 1992. Optimal fat loads immigrating birds: a test of the time minimization hypothesis. American Naturalist, 140: 477~491.

Lindstrm A, Daan S, Visser G H. 1994. The conflict between moult and migratory fat deposition: a photoperiodic experiment with blue throats. Animal Behavior, 48: 1173~1181.

Lindstrm A. 1991. Maximum fat deposition rates in migrating birds. Ornis Scandinavica, 22: 12~19.

Lindstrm A, Kvist A. 1995. Maximum energy in take rate is proportional to basal metabolic rate in passerine birds. Proceeding of the Royal Society, London B, 261: 337~343.

Lindstrom A, Kvist A, Piersma T, et al. 2003. Avian pectoral muscle size rapidly tracks body mass changes during flight, fasting and fuelling. J. Exp. Biol., 203: 913~919.

Lindström Å, Alerstam T. 1992. Optimal fat loads in migrating birds: a test of the time-minimization hypothesis. Am. Nat., 140: 477~491.

Lindström Å, Piersma T. 1993. Mass changes in migrating birds: The evidence for fat and protein storage re-examined. Ibis, 135: 70~78.

Lindström Å. 1991. Maximum fat deposition rates in migrating birds. Ornis Scandinavica, 22: 12~19.

Lindström Å, Kvist A, Piersma T, et al. 2000. Avian pectoral muscle size rapidly tracks body mass changes during flight, fasting and fuelling. J. Exp. Biol., 203: 913~919.

Louise M, Weber, Susan M Haig. 1997. Shorebird diet and size selection of Nereid Polychaetes in South Carolina coastal diked wetlands. Journal of Field Ornithology, 68(3): 358~366.

Luiting V T, Cordell J R, Olson A M, et al. 1997. Does exotic Spartina alterniflora change benthic invertebrate assemblages? In: Pattern K, (Eds). Proceedings of the Second International Spartina Conference. Olympia, WA: Washington State University Press, 48~50.

Ma Z J, Jing K, Tang S M, et al. 2002. Shorebirds in the Eastern intertidal areas of Chongming Island during the 2001 northward migration. Stilt, 41: 6~10.

Ma Z J, Tang S M, Lu F, et al. 2002. Chongming Island: A less important shorebird stopover site during southward migration? Stilt, 41: 35~37.

Macleod, Barnett R, Clark P, et al. 2005. Body mass change strategies in blackbirds Turdus merula: the starvation-predation risk trade-off. Journal of Animal Ecology, 74: 292~302.

Madhusudan K, Trevor P. 2001. Annual variation in fat storage by a migrant warbler overwintering in the Indian tropics. Journal Animal Ecology Michael Schaub. In: Lukas Jenni, Stopover durations of three warbler species along their autumn migration route. Oecologia, 128: 217~227.

Mark A, Colwell L, Oring L W. 1988. Habitat use by breeding and migrating shorebirds in South Central

Saskatchewan. Wilson Bull. , 100(4): 554~566.

Marks J S, Redmond R L. 1994. Migration of bristle-thighed curlews on laysan island: timing, behavior and estimated flight range. Condor, 96: 316~330.

Mclandress M R, Raveling D G. 1981. Changes in diet and body composition of Canada geese before Spring migration. Auk, 98: 65~79.

McNeil R, Cadieux F. 1972. Fat content and flight range capabilities of some adult spring and fall migrant North American shorebirds in relation to migration routes on the Atlantic Coast. Naturaliste Canadien, 99: 589~606.

McWilliams S R, Karasov W H. 2005. Migration takes guts: digestive physiology of migratory birds and its ecological significance. Ch. 6, pp. 67~78 in P. Mara and R. Greenberg (Eds). Birds of Two Worlds.

McWilliams S R, Karasov W H. 1998. Test of a digestion optimization model: effect of variable~reward feeding schedules on digestive performance of a migratory bird Oecologia, 114: 160~169.

McWilliams S R, Karasov W H. 2001. Phenotypic flexibility in digestive system structure and function in migratory birds and its ecological significance. Comparative Biochemistry and Physiology Part A, 128: 579~593.

McWilliams S R, Guglielmo C, Pierce B, et al. 2004. Flying, fasting, and feeding in birds during migration: a nutritional and physiological ecology perspective. J. Avian Biol. , 35: 377~393.

Melles S, Glenn S, Martin K. 2003. Urban Bird Diversity and Landscape Complexity: Species-environment associations along a multi-scale Habitat Gradient. Conservation Ecology, 7(1): 5.

Melvin S M, Temple S A. 1982. Migration ecology of Sandhill Cranes: a review. Proc. 1981 Crane Workshop, 73~87.

Michard-Picamelot D, Zorn T, Gendner J P, et al. 2002. Body protein does not vary despite seasonal changes in fat in the White Stork Ciconia ciconia. Ibis, 144 (on-line), E1~E10.

Minton C, Jessop R, Collins P, et al. 2005. Juvenile percentages of migratory Waders in the 2004/05 Australian Summer. Stilt, 47: 10~14.

Minton R S. 1982. Report on wader expedition to North West Australia in August/September 1981. Stilt, 2: 14~26.

Miura S, Tanaka S, Yoshioka M, et al. 1992. Changes in intestinal absorption of nutrients and brush border glycoproteins after total parenteral nutrition in rats. Gut, 33: 484~489.

Moore F R, Kerlinger P, Simons T R. 1990. Stopover on a Gulf coast barrier island by spring trans-Gulf migrants. Wilson Bulletin, 102: 487~500.

Morris S R, Holmes D W, Richmond M E. 1996. A ten year study of the stopover patterns of migratory passerines during fall migration on Appledore Island, Maine. Condor, 98: 395~409.

Myers J P, Morrison R I G, Antas P Z, et al. 1987. Conservation strategy formigrating shorebirds. American Scientists, 75: 19~26.

Myron Charles Baker. 1977. Shorebird food habits in the Eastern Canadian Arctic. Condor, 79: 56~62.

Nijhout H F. 2003. Development and evolution of adaptive polyphenisms Evolution & Development, 5: 9.

Odland A, Del Moral R. 2002. Thirteen years of wetland vegetation succession following a permanent drawdown, Myrkdalen Lake, Norway. Plant Ecology, 162: 185~198.

Ong B, Krishaans S. 1995. Changes in the macrobenthos community of a sand flat after erosion. Estuarine, Coastal and Shelf Science. 40(1): 21~33.

Oring L W, Lank D B. 1982. Sexual selection, arrival times, philopatry and site fidelity in the polyandrous Spotted Sandpiper. Behav. Ecol. Sociobiol. , 10: 185~191.

Patricia M, Gonzalez. 1996. Food, feeding, and refulling of Red Knots during northward migration at San Antonio Oeste, Rio Negro, Argentina. Journal of Field Ornithology, 67(4): 575~591.

Patrick M Meire, Hans Schekkerman, Peter L. Meininger. 1994. Consumption of benthic invertebrates by waterbirds in the oosterschelde estuary, SW Netherland. Hydrobiologia, Volume 282~283, Number 1: 525~546.

Pennycuick C J, Battley P F. 2003. Burning the engine: a time-marching computation of fat and protein consumption in a 5420-km non-stop flight by great knots *Calidris tenuirostris*. Oikos，103：323~332.

Pennycuick C J. 1968. The mechanics of bird migration. Ibis，111：525~556.

Pennycuick C J. 1975. Mechanics of flight，pp. 1~75. In D. S. Famer and J. R. King (Eds)，Avian Biology. Vol. 5. New York：Academic Press.

Pennycuick C J. 1998. Towards an optimal strategy for bird flight research. J. Avian Biol.，29：449~457.

Pfister C，Kasprzyk M J，Harrington B. A. 1998. Body-fat levels and annual return in migrating Semipalmated Sandpipers. Auk，115(4)：904~915.

Pielou E C. 1975. Ecological Diversity. New York：John Wiley.

Piersma T，Koolhaas A，Dekinga A. 1993. Interactions between stomach structure and diet choice in shorebirds. Auk，110 (3)：552~564.

Piersma T，Everaarts J M，Jukema J. 1996. Build-up of red blood cells in refueling Bar-tailed godwits in relation to individual migratory quality. Condor，98：363~370.

Piersma T，Gill R E. 1998. Guts do not fly：Small digestive organs in obese Bar-tailed Godwits. Auk，115：196~203.

Piersma T，Lindstrm A. 1997. Rapid reversible changes in organ size as a component of adaptive behaviour. Trends in Ecology and Evolution，12：134~138.

Piersma T，Lindstrom A. 2002. Rapid reversible changes in organ size as a component of adaptive behaviour. Ecology & Evolution Regine Schwilch. Auk，43：30~35.

Piersma T. 1987. Hop，skip，or jump? Constraints on migration of arctic waders by feeding，fattening，and flight speed. Limosa，60：185~194.

Piersma T，Drent J. 2003. Phenotypic flexibility and the evolution of organismal design. Trends Ecol. Evol.，18：228~233.

Piersma T. 1998. Phenotypic flexibility during migration：optimization of organ size contingent on the risks and rewards of fueling and flight. J. Avian Biol.，29：511~520.

Piersma T. 2002. Energetic bottlenecks and other design constraints in avian annual cycles. INITG. AND Comp. Biol.，42：51~67.

Piersma T，Jukema J. 2002. Contrast in adaptive mass gains：Eurasian golden plovers store fat before midwinter and protein before prebreeding flight. Proc. R. Soc. Lond. B，269：1101~1105.

Piersma T，Gudmundsson G A，Lilliendahl K. 1999. Rapid changes in the size of different functional organ and muscle groups during refueling in a long-distance migrating shorebird. Physiol. Biochem. Zool.，72(4)：405~415.

Piersma T，Koolhaas A，Dekinga A. 1993. Interactions between stomach structure and diet choice in shorebirds. Auk，110：552~564.

Piersma T，Lindström Å. 1997. Rapid reversible changes in organ size as a component of adaptive behaviour. Trends Ecol. Evol.，12：134~138.

Ralph C J. 1981. Age ratios and their possible use in determining autumn routes of passer in emigrants. Wilson Bull.，93：164~188.

Rapport D J，Gaudet C，Karr. R et al. 1998. Evaluating landscape health：integrating societal goals and biophysical process. Journal of Environmental Management，53：1~15.

Redfern C P F，Topp V J，Jones P. 2004. Fat and pectoral muscle in migrating Sedge Warblers Acrocephalus schoenobaenus. Ringing & Migration，22：24~34.

Redfern C P F，Slough A E J，Dean B.，et al. 2000. Fat and body condition in migrating Redwings Turdus iliacus. J. Avian Biol. 31：197~205.

Reinecke K J，Stone T Rb，Owen Jr. 1982. Seasonal carcass composition and energy balance of female black ducks in maine. Condor，84：420~426.

Relyea R A. 1986. Costs of Phenotypic Plasticity. The American Naturalist，159：272~282.

Reynolds J D, Colwell M. A., Cooke F. 1986. Sexual selection and spring arrival times of Red-necked and Wilson's phalaropes. Behav. Ecol. Socio Biol., 18: 303~310.

Ricklefs R. 1974. Energetics of reproduction in birds. In: Paynter R Jr. (Eds). A vian energetics. Nuttall Ornithol. Club, Cambridge, MA.

Ricklefs R E, Schluter D. 1993. Species Diversity in Ecological Communities. Chicago: The University of Chicago Press.

Robert L N, David M B. 2002. Consequences of load carrying by birds during short flights are found to be behavioral and not energetic. Am. J. Physiol. Regul. Integr. Comp. Physiol., 283: 249~256.

Rubolini D, Pastor A G, Pilastro A, et al. 2002. Ecological barriers shaping fuel stores in barn swallows Hirundo rustica following the central and western Mediterranean flyways. J. Avian Biol., 33: 15~22.

Russell R W, Carpenter F L, Hixon M A, et al. 1994. The impact of variation in stopover habitat quality on migrant rufous humming birds. Conservation Biology, 8: 483~490.

Schaub M, Jenni L. 2000. Body mass of six long distance migrant passerine species along the autumn migration route. Journal of Fur Ornithologie, 141: 441~460.

Schaub M, Jenni L. 2000. Fuel deposition of three passerine bird species along the migration route. Oecologia, 122: 306~317.

Schaub M, Jenni L. 2001. Stopover durations of three warbler species along their autumn migration route. Oecologia, 128: 217~227.

Scheiner S M. 1993. Genetics and Evolution of Phenotypic Plasticity. Annual Review of Ecology and Systematics, 24: 35~68.

Schwilch R, Grattarola A, Spina F, et al. 2002. Protein loss during long-distance migratory flight in passerine birds: adaptation and Constraint. J. Exp. Biol., 205: 687~695.

Scott I, Mitchell P I, Evans P R. 1994. Seasonal changes in body mass, body composition and food requirements in wild migratory birds. Proceedings of the Nutrition Society, 53: 521~531.

Secor S M, Diamond J. 1998. A vertebrate model of extreme physiological regulation. Nature, 395: 659~662.

Senar J C, Camerino M, Uribe F. 2001. Body mass regulation in resident and transient wintering siskins Carduelis spinus. Etologia, 9: 47~52.

Shannon C E, Weaver W. 1949. The Mathematical Theory of Communication. Urbanna: University of Illinois Press.

Simpson R D. 1998. Economic analysis and ecosystems: Some comcepts and issues. Ecological Applications, 8(2): 342~349.

Sinha A. 2005. Not in their genes: Phenotypic flexibility, behavioural traditions and cultural evolution in wild bonnet macaques. J. Biosci. 30(1): 51~64.

Skagen S K, Knopf F L. 1994. Residency patterns of migrating sandpipers at a midcontinental stopover. Condor, 96: 949~958.

Skewes J. 2003. Population Monitoring Counts-Victorian counts update. Stilt, 44: 63.

Smith R J, Moore F R. 2003. Arrival fat and reproductive performance in a long-distance passerine migrant. Oecologia, 134: 325~331.

Spina F, Massi A. 1992. Post-nuptial moult and fat accumulation of the ashy-headed wagtail (Motacilla flava cinereocapilla) in northern Italy. Vogelwarte, 36: 211~220.

Starck J M, Rahmaan G H. 2003. Phenotypic flexibility of structure and function of the digestive system of Japanese quail. J. Exp. Biol., 206: 1887~1897.

Starck J M, Bccsc K. 2001. Structural flexibility of the intestine of Burmese python in response to feeding. J. Exp. Biol., 204: 325~335.

Starck J Mb. 1999 Phenotypic flexibility of the avian gizzard: rapid, reversible and repeated changes of organ size in response to changes in dietary fibre content. J. Exp. Biol., 202: 3171~3179.

Starck J M. 1996. Phenotypic plasticity, cellular dynamics, and epithelial turnover of the intestine of Japanese quail (Coturnix coturnix japonica). J. Zool. Lond. , 238: 53~79.

Starck J M. 1999. Structural Flexibility of the Gastro-Intestinal tract of vertebrates-implications for evolutionary morphology Zool. Anz. , 238: 87~101.

Stevens R J, Laughlin R. J. , Malone J. P. 1998. Soil pH affects the process reducing nitrate to nitrous oxide and dinitrogen. Soil Biology and Bilchemistry, 30(8/9): 1119~1126.

Stinson D W, Wiles G J, Reichel J D. 1997. Occurrence of migrant shorebirds in the Mariana islands Journal of Field. Ornithology, 68(1): 42~56.

Susakn F, Skagena N L, Knop F. 1994. Residency patterns of migrating Sand pipers at a midcontinental Stopover. The Cooper Chnitltological Society. The Condor, 96: 949~958.

Sutherland W J, Allport G A. 1994. A spatial depletion model of the interaction between bean geese and wigeon with the consequences for habitat management. Journal of Applied Ecology, 63: 51~59.

Sutherland W J. 2000. The conversation handbook: Reaserch, management and policy. UK: Blackwell Science Ltd Editional Offices.

Swanson D L. , Liknes E T, Dean K L. 1999. Differences in migratory timing and energetic condition among sexage classes in migrant Ruby-crowned Kinglets. Wilson Bull. , 111: 61~69.

Tam N F Y, Wong Y S. 1998. Variations of soil nutrient and organic matter content in a subtropical mangrove ecosystem. Water, Air, & Soil Pollution, 103: 245~261.

Ter B. 1987. The analysis of vegetation environment relationships by canonical correspondence analysis. Vegetatio, 69: 69~77.

Tomas V P. 1996. Monitoring Mediterranean wetlands: A methodological Guide. Lisbon: Medwet Publication, Wetlands international Slimbridge.

Tomkovich P S. 1997. Breeding Distribution, Migrations and Conservation Status of the Great Knot Calidris tenuirostris in Russia. Emu, 97(4): 265~282.

Tucker V. 1973. Bird metabolism during flight: evaluation of a theory. J. Exp. Biol. , 58: 689~709.

Tulp I, De Goeij P. 1994. Evaluating wader habitats in Roebuck Bay (north-western Australia) as a springboard for northbound migration in waders, with a focus on Great Knots. Emu, 94(2): 78~95.

Van der Veen I, Lindstr M. 2000. Escape flights of yellow hammers and green finches: more than just physics. Animal Behaviour, 59: 593~601.

Via S, Gomulkiewicz R, De Jong G, et al. 1995. Adaptive phenotypic plasticity: consensus and controversy. Trends Ecol. Evol. , 19: 212~217.

Warnock E S, Takeawa Y J. 1995. Habitat preferences of wintering shorebirds in a temporally changing environment. Auk, 112(4): 920~930.

Weber T P, Alerstam T, Hedenstr M A. 1998. Stopover decisions under wind influence. J. Avian Biol. , 29: 552~560.

Weber T P, Ens B J, Houston A I. 1998. Optimal avian migration: a dynamic model of fuel stores and site use. Evol. Ecol. , 12: 377~401.

Weber T P, Hedenstr M A. 2000. Optimal stopover decisions underwind influence: the effects of correlated winds. J. Theor. Biol. , 205: 95~104.

Weber T P, Houston A I, Ens B J. 1994. Optimal departure fat loads and site use in avian migration: an analytical model. Proceedings of the Royal Society of London B, 258: 29~34.

Weber T P, Houston A I. 1997. A general model for time minimizing avian migration. J. Theor. Biol. , 185: 447~458.

Weber T P. 1999. Blissful ignorance? Departure rules formigrants in a spatially heterogeneous environment. J. Theor. Biol. , 199: 415~424.

Weber T P, Hedenström A. 2001. Long-distance migrants as a model system of structural and physiological plasticity. Evol. Ecol. Res. , 3: 255~271.

Weber T P, Fransson T, Houston A I. 1999. Should I stay or should I go? Testing optimality models of stopover decisions in migrating birds. Behav. Ecol. & Sociobiol. , 46: 280~286.

Weibel E R. 1998. Symmorphosis and optimization of biological design: introduction and questions. In Principles of Animal Design. E. R. Weibel, C. R. Taylor and L. Bolis. The Optimization and Symmorphosis Debate(Eds), 1~10. Cambridge: Cambridge University Press.

Weibel E R, Taylor C R, Hoppeler H. 1991. The concept of symmorphosis: a testable hypothesis of structure-function relationship. Proc. Natl. Acad. Sci. USA 88, 10357~10361.

Weibel E R, Taylor C R, Weber J M, et al. 1996. Design of the oxygen and substrate pathways. Ⅶ Different structural limits for oxygen and substrate supply to muscle mitochondria. J. Exp. Biol. , 199: 1699~1709.

West-Eberhard M J. 1989. Phenotypic plasticity and the origins of diversity. Annu. Rev. Ecol. Syst. , 20: 249~278.

Williams J B, Tieleman B I. 2000. Flexibility in basal metabolic rate and evaporative water loss among hoopoe larks exposed to different environmental temperatures. J. Exp. Biol. , 203: 3153~3159.

Wilson J R, Barter M A. 1998. Identification of potentially important staging area for "long jump" migrant waders in the East Asian-Australian Flyway during northward migration. Stilt, 32: 16~26.

Wingfield J C. 2005. Flexibility in annual cycles of birds: implications for endocrine control mechanisms. Journal of Ornithology, 146(4): 291~304.

Winker K, Warner D W, Weisbrod A R. 1992. Daily mass gains among wood land migrants at an inland stopover site. Auk, 109: 853~862.

Woodrey M S, Moore F R. 1997. Age-related differences in the stopover of fall landbird migrants on the coast of Alabama. Auk, 114(4): 695~707.

Ydenberg R C, Butler R W, Lank D B, et al. 2002. Trade-offs, condition dependence and stopover site selection by migrating sandpipers. J. Avian. Biol. , 33: 47~55.

Yong W, Finch D M, Moore F R, et al. 1998. Stopover ecology and habitat use of migratory Wilson's Warblers. Auk, 115: 829~842.

Yuri Zharikov, Gregory A, Skilleter. 2004. A relationship between prey density and territory size in non-breeding Eastern Curlews Numenius madagascariensis. Ibis, 146: 518~521.

Zhang W, Yu L, Hutchinson S M, et al. 2001. China's Yangtze Estuary: I. Geomorphic influence on heavy metal accumulation in intertidal sediments. Geomorphology 41: 195~205.

Zhen-Ming Ge, Tian-Hou Wang, Wen-Yu Shi, et al. 2005. Impacts of Environmental Factors on the Avian Community in Shanghai Woodlots in spring. Zoological Research, 26(1): 17~24.

Zhen-Ming Ge, Tian-Hou Wang, Xiao Yuan, et al. 2006. Use of wetlands at the mouth of the Yangtze River by shorebirds during spring and fall migration. Journal of Field Ornithology, 77(4): 347~356.

Zhen-Ming Ge, Tian-Hou Wang, Xiao Zhou, et al. 2007. Changes in the spatial distribution of migratory shorebirds along the Shanghai shoreline, China, between 1984 and 2004. Emu, 107(4): 19~27.

Zhen-Ming Ge, Tian-Hou Wang, Xiao Zhou, et al. 2006. Seasonal change and habitat selection of shorebird community at the South Yangtze River Mouth and North Hangzhou Bay, China. Acta Ecologica Sinica (English Version), 26(1): 40~47.

Zhu S Y, Li Z W, Lu J Z, et al. 2001. Northward migration of shorebirds through the Huang He delta, Shan Dong province, in the 1997~1999 periods. Stilt, 38: 33~38.

Zwarts L, Blomert A M. 1990. Selectivity of Whimbrels feeding on fiddler crabs explained by component specific digestibilities. Ardea, 78: 193~208.

附图

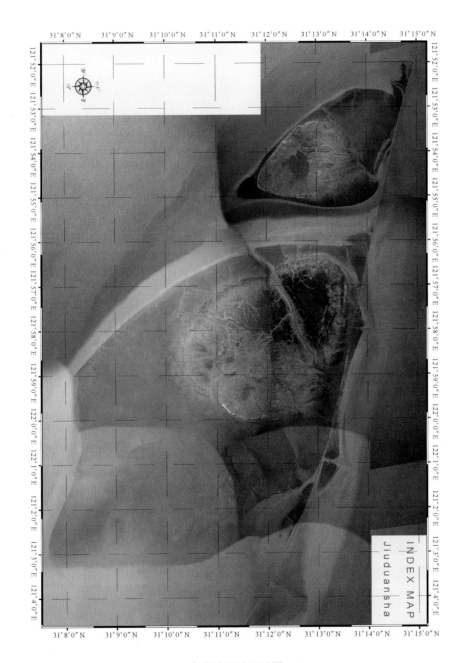

九段沙湿地卫星图

资料源来自九段沙湿地自然保护区管理署。

芦苇

藨草/海三棱藨草

互花米草

碱菀

潮沟

光滩

鸟群 1

鸟群 2

鸟群 3

弹涂鱼

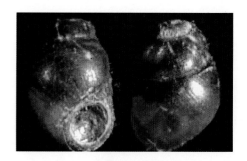

光滑狭口螺

菲拟沼螺

无齿相手蟹

谭氏泥蟹

招潮蟹